中国经典艺术美学

《红楼梦》之中国小说美学

顾作义 著

SPM
南方传媒　花城出版社
中国·广州

图书在版编目（ＣＩＰ）数据

《红楼梦》之中国小说美学 / 顾作义著. -- 广州 ：
花城出版社，2023.8
　（中国经典艺术美学）
　ISBN 978-7-5360-9824-4

　Ⅰ．①红… Ⅱ．①顾… Ⅲ．①《红楼梦》研究－小说
美学 Ⅳ．①I207.411

中国国家版本馆CIP数据核字(2023)第123344号

出 版 人：张　懿
出版统筹：杨柳青
责任编辑：林　菁　杨柳青
责任校对：李道学
技术编辑：凌春梅
封面设计：赵坤森　具伊宁

书　　　名　《红楼梦》之中国小说美学
　　　　　　HONGLOUMENG ZHI ZHONGGUO XIAOSHUO MEIXUE
出版发行　花城出版社
　　　　　　（广州市环市东路水荫路 11 号）
经　　销　全国新华书店
印　　刷　广州市岭美文化科技有限公司
　　　　　　（广州市荔湾区花地大道南海南工商贸易区 A 幢）
开　　本　889 毫米 × 1194 毫米　32 开
印　　张　11.75
字　　数　180 千字
版　　次　2023 年 8 月第 1 版　2023 年 8 月第 1 次印刷
定　　价　88.00 元

如发现印装质量问题，请直接与印刷厂联系调换。
购书热线：020-37604658　37602954
花城出版社网站：http://www.fcph.com.cn

总 序

顾作义

　　人不仅要有丰富的物质生活，而且要有充实的精神生活。审美活动作为一种人类的精神文化活动，一直伴随着人类的生存、生产、生活而产生、发展，且是精神生活不可缺少的重要组成部分。作为一个现代的文明人，应当具有高贵的精神、高尚的道德、高雅的情趣，而要达到这个目标，必须学会发现美、鉴别美、欣赏美、创造美。

　　审美素养关乎人最基本的情感能力、价值判断与人格健全，主要包含审美发现、审美表达、审美理解、审美共情、审美创造五个维度，缺失其中任何一个维度，都不算具备健全的审美素养。

　　进入新时代，构建中国特色的美学和美育，其意义是深远的，这是由以下三个方面的时代发展要求所决定的：

一是美丽经济成为未来经济的发展方向。未来的经济发展将从知识经济向美丽经济的方向发展，美丽经济具有巨大的发展潜力和空间，文旅产业、健康产业、环保绿化产业、设计创意产业等都是美丽产业。人们对衣食住行等的需求是不但要实用，而且要环保、美观，具有创意。经济的高质量发展，其中一个主要的支撑就是美丽经济。

二是美好生活成为人们的向往与追求。今天，人们的需求已从温饱向高质量的发展转变，要求提高生活品位和生活质量。要追求美好的生活和创造美好的人生，既要有"柴米油盐酱醋茶"的生活，又要有"琴棋书画诗酒花"的雅趣。审美活动成为人们生活中的一项重要内容，审美创造具有了生机勃发的发展功能。

三是美妙艺术成为人们普遍的审美活动。人们对艺术作品的需求更加注重品位和质量。那些具有思想高度、艺术特色、奇思妙想的作品，为人们所渴求、所喜爱。这就要求艺术的创作者要遵循美学规律，创作一些思想性、观赏性、艺术性俱佳的作品，而艺术的观赏者则要提高对美的感知能力和审美能力。这样，审美教育也就成为提高全民素养和全民修养的重要内容。

审美教育以培养理性与感性相统一、具有健全人格的人为基本宗旨。其本质是以人文艺术为主要途径的感性教育和价值教育，是丰沛人们的情感与心灵以及创新思维的重要源泉。特别是"情"与"趣"的培养，使人更加珍惜亲情、爱情、友情、家乡情、国家情、山水情，更加富有志趣、乐趣、理趣、智趣、情趣。

审美教育也是科学的求真原则和人文的求善原则相互融合的新兴学科。既是情操教育，也是心灵教育，还是丰富想象力和培养创新意识的教育，是提升人们的审美素养、陶冶情操、温润心灵、激发创新活力的重要途径。

中国是一个充满诗情画意的国度，从来就对真、善、美有着执着的追求，而在这个诗意人生的追求过程中形成了独特的审美理想、审美心理、审美范式和审美方法。虽然美学这一概念是从西方引进的，但美学思想却非常丰富。儒、佛、道三家各自从不同的角度简述了美学精神、美学追求和美学风格，提出了中和、意象、境界、神思、比兴、妙悟等美学范畴。而在中华经典中，有大量的艺术经典作品表达了中国的美学思想，这是一个既丰富又宝贵的资源，值得深入挖掘、总结和提升。选择中华艺术经典为范本讲解中国美学，这是因为艺术本身与美学有着天然的联系，这些经典本身就是美学的精华和样式。为此，我萌生了写作"中国经典艺术美学丛书"的想法。

"中国经典艺术美学"是一门交叉学科，实际上是中国经典+艺术门类+美学，是诸多学科的融会贯通。丛书中每一本以一部中国经典为范本，在艺术的门类中运用美学理论进行论述，这就与一般的经典解读大有不同，从而形成了独特的风格。

首先，这套丛书紧扣美学和美育的宗旨。美育的主要任务是培养高雅情趣，提升人生境界和生命境界。正如蔡元培先生所说："美育者，应用美学之理论于教育，以陶养感情为目的者也。……美育者，与智育相辅而行，以图德育之完成者也。"德育是一切教育之根本，美育则是实现完美人格的桥梁。美育的主要任务是提高人的情商，通过提高审美情趣，实现提升生存意趣、生活情趣、生命质量和人生价值的目的。

其次，紧扣美学和美育的精神。中国美学精神就是美育的核心元素，是美育的"道"，统率着"器、术、法"。如儒家的"中和"、道家的"质朴"、佛家的"虚空"，充分体现了中国人的世界观、价值观、历史观和辩证法。《易经》是中国美学思想和精神的源头，是一部大美之书。从《易经》的美学思想看，中国美学精神是美学的核心和灵魂。这个"精神"是以"中和"为圆点，并以"真善"为内核，以"天人合一"为审美思维，以"自强不息，厚德载物"为品格，以"社会大同"为境界，以"刚柔相济"为形态，以"穷变通久，革故鼎新"为审美创造等。美育就是要以美培元、以美修身、以美养性、以美启智、以美铸魂，在自然中发现美，在文化中鉴赏美，在情感中升华美，在实践中创造美。为此，在阐述这些艺术美学时，力求贯穿美学精神。

再次，秉持"究天人之际，通古今之变，成一家之言"的学术旨趣。王国维在《人间词话》中说："诗人对宇宙人生，须入乎其内，又须出乎其外。入乎其内，故能写之；出乎其外，故能观之。"许多经典的解读是注解式的解读，侧重于考证、辨伪。本套经典艺术美学丛书，在经典的基础上"入乎其内"，主要把握其思想精华；又"出乎其外"，以"超越"的精神构建了一个新的体系，做出了新的阐述。这也是传承创新、以古鉴今、推陈出新，彰显"和而不同"的学术精神，构建新的学科体系。

基于以上考虑，这套丛书推出：《〈红楼梦〉之中国小说美学》、《〈书谱〉之中国书法美学》、《〈二十四诗品〉之中国诗歌美学》、《〈园冶〉之中国园林美学》、《〈古画品录〉之中国绘画美学》（与吴国强合著）、《〈溪山琴况〉之中国音乐美学》（陈菊芬、宋唐著）等，构建艺术美学的分支，追寻艺术到达的美学规律和方法，使人们在当下的艺术创作中得到启发。

以中国经典为范本研究艺术美学，是一个新的探索，力求抛砖引玉，吸引更多人关注经典、关注美学。由于本人学浅识薄，书中难免有不足之处，期待读者的指正。

目 录

绪 论

　　小说，是最常见的一种文学样式，也是普罗大众最喜闻乐见的文学形式。曾记得小的时候，读《三国演义》达到如醉如痴的程度，"且听下文分解"，吸引着我不断地"追下去"，连吃饭也忘记了，可见，小说的魅力是如此之大。那么，什么是小说，通常的表述是：小说是以刻画人物形象为中心，通过虚构的故事情节和环境描写来反映社会生活的一种文学载体。曹文轩先生在《小说门》中说："小说确实是一种最具写实能力的文体""小说是人类精神的普泛形式""故事的永在决定了小说这种形式的不可避免"。一般来说，小说有主题思想，有典型人物，有故事情节，有完整的结构等。

小说美学是一门交叉学科，是艺术美学的一个分支，小说美学研究的内容是很广泛的，如小说是怎样既来自现实生活，又高于生活？小说的主题如何用形象的人物去表达，小说的叙事主线如何布局，小说的人物形象如何塑造，小说的意境和典型人物描写如何符合审美的要求，小说的语言怎样才能富有美感等。总之，小说的美学精神、美学风貌、美学风格和作者、读者欣赏心理、欣赏趣味，等等，都是小说美学所要研究的内容。

中国小说的鼎盛时间是明清时期，以《水浒传》《西游记》《三国演义》《红楼梦》这四大名著为标志。其中，以金圣叹评点《水浒传》，毛宗岗评点的《三国演义》，脂砚斋评点的《红楼梦》，开创了小说美学研究的先河。他们从不同的角度，论述了中国小说艺术的审美特性，提出了典型性格的系统理论，提出了情节和结构的美学，研究了细节描写和小说语言的美学特色，还分析了小说创作和小说欣赏的美感心理等。这为构建中国小说美学奠定了基础。

为什么选择《红楼梦》作为阐述中国美学的范本

呢？这是因为《红楼梦》是举世公认的中国古典小说的巅峰，其思想价值是深远卓著的，其艺术价值是广博高雅的，其审美价值是无与伦比的。在人生的不同阶段读《红楼梦》，其领悟是不同的。

中国四大名著许多人都读过，相对而言，《红楼梦》是最为高深的。许多人虽然读了，其实并未读懂、读透。年轻的时候读《红楼梦》，觉得太过于悲伤消极，而随着年纪的增长和人生阅历的丰富，才真正地领悟到其深刻的思想、高雅的情趣，艺术水平和审美价值。这次对《红楼梦》及相关研究书籍的研读，引起了我前所未有的心灵震撼，觉得读小说，如不读《红楼梦》等于没有真正读懂小说；讲美学，如不讲《红楼梦》等于不能真正学懂中国美学。清代学者王希廉曾评价说："一部书中，翰墨则诗词歌赋，制艺尺牍，爰书戏曲，以及对联匾额，酒令灯谜，说书笑话，无不精善；技艺则琴棋书画，医卜星相，及匠作构造，栽种花果，畜养禽鸟，针黹烹调，巨细无遗；人物则方正阴邪，贞淫顽善，节烈豪侠，刚强懦弱，及前代女将，外洋诗女，仙佛鬼怪，尼僧女道，娼伎优伶，黠奴豪仆，盗贼邪魔，醉汉无赖，色色俱有；事迹则繁华筵宴，奢纵宣淫，操守贪廉，宫闱仪制，庆吊盛衰，判狱靖寇，以及诵经设坛，贸易钻营，事事皆全；甚至寿终夭折，暴亡病故，丹戕药误，及自刎被杀，投河跳井，悬梁受逼，吞金服毒，撞阶脱精等事，亦件件俱有。可谓包罗万象，囊括无遗，岂别部小说所能望见项背？"（朱一玄《红楼梦资料汇编》）鲁迅先生说，《红楼梦》是一部具有世界影响力的"世情"小说。它是举世公认的中国古典小说的巅峰，是中国其他任何一部古典小说难以企及的。

红学家白先勇先生在《细说红楼梦》一书的序言中说："《红楼梦》是一本天书，有解说不尽的玄机，有探索不完的秘密。"它的"神话架构、人物塑造、文字风格、叙事手法、观点运用、对话技巧、象征隐喻，平仄对比，千里伏笔"把小说的元素发挥到了极致，是人生悲欢，是生命咏叹，是千古绝唱！

对《红楼梦》研究的专著可谓汗牛充栋，有研究、有考证、有索引、有点评，林林总总、莫衷一是。我阅读了《红楼梦》有关的许多研究书籍，发现从小说美学的角度去探讨的几乎没有，不能不说这是一个遗憾，为此，我着手进行了这一写作工作。这是我写作"经典艺术美学丛书"相对花费的时间和精力较多的一本。

下面，我从《红楼梦》书名的意境之美说起，对《红楼梦》的小说美学做一些阐述。

第一讲

红楼幽梦

《红楼梦》书名的意象之美

　　陆机《文赋》说："立片言以居要，乃一篇之警策。"书名的作用即是如此。一本小说的书名犹如一个人的眉眼，一个好的书名从一定程度上决定了小说的吸引力。一般来说，小说的书名要精心提炼，写意传神，既生动形象而又富有深意。因此，选择一个恰到好处的书名实属不易。《红楼梦》的作者曹雪芹以梦为线索，以梦为铺垫，以梦为暗示，以梦为隐喻，以梦为衔接，以梦为解释……写了大大小小四十九个梦，因此，用《红楼梦》的书名可谓名副其实。所以说，《红楼梦》是一本"曹公解梦"。

　　小说就是以"梦境"开始的，借助"梦境"在时空中穿梭，给人以神奇、变幻、流动的感觉，交代了主人公的"前生今世"。

　　小说第一回"甄士隐梦幻识通灵"，曹雪芹用甄士隐的一个梦，巧妙地交代了贾宝玉和林黛玉的前世姻缘。"一日，炎夏永昼，士隐于书房闲坐，至手倦抛书，伏几少憩，不觉朦胧睡去。梦至一处，不辨是何地方。忽见那厢来了一僧一道，且行且谈。"

　　甄士隐在梦中遇到了一僧一道，听他们说起一段神奇的故事：西方灵河岸上三生石畔，生有一株绛珠仙

甄士隐梦幻识通灵　〔清〕孙温

草。绛珠草得到神瑛侍者日日以甘露浇灌，得以修炼成人。当她得知神瑛侍者将投胎下凡，于是追随而来，愿意用一生的眼泪来偿还他的甘露之恩。在梦中，甄士隐不仅与这一僧一道对话，还亲眼看到了他们提到的"通灵宝玉"，以及标有"太虚幻境"的牌坊。

做梦，不只是人们在睡眠状态中的生理现象，是人类特有的精神漫游，也是一种折射人们的思想意识、文化状况和审美价值的心理现象。《红楼梦》不仅将梦巧妙地安排到故事情节之中，而且还描写了浮世人生是繁华一梦以及芸芸众生的命运与人生。可以说曹雪芹是一个写梦的高手，他细写了每一个梦的发生过程，写出它的前因后果，写出了梦的自由美、朦胧美、意境美和流动节奏美。"一场幽梦同谁近，千古情人独我痴。"一部《红楼梦》，真真假假梦幻无数，虚虚实实变化无穷，如梦如幻也如真。作者用生花妙笔在现实与梦幻之间穿梭往来，创造了天上与人间、虚幻与现实相互交织的丰富多彩的形体系和内蕴深厚的美学境界。作为读者，我们读"红楼"，入梦境，要学会在真实与虚幻之间进出，要学会提得起，放得下，看得透，过上自由、自在、洒脱的生活，找到真正的人生真谛！

一、《红楼梦》书名的演变

《红楼梦》书名的确定经历了一个演变的过程。《红楼梦》第一回这样描述：

空空道人听如此说，思忖半晌，将这《石头记》再检阅一遍，因见上面虽有些指奸责佞、贬恶诛邪之语，亦非伤时骂世之旨，及至君仁臣良、父慈子孝，凡伦常所关之处，皆是称功颂德，眷眷无穷，实非别书之可比。虽其中大旨谈情，亦不过实录其事，又非假拟妄称，一味淫邀艳约、私订偷盟之可比。因毫不干涉时世，方从头至尾抄录回来，问世传奇。从此空空道人因空见色，由色生情，传情入色，自色悟空，遂易名为情僧，改《石头记》为《情僧录》。至吴玉峰题曰《红楼梦》，东鲁孔梅溪则题曰《风月宝鉴》。后因曹雪芹于悼红轩中披阅十载，增删五次，纂成目录，分出章回，则题曰《金陵十二钗》，并题一绝云：

满纸荒唐言，一把辛酸泪。

都云作者痴，谁解其中味！

关于《红楼梦》的作者，学术界争论不休，大体上认为前八十回为曹雪芹所著，后四十回为程伟元、高鹗所续。这里我们不展开讨论。从第一回的这一记载加以推测，《红楼梦》的成书年份大约于清朝乾隆年间，书名经历了《石头记》《情僧录》《风月宝鉴》《金陵十二钗》到《红楼梦》的演变过程。我们对这五个书名做一些对比，不难看到，只有"红楼梦"总括了全部的内容。小说第一回，作者对此书名有过解释："那红尘中有却有些乐事，但不能永远依恃。况又有'美中不足，好事多磨'八个字紧相连属，瞬息间则又乐极悲生，人非物换，究竟是到头一梦，万境归空。"作者认为"红楼梦"就是"黄粱一梦"！

"脂评"之"凡例"有诗曰：

浮生着甚苦奔忙？盛席华筵终散场。

悲喜千般同幻渺，古今一梦尽荒唐。

漫言红袖啼痕重，更有情痴抱恨长。

字字看来皆是血，十年辛苦不寻常。

下面对这几个书名做一点分析。

《石头记》这个书名是借用神话传说的形式，以避"文字狱"。小说《红楼梦》借石头所记之事，指奸斥佞，贬恶诛邪，为的是避"文字狱"而采用了一种"障眼法"。把小说的主角宝玉这一"叛逆者"说成是女娲炼石补天之时，剩下的一块未用石头，下凡到人间历劫的过程。石头，象征着顽劣不化，而又返璞归真，用以表达小说主人公的"痴、呆、傻"，这似乎是恰当的。小说其实具有强烈的现实主义情怀，并不是一部神话小说。《石头记》虽然对人物形象有"点睛"之处，但它只不过起一个引子的作用。

《情僧录》，其实讲的是宝玉从一个多情公子到遁入空门做和尚的经历。历史上由风流放荡到皈依佛门的现象是常见的。广东香山的苏曼殊就是如此。书名虽然表达了小说人物的个人际遇，但其内涵过于狭窄。

《风月宝鉴》则是对纵欲、滥情的一个警示。"脂评"说"是戒妄动风月之情"，这个书名集中表现在王熙凤对贾瑞对其有非分之想的惩罚。贾瑞对王熙凤起了淫心，王熙凤为此毒设相思局，两次惩罚了他，但他还不醒悟，生命垂危。贾瑞向一道士求救，道士说："你这病非药可医！我有个宝贝给你，你天天看时，此命可保矣。"说毕，从褡裢中取出一面镜子来——两面皆可照人，镜把上面錾着"风月宝鉴"四字，并交代他只可照反面。贾瑞拿起"风月鉴"来向反面一照，只见一个骷髅立在里面，唬得贾瑞连忙掩了。脂砚斋在此点评说：所谓"好知青冢骷髅骨，就是红楼掩面人"是也。但贾瑞不听劝诫，又将正面一照，只见凤姐站在里面招手叫他。贾瑞心中一喜，荡悠悠地觉得进了镜子，与凤姐云雨一番，凤姐仍送他出来。如此三四次，终于一命呜呼。"风月宝鉴"告诉人们"色字头上一把刀""纵欲、乱性、伤身、丧命，下场可悲"。《红楼梦》揭示了人性中欲与情的冲突、情与礼的矛盾，欲是人性的原始本性，情是人性欲望的提升，而情也必须是受到"礼"的约束，这就是"发乎情，止于礼"。"脂评"说："此书表里皆有喻也。"在"专治邪思妄动之症，有济世保生之功。"处批"逼真"。书中写到贾珍、贾琏、贾瑞、薛蟠等人都有极强的占有欲和淫荡的心性，为此，"风月宝鉴"不仅照出人性的美丑、善恶，要人引以为鉴，但全书的主角是宝玉，其内容远不止讲"风月"之事，且"风月宝鉴"，显得与一般的言情小说并无太大差别，俗多于雅，也不是一个很好的书名。

至于《金陵十二钗》则是第五回宝玉游太虚的境中看到的"金陵十二钗正册"的批文，讲述了十二个女子的人生命运，金陵是指南京。但十二钗的籍贯并非皆出自金陵，黛玉、妙玉是姑苏人。金陵只不过是贾、史、王、薛的老家所在。这个书名主要讲发生在金陵的故事。这是用地名和人物来起书名。显然这也未能全部准确地反映全书的主旨、主题和主要内容。

以上的四个书名所概括的其实是《红楼梦》一书的部分内容，都很难涵括全书的内容，相对而言，采用《红楼梦》的书名最为恰当，这是因为这个书名最全面、最贴切、最形象，最能给人们丰富的想象空间。

二、《红楼梦》书名的意象之美

"意象"之说，出于《易经》。王弼在《周易略

例·明象》中说："夫象者，出意者也；言者，明象者
也。尽意莫若象，尽象莫若言。言生于象，故可寻言以
观象；象生于意，故可寻象以观意。意以象尽，象以言
著。"王弼认为："意"要用"象"来显现，"象"要
用"言"来证明。《易经》中的意象，既有反映客观自
然与社会的物象，也有表达人的审美心理的意象，《周
易》处处有美"象"灿烂，妙"意"连珠。这些"意
象"不但给人以多维度的思考，而且带有丰富的审美趣
味。为此，一个好的书名要有丰富的意象，要给读者留
下广阔的想象空间。"红楼梦"这三个字的意象是较为
丰富的，有自然的意象，有生命的意象、人生的意象、
哲学的意象。

在中国传统色彩美学中，"七彩"各有象征意
义，红色多与女子或爱情相关。如称女子或美貌为"红
颜"，林黛玉《明妃》诗有"绝艳惊人出汉宫，红颜薄
命古今同"句，《葬花词》有"一朝春尽红颜老，花落
人亡两不知"句等。"红娘"则是男女相爱的中介人，
"千里姻缘一线牵"，"红娘"就是牵着一根长长的红
线的人。"红灯笼"，是婚姻大喜的象征，"大红灯笼
高高挂"，象征着喜气洋洋。"红烛"是洞房里红蜡

烛，其烛光，映衬着新郎新娘快乐和激动的脸庞。"红豆"是无尽的相思，"红豆生南国，春来发几枝"，红豆最相思，男女之间的相思，往往用红豆来寄托。"落红"是无尽的伤感和悲伤，如"林花谢了春红，太匆匆"，说出了"落红"的无奈。"红笺"是缠绵的情书，有"出门便是东西路，把取红笺各断肠"的痛苦。红的颜色蕴含着激情，浸透着"子规夜半犹啼血，不信东风唤不回"的感伤与无奈。《红楼梦》中，"红楼"两字大致指红尘的世界，"红楼"可指宫廷、家族，古代宫廷的高墙大多用红色。"红楼"还可以指女儿们的世界。"红楼"代表着青春儿女对爱情的向往，是爱情萌发的地方，也是她们在爱情世界中漫游的精神空间。在这里，关键的字在于一个"梦"字。这个"梦"字，用得太好了。

脂砚斋在第四十八回中有这样一则批语："一部大书起是梦，宝玉情是梦，淫又是梦，秦之家计长策又是梦，今作诗也是梦，一并'风月鉴'亦从梦中所有，故'红楼梦'也。"

梦觉主我在《红楼梦序》云："辞传闺秀而涉于幻者，故是书以'梦'（名之）也。夫'梦'曰'红楼',乃巨家大室儿女之情,事有真不真耳。红楼富女,诗证香山;悟幻庄周,梦归蝴蝶。做是书者藉以命名,为之《红楼梦》焉。"清代张其信在《红楼梦偶评》中说:"《红楼梦》一书,前写盛、后写衰;前写聚,后写散,前写入梦,后写出梦,其大旨也。"

据统计,曹雪芹在这本书里写了四十九个梦,有喜梦、有思梦、有寤梦、有惧梦、有兆梦,书中有与"梦"字相关的诗文就更多了。曹雪芹写了这么多的梦,读者却丝毫没有烦冗之感,每个梦都是必不可少的环节。曹雪芹对每一个梦的描写,都新奇鲜活,手法纯熟老道,可以说写梦达到登峰造极的地步。我认为《红楼梦》比弗洛伊德《梦的解析》更为深刻、透彻,是中国的"解梦大全"。下面,我们从《红楼梦》的四个意象,欣赏其美学的意义。

（一）生命的意象之美

"梦"是人类常见的一种生命、生理现象,每个人都会做梦。"梦"是一种意念,是一种精神流动。梦,是人的感官在受到刺激传至大脑引起的接近联想,是大脑皮层对记忆痕迹进行的加工改造。梦是一个人生理状况和精神状况的反映。弗洛伊德认为梦不只是一种纯粹的生理现象，也是一种"有意义"的心理现象，既有"显露的内容"，又有"隐藏的内容"。如果把梦"显露的内容"比作一幅具象的风景画的话，那么"隐藏的内容"就是隐藏起来的、抽象的暗语。他把人的梦分解为两个内容，即恋母情结和性的冲动。弗洛伊德认为，人类做梦的动机只是寻求欲望的满足。这些欲望平时被某种稽查作用压抑在潜意识中，很难通过正常渠道进入人的意识中。在人类处于睡眠状态时，稽查作用的工作用度相对松弛时，潜意识就释放出来，于是，人就会做"梦"。

　　"梦"是一种生理反应，又是人的内心世界的一种真实反映。《黄帝内经》从医学的角度来解梦，认为梦是魂魄飞扬，神志分离。《灵枢·淫邪发梦》曰："魂魄飞扬，使人卧不得安而喜梦。"《黄帝内经》认为，人体受外邪的刺激后，内攻于脏腑，与人体营卫之气产生协同作用，导致"魂魄飞扬"。魂魄作为精神心理状态的先天构成因素，在外邪的刺激下，对梦的发生起到了重要的作用。中医认为：白天人在元神的照耀下，大脑处于觉醒的状态，到晚上人卧睡血归于肝，魂藏于肝，但魄还在工作。也就是脊髓神经反射还在工作。大脑的某些神经区域仍处于活跃的状态，故发梦。梦无疑与人的身体状态有关，比如尿急了，会梦里找厕所。古代梦书《周公解梦》对此有详细的介绍，这里就不细述了。《红楼梦》中所叙述的生命意象之梦，主要有三个与"性"生活相关的梦，一个是宝玉的"春梦"，一个是小红的"少女之梦"，一个是贾瑞的"淫梦"。弗洛伊德认为，人的欲望最基本的是性欲，学名叫作"力比多"。这是一种力量或者本能，宝玉和小红的"春梦"是少男少女朦胧的"性"之启蒙。青年男女随着身体发育成熟会产生一种激素，带来性的欲望，是生理发育过程中出现的生理、心理现象。

先说宝玉的"春梦"。小说第五回："开生面梦演红楼梦，立新场情传幻境情"记载，宝玉听完十四支歌曲后：

警幻见宝玉甚无趣味，因叹："痴儿竟尚未悟！"那宝玉忙止歌姬不必再唱，自觉朦胧恍惚，告醉求卧。警幻便命撤去残席，送宝玉至一香闺绣阁之中，其间铺陈之盛，乃素所未见之物。更可骇者，早有一位女子在内，其鲜艳妩媚，有似乎宝钗，风流袅娜，则又如黛玉。正不知何意。……警幻道："……吾不忍君独为我闺阁增光，见弃于世道，是以特引前来，醉以灵酒，沁以仙茗，警以妙曲，再将吾妹一人，乳名兼美字可卿者，许配于汝。今夕良时，即可成姻。……"说毕便秘授以云雨之事，推宝玉入帐。那宝玉恍恍惚惚，依警幻所嘱之言，未免有阳台、巫峡之会，数日来柔情缱绻，软语温存，与可卿难解难分。

这个"春梦"标志着宝玉已经成人，从此带来了许多成长的麻烦，陷入了欲、情、礼的困扰之中。《黄帝内经》认为女性每七年为一个生长周期，十四岁是月经初潮，男性每八年为一个生长周期，十六岁会有梦遗，

贾宝玉神游太虚境　〔清〕孙温

标志着已经成年。这个年龄会情窦初开，对异性充满着好奇。在这个"春梦"中，表示宝玉的生命已经从少年进入了青年。他梦中发生性关系的对象是秦可卿，乳名叫兼美，"兼美"这个名字隐含兼具宝钗和黛玉之美，一个代表着肉体，一个代表着灵魂。最后宝玉与宝钗结婚生子，而与黛玉虽然神交很深却无缘分。这个"春梦"也点明大观园里的青年男女进入了"怀春"的年纪，而产生了各种各样的情感冲突。正因为秦可卿是宝玉梦中的"情人"，是他的"性"启蒙者，所以第十三回《红楼梦》写到秦可卿去世时，宝玉"从梦中听见说秦氏死了，连忙翻身爬起来，只觉心中似戳了一刀的不忍，'哇'的一声，直喷出一口血来。"宝玉梦里听说秦氏死讯，急火攻心，吐出一口鲜血，这是对梦中"情人"去世的强烈反应。

再来看小红的"少女之梦"。小说第二十四回："痴女儿遗帕惹相思"讲述，小红是一个一心想攀高枝的女孩，好容易找到机会向少爷宝玉献殷勤，刚刚引起了他的关注，便被大丫鬟谩骂打压，十分灰心丧气。小说写道，这红玉年方十六，已是情窦初开的女孩。

这红玉虽然是个不谙事的丫头，却因他原有三分容貌，内心着实妄想痴心的向上攀高，每每的要在宝玉面前现弄现弄。只是宝玉身边一干人，都是伶牙利爪的，那里插的下手去。不想今儿才有些消息，又遭秋纹等一场恶意，心内早灰了一半。正闷闷的，忽然听见老嬷嬷说起贾芸来，不觉心中一动，便闷闷的回至房中，睡在床上暗暗盘算，翻来掉去，正没个抓寻。忽听窗外低低的叫道："红玉，你的手帕子我拾在这里呢。"红玉听了忙走出来看，不是别人，正是贾芸。红玉不觉的粉面含羞，问道："二爷在那里拾着的？"贾芸笑道："你过来，我告诉你。"一面说，一面就上来拉他。那红玉急回身一跑，却被门槛绊倒。

脂评在这里说："《红楼梦》写梦，章法总不雷同，此梦更写的新奇，不见后文，不知是梦。"下面继续写道：

话说红玉心神恍惚，情思缠绵，忽朦胧睡去，遇见贾芸要拉他，却回身一跑，被门槛绊了一跤，唬醒过来，方知是梦。

原来，小红受到大丫头的训斥，适遇贾芸又来找宝玉，小红见贾芸长得蛮清秀，心生爱慕，春心荡漾。"手帕"在当时是"定情之物"。于是她的梦中便出现了贾芸，并且十分暧昧地被叫作"红玉"，说自己捡到了她丢的手帕。梦中的她羞红了脸，贾芸还伸手拉她的衣裳。这是一场少女的春梦，暗怀了对贾芸的钟情。从梦中醒来，小红一夜未眠，翻来覆去。后来在大观园里再遇贾芸，因为不方便说话，便偷偷"把贾芸一溜"，四目相对之时，"不觉把脸一红"，女孩动情了。小红这个梦，是青春女孩的心事，是爱情的萌动，也是青春的烦恼。

最后说贾瑞的"淫梦"。贾瑞暗恋王熙凤，凤姐戏弄他，约他见面，给他泼了屎尿羞辱他，后来他病倒了，临死之前碰到一个道士，道士说：我给你一个镜子，反复交代他要治好病，只能照反面，千万不可照正面。但贾瑞不听劝诫要照正面，王熙凤就叫他进去云雨一番，每次都遗了一摊精，这样反复多次，一命呜呼！人有正常的性行为，讲求遵守公德良序、节制有度、阴阳平衡。贾瑞不知节制，反复遗精，耗费完精气和元气，因而结束了生命。小说用道士的镜子正面和反面去警醒人们，暗示着正反的颠倒，从警戒人的角度看，反面的形象和典型对人的教育更大一些。俗话说："良药苦口利于病。"道士用苦口的良药去医治贾瑞，可惜贾瑞执迷不悟，不可救药，而使王熙凤"毒设相思局"的计谋得以实现。贾瑞也是一个年轻人，想入非非，他由"春梦"发展为"淫梦"、噩梦。一方面，说明王熙凤的狠恶、无情，另一方面，也说明贾瑞的痴情、无知和愚蠢。

在中国的生命美学中，敬畏生殖是其中的一个重要的内容。《易传·系辞下传》："天地絪缊，万物化

王熙凤毒设相思局，贾天祥正照风月鉴（局部）　〔清〕孙温

醇。男女构精，万物化生。"孔子说："天地阴阳二气
渗透交错，世上万物化育醇厚；男女阴阳交合精气，万
物化育而孕生。"阴阳交合而生命诞生是人类繁衍的必
然，是一种自然的行为，也是一种美好的形态。《红楼
梦》写这些"春梦"，完全没有淫秽的味道。这些"春
梦"隐喻了如下几层意思：第一，"性"是人类生命的
开始。"性命"两字，"性"在前，"命"在后，生命
是男女阴阳交合，精子和卵子在一瞬间的结合而诞生
的。"性生活"是人类繁衍的源泉，是人类最根本的需
求之一。为此弗洛伊德把"性"作为人类发展的原动
力，作为"梦"的动因。人们的许多梦都与性生活相关
联。第二，"性"欲的产生是人已经长大成人的生理标
志，也是少男少女的成长"烦恼"之一。比如：如何进
行男女的交往，如何处理好交往中产生的冲突，往往不
知所措，因而出现情绪的波动，如新奇、苦恼、痛苦的
心情。这就是今天我们说的应进行青春期的教育；第
三，"春梦"大多是"性"梦的表现，是人的成长过程
的必然现象，这种现象会伴随着人的生命的全过程。

（二）妙悟的意象之美

人的思维状态不但存在于清醒的状态，而且存在

于睡眠的状态。一个人如果对某一事十分专注、投入，"日有所思"必然"夜有所梦"，有时在清醒的状态，苦苦思索不得其解，在睡梦时却会灵光一闪，找到了答案。这就是妙悟，也是一种神思妙想。李白曾经写了《梦游天姥吟留别》，诗人运用丰富奇特的想象和大胆夸张的手法，描写了亦幻亦真的梦游图。诗曰：

海客谈瀛洲，烟涛微茫信难求。

越人语天姥，云霞明灭或可睹。

天姥连天向天横，势拔五岳掩赤城。

天台四万八千丈，对此欲倒东南倾。

我欲因之梦吴越，一夜飞度镜湖月。

······

熊咆龙吟殷岩泉，栗深林兮惊层巅。

云青青兮欲雨，水澹澹兮生烟。

······

别君去兮何时还？

且放白鹿青崖间。须行即骑访名山。

安能摧眉折腰事权贵，使我不得开心颜！

李白曾五岳寻仙不得，没想到竟在这里看到仙阁林立，仙人看见我纷纷从云端而下，一时间只听得白虎鼓瑟、苍龙吹筬、鸾鸟回车、仙人云集。忽然惊魂动魄，惊坐而起，方才的一切竟是大梦一场。于是他感叹：人生何其短暂，不过是一场梦罢了。名利终将付诸东流。那么，"安能摧眉折腰事权贵，使我不得开心颜！"李白被称为"诗仙"，传说他少年时曾梦见笔头上生花，因此，李白才思俊逸写出来的诗皆为神来之笔。与之相反的梦，是"江郎才尽"。据说江郎有一天做梦，梦见郭璞说他的一支笔落在这里，如今他要拿走了，从此以后江郎再也写不出精彩的文章。在梦中得到灵感、好的诗句，许多人都有这样的经历。《红楼梦》叙述了两个妙悟之梦：

第一个：香菱梦里得奇句。第四十八回"滥情人情误思游艺，慕雅女雅集苦吟诗"讲道，香菱对作诗产生了浓厚的兴趣，拜黛玉为师，读诗、研诗、写诗达到了痴迷几至"走火入魔"的地步，可惜未能有所突破。写诗、写文章自然要有神思妙悟，这种神思妙悟却由勤学苦读感悟中来，《红楼梦》把"梦笔生花"作为思维运动的结果，作为勤奋学习的结果，这说明梦想要用脚踏实地，神思妙悟去实现。小说道：

各自散后，香菱满心中还是想诗。至晚间对灯出了一回神，至三更以后上床卧下，两眼鳏鳏，直到五更方才朦胧睡去了。一时天亮，宝钗醒了。听了一听，他安稳睡了，心下想："他翻腾了一夜，不知可作成了？这会子乏了，且别叫他。"正想着，只听香菱从梦中笑道："可是有了，难道这一首还不好？"宝钗听了，又是可叹，又是可笑，连忙唤醒了他，问他："得了什么？你这诚心都通了仙了。学不成诗，还弄出病来呢。"原来香菱苦志学诗，精血诚聚，日间做不出，忽于梦中得了八句：

精华欲掩料应难，影自娟娟魄自寒。

一片砧敲千里白，半轮鸡唱五更残。

绿蓑江上秋闻笛，红袖楼头夜倚栏。

博得嫦娥应借问，缘何不使永团圆。

香菱原来是"乡宦"甄士隐的女儿英莲，小时被拐卖，后做了薛蟠的侍妾。她在大观园里地位高于丫头而低于小姐，她渴望学点小姐的"风雅"，而苦学写诗，开始写了两首咏月诗。第一首缺乏想象，第二首过于穿凿，因而苦思冥想，达到如痴如醉的地步，正所谓"日有所思，夜有所梦"。终于梦中产生了"灵感"，吟成上面这首诗。这首诗与前两首相比，不论是从气势，还是意境、韵律都大有长进。首句写景起得有气势，写一轮皓月破云而出，精华难掩，寓意是金子将会发光，表达了一种自信、自豪的信心，说明已懂得寄情于境。第二句借景抒情，反喻自我的身世，顾影自怜，吐露了自己精神上的孤独。下面的几句抒发了内心的幽怨，"秋闻笛""夜倚栏"，拓展了意境。最后用"团圆"的意境，把月与人相合咏，发出"缘何不使永团圆"的感叹，自己从小被拐，亲人离散，渴望亲人团圆，自然双关，余韵悠长。难怪众人称赞："这首不但好，而且新巧有意趣"。这首诗与黛玉的"起承转合"的结构是一致的。当然，好诗要深入生活，体验生活，不是用做梦去写好诗。"梦"只是平时下苦功的结果。

第二个：湘云梦中说酒令。第六十二回"憨湘云醉卧芍药茵"写道，宝玉、平儿、宝钗、岫烟过生日，大观园里的小姐、丫头给他们庆生，宝玉提议行酒令，史湘云最为活泼，划拳、喝酒，不知不觉喝醉了。大家玩了一会儿，散席时不见了湘云，大家到处找湘云。小说写道：

果见湘云卧于山石僻处一个石凳子上，业经香梦沉酣，四面芍药花飞了一身，满头脸衣襟上皆是红香散乱，手中的扇子在地下，也半被落花埋了，一群蜂蝶闹穰穰的围着他，又用鲛帕包了一包芍药花瓣枕着。众人看了，又是爱，又是笑，忙上来推唤挽扶。湘云口内犹作睡语说酒令，唧唧嘟嘟说：

"泉香而酒洌，玉盏盛来琥珀光，直饮到梅梢月上，醉扶归，却为宜会亲友。"

史湘云的这首酒令，是曹雪芹写湘云憨态的神来之笔，也象征着人物性格、命运。湘云幼时父母早丧，后来丈夫又早逝，青春孤居，其人生也像江上的孤舟，随风飘荡。这首酒令的构思从唐代卢纶《春词》诗句："醉眠芳树下，半被落花埋。"借用而来。引用了前人的许多名句："泉香而酒洌"出自欧阳修《醉翁亭记》的"酿泉为酒，泉香而酒洌"。"玉碗盛来琥珀光"出自李白《客中作》："兰陵美酒郁金香，玉碗盛来琥珀光"。"醉扶归"，出自唐代王驾《社日》诗："桑柘影斜春社散，家家扶得醉人归"。这里，不但用红香散乱、蜂蝶飞舞的环境描绘了一幅"醉卧芍药图"，而且用"睡语说酒令"，描绘了湘云的憨态和专注。湘云梦里作的酒令是醒时的继续，正由于太投入了，梦里还在继续着醒时的作为。这首酒令表现了湘云的放达、狂放不羁的一面，充满着浓厚的浪漫主义的气息。

（三）暗示的意象之美

梦是一种潜意识在睡梦中的反映，是指人们睡眠时身体内外某种刺激或残留在大脑里的外界刺激引起的景象活动。梦其实也是一种心理暗示。在中国的艺术形式中，常常借梦显示征兆。这些暗示对自己是一种提醒、警示和告诫。曹雪芹借梦为故事情节埋下伏笔，暗示人物未来的命运。在这方面的暗示突出表现为如下三个梦：

第一个梦是第一回："甄士隐梦幻识通灵"。

一日，炎夏永昼。士隐于书房闲坐，至手倦抛书，伏几少憩，不觉朦胧睡去。梦至一处，不辨是何地方。忽见那厢来了一僧一道，且行且谈。只听道人问道："你携了这蠢物，意欲何往？"那僧笑道："你放心，如今现有一段风流公案正该了结，这一干风流冤家，尚未投胎入世。趁此机会，就将此蠢物夹带于中，使他去经历经历。"那道人道："原来近日风流冤孽又将造劫历世去不成？但不知落于何方何处？"

小说借甄士隐的梦，暗示绛珠仙子林黛玉，因受到了神瑛侍者"日以甘露灌溉"，始得久延岁月。为报答神瑛侍者之恩，绛珠仙子说："他是甘露之惠，我并无此水可还。他既下世为人，我也去下世为人，但把我一生所有的眼泪还他，也偿还得过他了。"小说在这里不但交代了故事发生的背景，也隐喻了小说两位主人公爱情故事的因果关系。

第二个梦是第五回"游幻境指迷十二钗 饮仙醪曲演红楼梦"，整回写了贾宝玉的一个梦，分量之重，意义之大，不言而喻。可以说这一回是《红楼梦》的创作总纲，《红楼梦》就是贾宝玉的红尘一梦，正如"红楼梦十二支曲"开首所言："都只为风月情浓。趁着这奈何天、伤怀日、寂寥时，试遣愚衷。因此上演出这怀金悼玉的红楼梦。"这个梦主要是记载了宝玉在太虚幻境薄命司中，看到贴有金陵十二钗册子封条的大橱，突然看到了其中的图咏，不懂它究竟说些什么。古时女子被称为"金钗"，"十二钗"就是十二个女子。这十二首判词，暗示了十二位女子的性格和命运，既是故事情节、艺术构思的需要，又是有隐喻的含义。下面为表明十二判词与十二位女子的人物形象、性格和特征，我还是按正册、副册、又副册的顺序加以介绍。

正册判词之一

画：两株枯木，木上悬着一围玉带；地下又有一堆

警幻仙曲演红楼梦（局部）　〔清〕孙温

雪，雪中一股金簪。

　　　　可叹停机德，堪怜咏絮才！

　　　　玉带林中挂，金簪雪里埋。

　　这是写林黛玉和薛宝钗的。林黛玉与薛宝钗，一个是寄人篱下的孤女，一个是皇家大商人的千金；一个天真率直，一个城府极深；一个是叛逆者知己，一个是礼教的卫道士。"咏絮才"暗示黛玉的诗才，画中的两株枯木，"双木"为"林"，枯木暗指黛玉泪"枯"而死。"挂"也暗指挂念，宝玉为怀念她而弃绝世俗的一切欲念而出家。"金簪"为"宝钗"，"雪里埋"，"雪"与"薛"谐音，本是光耀脸面的"宝钗"，竟然埋没在寒冷的雪堆里，暗示宝钗最后只能独守空房，过着寂寞而又冷清的生活。

正册判词之二

画：一张弓，弓上挂着一个香橼。

二十年来辨是非，榴花开处照宫闱。

三春争及初春景，虎兕相逢大梦归。

这是写贾元春的。"二十年"句暗指贾元春到了二十岁时已通达事理，"榴花"句喻元春被选入凤藻宫封为贤德妃。"三春"句暗指迎春、探春、惜春都不及元春荣华富贵，荣耀一时，像石榴花盛开一般大红。"虎兕"句，暗示元春死于两派政治势力的恶斗之中。"虎兕"是虎与犀牛争斗，"大梦归"指逝世。小说道："是年甲寅年十二月十八日立春，元妃薨日。"虎兕一作虎兔，"虎兔相逢"也指病死的时间，即虎年的末尾，又是兔年的开始。

正册判词之三

画：两个人放风筝，一片大海，一只大船，船中有一女子，掩面泣涕之状。

才自精明志自高，生于末世运偏消。

清明涕送江边望，千里东风一梦遥。

这一首写的是贾探春。探春是贾府的三小姐，"精细处不让凤姐"，探春是一个正直而又有改良意识的人。她的志向很高，作者用"敏探春"给予概括，第五十六回，"敏探春兴利除宿弊"，描写了探春对贾府的改革，可惜生不逢时，生于家族的末世，才能无法施展，"清明"两句，暗指清明节江边涕泪相送，出海远嫁。"放风筝"的画面象征有去无回。"千里东风一梦遥"，暗指天长路远，梦魂难度，结尾只能在睡梦中与家人团聚，又是庶出的不幸。

正册判词之四

画：几缕飞云，一湾逝水。

富贵又何为？襁褓之间父母违。

展眼吊斜晖，湘江水逝楚云飞。

这一首是写史湘云的。湘云虽然出生于"金陵世勋史侯家"，但自小失去了父母，富贵对她来说竟毫无用处。后来她嫁给了卫若兰，可惜好景不长，婚后不久，丈夫病逝。画中"几缕飞云，一湾逝水"暗喻夫妻生活的短暂。

正册判词之五

画：一块美玉，落在泥污之中。

> 欲洁何曾洁，云空未必空。
>
> 可怜金玉质，终陷淖泥中。

这一首是写妙玉的。妙玉出身高贵，"祖上也是读书仕宦之家"。"文墨也极通，经典也极熟，模样又极好。"（第十八回）妙玉性情孤傲且有洁癖，虽然带发修佛，希望遁入空门，但是她"六根"未净，因刘姥姥喝过她的茶杯，嫌刘姥姥卑贱、粗俗，而产生厌恶之情，要把刘姥姥喝过的茶杯扔掉，完全没有佛家"众生平等"的意识。她对宝玉有若隐若现的情愫。所以说她"云空未必空"。判词的最后一句和画面是指流落风尘，并非续书所写的被强盗用迷魂香闷倒奸污后劫持而去，途中又不从遭杀。

正册判词之六

画：一恶狼，追捕一美女——欲啖之意。

> 子系中山狼，得志便猖狂。

金闺花柳质，一载赴黄粱。

这一首是写贾迎春的。"子""系"合而成"孙"，隐指迎春的丈夫孙绍祖。"中山狼"是恩将仇报的人。孙绍祖曾巴结过贾府，受到贾府的恩惠，后来家资饶富，又于兵部候缺提升，便猖狂得意，胡作非为，反咬一口，对迎春家暴，经常打骂，迎春被虐待致死。迎春在嫁给孙绍祖一年之间去世。

正册判词之七

画：一所古庙，里面有一美人，在内看经独坐。

勘破三春景不长，缁衣顿改昔年妆。

可怜绣户侯门女，独卧青灯古佛傍。

这一首是写贾惜春的。"勘破"一句，一语双关，字面是讲春光短促，实际上讲惜春的三个姐姐都好景不长，惜春向来对人生冷漠，更加使她感到人生幻灭。缁衣是指僧尼穿的衣服。续书写惜春坚决要求剃度出家，在栊翠庵修行，黛玉的丫头紫鹃"自愿"跟着去服侍她。

正册判词之八

画：一片冰山，上有一只雌凤。

凡鸟偏从末世来，都知爱慕此生才。

《十二金钗图》之“惜春作画”　〔清〕费丹旭

一从二令三人木，哭向金陵事更哀。

这一首写的是王熙凤。“凡鸟”两字合起来为繁体的“鳳”字，喻指王熙凤的名字。王熙凤生于家族衰落之际，她精明能干，心狠手辣，是贾府的大管家。“一从二令三人木”，指的是丈夫贾琏对凤姐的态度的变化。这里采用拆字法去理解“一从”就是最初百依百顺；“二令”解为“冷”，指丈夫对她逐渐冷淡；“三人木”是一个“休”字，指最后被休弃的命运。吴恩裕先生《有关曹雪芹十种·考稗小记》中说：“凤姐对贾琏最初是言听计‘从’，继则对贾琏可以发号施

'令'，最后事败终不免于'休'之。故曰'哭向金陵事更哀'云云。"画中的"冰山"喻独揽大权的地位难以持久。脂批是凤姐后来为贾琏所休，续书写王熙凤病死。

正册判词之九

画：一座荒村野店，有一美人在那里纺织。

势败休云贵，家亡莫论亲。

偶因济刘氏，巧得遇恩人。

这一首写的是巧姐。巧姐是王熙凤的女儿。贾府后来衰落，王熙凤病逝。世态炎凉，这时即使出身显贵也无济于事，骨肉亲人也翻脸不认人。巧姐的舅舅王仁和贾环，这对"狠舅奸兄"竟然要把她卖于烟花巷。好在有了"村妇"刘姥姥，因刘姥姥初进大观园时王熙凤给她二十两银子，刘姥姥给巧姐起了名字，在巧姐遇难之时，刘姥姥出手相救，续书中写巧姐嫁给一个"家财巨万，良田千顷"之家。这里的"偶"，指贾府根本不存在济贫之心，凤姐惯于搜刮敛财，不过是偶施小恩。刘姥姥是一个知恩图报的人，说明善有善报。

正册判词之十

画：一盆茂兰，旁有一位凤冠霞帔的美人。

桃李春风结子完，到头谁似一盆兰？

如冰水好空相妒，枉与他人作笑谈。

这一首是写李纨。李纨是贾珠的妻子，刚生下贾兰不久，丈夫就去世了。"桃李春风结子完"，这里的"李""完"暗示李纨的名字。"桃李"一句暗喻早丧，婚姻生活就像春风里的桃李一样，一到结果，景色尽失。结子，寓意生子，"一盆兰"指贾兰，"完"谐音"纨"同。贾府子孙后来都不行了。只有贾兰"福禄高寿"，故母因子贵。"如冰"两句指李纨遵守封建的节操，品行如冰清水洁，但也用不着嫉妒羡慕。虽然儿子争光，但也年老体衰，"昏惨惨，黄泉路近了"，结果只不过作为人家谈笑之资罢了。

正册判词之十一

画：一座高楼，上有一美人悬梁自尽。

情天情海幻情身，情既相逢必主淫。

漫言不肖皆荣出，造衅开端实在宁。

这一首是写的是秦可卿。"幻情身"是指幻化出一个象征着风月之情的女身，秦可卿是贾珍的儿媳妇，焦大骂"爬灰的爬灰"，就是指他们的乱伦，小说原来写贾珍与儿媳妇私通，丑事败露后，秦氏羞愤自缢于天香楼。小说出于隐恶后来改为病死。秦氏死后，贾珍哭得像泪人一样，买最好棺木，用最高的规格下葬，可见关系非同寻常。

又副册判词之一

画：既非人物，亦非山水，不过是水墨渝染，满纸乌云浊雾而已。

霁月难逢，彩云易散。

心比天高，身为下贱，风流灵巧招人怨。

寿夭多因诽谤生，多情公子空牵念。

副册仅写了两个人，一个是晴雯，一个是袭人，可见这两个人物的重要性。

"光风霁月"比喻人品的光明磊落。"雨后新晴叫霁"，寓"晴"字，云呈彩叫"雯"。这两句暗喻"晴雯"的名字和率直的性格。"心比"两句，说晴雯虽然是赖大买来养大的，是"奴才的奴才"，地位最低贱，但却心气很高，从不低三下四讨好主子，没有阿谀奉承的奴才相。晴雯不但长得标致，而且女工了得，第五十二回写了"勇晴雯病补雀金裘"，表现了她刺绣的功夫超过了专业的师傅。由于她刚直的个性，招来了诽谤陷害，年仅十六岁就被迫害致死。宝玉在她被赶出大观园时去她姑舅哥哥家里看她，后来还写了《芙蓉女儿诔》悼念她，故说"空牵念"。

又副册判词之二

画：一簇鲜花，一床破席。

枉自温柔和顺，空云似桂如兰。

堪羡优伶有福，谁知公子无缘。

这一首写的是袭人。画中的一簇鲜花，指花，袭人姓花。一床破席，"席"字与"袭"同音，寓意花袭人这一名字。"枉自"一句，指袭人空费心思，用"温柔和顺"的仪态，讨好主子们。小说用"贤袭人"去概括她。她对宝玉悉心照料，充当着母亲、妻妾、仆人的多重角色。"似桂如兰"，暗点其名。"袭人"的名字是宝玉从宋代陆游《村居书喜》诗中得来"花气袭人知骤暖，鹊声穿树喜新晴"。兰花是浓香，桂花是清香，"空云"指香也枉然。袭人在宝玉出家后，嫁给了蒋玉菡，蒋玉菡是优伶，所以，公子宝玉与她没有缘分。

第三个，第十三回："秦可卿死封龙禁尉"。秦可卿临终托梦王熙凤，警醒、告诫其贾府的衰落之势，劝导凤姐采取措施挽救贾府颓败之法。小说写道：

凤姐方觉星眼微朦，恍惚只见秦氏从外走来，含笑说道：婶子好睡！我今日回去，你也不送我一程。因娘儿们素日相好，我舍不得婶子，故来别你一别。还有一件心愿未了，非告诉婶子，别人未必中用。"凤姐听了，恍惚问道："有何心愿？你只管托我就是了。"秦氏道："婶婶，你是个脂粉队内的英雄，连那些束带顶冠的男子也不能过你，你如何连两句俗语也不晓得？常言'月满则亏，水满则溢'，又道是'登高必跌重'。如今我们家赫赫扬扬，已将百载，一日倘或乐极悲生，若应了那句'树倒猢狲散'的俗语，岂不虚称了一世的诗书旧族了！"

秦氏居安思危，充满着忧患意识，可以说有先见之明，她向王熙凤建议，要赶早规划一部分土地，当作祖茔、供祀、家庙、家祠之用，即使以后遇不测也有一条生路。叙述之后又道"三春去后诸芳尽，各自须寻各自门"，这个梦暗示着贾府已经埋下了衰败的种子，告诫王熙凤未雨绸缪，防患于未然，并提出了两个建议：一是在祖坟附近多置办田庄土地；二是将家塾建于此，以防将来犯罪抄家。秦可卿说："月满则亏，水满则溢。"就如这是天道的法则。这一场梦，不仅预示了贾氏家族的繁华与衰败，也充满哲学意味。可惜王熙凤只顾个人敛财，没有把秦氏的话听进去，王熙凤辜负了秦氏的期望。

（四）心灵感应的意象之美

梦是熟睡的时候心神或者是魂魄对外界的一种感应，这种感应对将来有一种提示和预测的功能，这种梦很玄妙，是看不见摸不着的存在。梦，会产生一种电波、一种意念，在最爱至亲之间往往会发生"同频共振"，也即感应。这种现象在至亲的人中都发生过，《红楼梦》写了两个有代表性的梦：

第一个梦是第八十二回"老学究讲义警顽心，病潇湘痴魂惊恶梦"。黛玉因白日听了老婆子调侃她与宝玉是一对的话，夜里自己思及自身身体不好，年岁不年轻，贾母与王夫人也似无半点想要早点定下这门亲事之意，自顾自地哀叹而梦。小说写道：

不知不觉，只见小丫头走来说道："外面雨村贾老爷请姑娘。"黛玉道："我虽跟他读过书，却不比男学生，要见我作什么？况且他和舅舅往来，从未提起，我也不便见的。"因叫小丫头："回复'身上有病不能出来'，与我请安道谢就是了。"小丫头道："只怕要与姑娘道喜，南京还有人来接……"

宝玉道："你要不去，就在这里住着。你原是许了我的，所以你才到我们这里来。我待你是怎么样的，你也想想。"黛玉恍惚又像果曾许过宝玉的，心内忽又转悲作喜，问宝玉道："我是死活打定主意的了。你到底叫我去不去？"宝玉道："我说叫你住下。你不信我的话，你就瞧瞧我的心。"说着，就拿着一把小刀子往胸口上一划，只见鲜血直流。黛玉吓得魂飞魄散，忙用手握着宝玉的心窝，哭道："你怎么做出这个事来？你先来杀了我罢！"宝玉道："不怕，我拿我的心给你瞧。"还把手在划开的地方儿乱抓。黛玉又颤又哭，又怕人撞破，抱住宝玉痛哭。宝玉道："不好了，我的心没有了，活不得了。"说着，眼睛往上一翻，咕咚就倒了。黛玉拼命放声大哭。只听见紫鹃叫道："姑娘，姑娘，怎么魇住了？快醒醒儿脱了衣服睡罢。"黛玉一翻身，却原来是一场恶梦。

林黛玉做的这个梦，宝玉同样有强烈的反应。第八十三回"省宫闱贾元妃染恙，闹闺阃薛宝钗吞声"，黛玉卧病，宝玉差使袭人探病，袭人与紫鹃说起宝玉前一夜梦中心口疼之事。袭人道：

昨日晚上睡觉还是好好儿的，谁知半夜里一叠连声的嚷起心疼来。嘴里胡说白道，只说好像刀子割了去的似的，直闹到打亮梆子以后才好些了。

这个梦写了黛玉和宝玉两个的感应。两个相爱的人，心心相印，情意相投，会出现一种感应的现象，这既是一种梦境，也是内心的一次自我表白，是他们之间对爱情"立誓"，是互托终身，宝玉在这里掏出了"心"，表示了他的坚定意志。

后来林黛玉死了，宝玉心神不定，希望能在梦里相见，诉说衷肠，小说一百零九回，写宝玉叹气道："正是'悠悠生死别经年，魂魄不曾来入梦'。"昼夜他搬出主人房去独睡，也不曾梦见林黛玉，于是，他因想："昨夜黛玉竟不入梦，或者他已经成仙，所以不肯来见我这种浊人，也是有的。"宝玉把黛玉成仙作为其生命延续的希望，而得到了慰藉。

第二个梦是第八十六回："受私贿老官翻案牍，寄闲情淑女解琴书。"贾母在梦中梦见贾元春前来与其道别。

薛姨妈道："上年原病过一次，也就好了。这回又没听见元妃有什么病。只闻那府里头几天老太太不大受用，合上眼便看见元妃娘娘。众人都不放心，直至打听起来，又没有什么事。到了大前儿晚上，老太太亲口说是'怎么元妃独自一个人到我这里？'众人只道是病中想的话，总不信。老太太又说：'你们不信，元妃还与我说是荣华易尽，须要退步抽身。'众人都说：'谁不想到？这是有年纪的人思前想后的心事。'所以也不当件事。恰好第二天早起，里头吵嚷出来说娘娘病重，宣各诰命进去请安。他们就惊疑的了不得，赶着进去。他们还没有出来，我们家里已听见周贵妃薨逝了。你想外头的讹言，家里的疑心，恰碰在一处，可奇不奇？"

薛姨妈讲的这个梦发生在贾母与元春祖孙之间，连薛姨妈都感到稀奇。贾母与元春也是有血缘关系，且感情深厚，凡是感情深厚的人往往都会在梦中相见。元妃对贾母说："荣华易尽，须要退步抽身。"这是看到了自己气数将尽，贾府已出现衰败的端倪，要及早抽身，寻求保全。这是对贾府衰落的暗示。

三、《红楼梦》书名的人生哲理之美

《红楼梦》以梦为题，处处点出梦幻泡影，"悲喜千般同幻渺，古今一梦尽荒唐。"《红楼梦》诠释了《金刚经》所云："凡所有相，皆是虚妄。""一切有为法，如梦幻泡影，如露亦如电，应作如是观。"

《红楼梦》第一回开头的诗曰：

> 浮生着甚苦奔忙，盛席华筵终散场。
>
> 悲喜千般同幻渺，古今一梦尽荒唐。
>
> 谩言红袖啼痕重，更有情痴抱恨长。
>
> 字字看来皆是血，十年辛苦不寻常。

《红楼梦》第一回，也是《红楼梦》里的第一个梦，讲的是人生不过红尘一梦。

小说第一回"甄士隐梦幻识通灵"，用一个梦开篇，这个梦是魔幻的，是在天上与地下之间穿梭的，非常有哲学意义和宗教信仰的色彩。小说写道：

> 一日，炎夏永昼，士隐于书房闲坐，至手倦抛书，伏几少憩，不觉朦胧睡去。梦至一处，不辨是何地方。

梦里他听见了一僧一道的对话，说去了却一段风流公案，也即神瑛侍者和绛珠仙草的故事。甄士隐还跟随一僧一道来到了"太虚幻境"。小说又道：

> 两边又有一副对联，道是：
>
> 假作真时真亦假，无为有处有还无。
>
> 士隐意欲也跟了过去，方举步时，忽听一声霹雳，有若山崩地陷。士隐大叫一声，定睛一看，只见烈日炎炎，芭蕉冉冉，梦中之事便忘了大半。

　　甄士隐的这个梦充满着哲学思辨，表达了作者的文学创作理念。曹雪芹对梦从哲学的意义上，描写了人生的意义、机遇与选择。

　　一是真与假的关系。梦境的故事是假的，但其实又是真的。作者说"假作真时真亦假，无为有处有还无"。

　　小说第五十六回，讲述贾宝玉梦见甄宝玉。这一回，江南甄家上京朝贺，宝玉得知在江南也有一个和他长得一模一样的甄宝玉，见过甄家几个妇人之后，回到房中睡觉，竟然梦到自己去了江南甄家，还见到了那个甄宝玉。

　　宝玉忽上了台矶，进入屋内，只见榻上有一个人卧着，那边有几个女孩儿做针线，也有嬉笑玩耍的。只见榻上那个少年叹了一声。一个丫鬟笑问道：

　　"宝玉，你不睡又叹什么？想必为你妹妹病了，你又胡愁乱恨呢。"宝玉听说，心下也便吃惊。只见榻上少年说道："我听见老太太说，长安都中也有个宝玉，和我一样的性情，我只不信。我才做了一个梦，竟梦中到了都中一个花园子里头，遇见几个姐姐，都叫我臭小厮，不理我。好容易找到他房里头，偏他睡觉，空有皮囊，真性不知那里去了。"宝玉听说，忙说道："我因找宝玉来到这里。原来你就是宝玉？"榻上的忙下来拉住："原来你就是宝玉？这可不是梦里了。"宝玉道："这如何是梦？真而又真了。"

曹雪芹在这里设计了两个宝玉，两个人外貌惊人地相似，但其志向、性格、爱好都迥然相异，贾宝玉其实是一个真性情、真本色的人，而甄宝玉却是满口道德文章，追求仕途经济的人，从本质上看，又是相当假的了。人的本性本来是真的，但由于受到后天的"污染"，变得越来越假，许多人都戴着"假面具"生活，在众人面前一个样，私底下又是另一个样。小说告诉我们，真和假不能只看表面现象，必须经过深入的考究才

甄府进京探亲请安，镜中现影梦会宝玉　〔清〕孙温

能认清。梦中是真，现实却假。

从哲学的意义上去看，真与假是相反相成、互相依存并且可以互相转换的。在太虚幻境里，神瑛侍者与绛珠仙草的情感是真诚、纯真的，但在现实的世界里，却被看成是"假"的。在现实生活中，许多真实存在的东西，其实都是"假"的。有的人离开了健康的身体和心灵的自由，拼命追求权力、地位、财富、美色，最后，虽然想得到的东西到手了，但命却没有了，这是为假象所蒙蔽。

二是虚与实的关系。梦境往往认为是虚幻的。但是，在现实生活中人们追求的东西往往也是虚幻的。《红楼梦》如同一部经书。作者在书中用一次次的梦境时时提醒世人：人生如梦，到头来终究是虚幻一场。只是我们如书中宝玉一样，总也参不透，看不破，执迷其中。许多人追求虚幻的功名、利禄、美色，到头来，身心疲惫，再加上不知足，不知止，必然断送了宝贵的生命，真的可悲。

三是梦与觉的关系。梦是一个人的潜意识的表达，是内心的真实的想法。曹雪芹认为许多人都固执不悟，而使身心疲累。他写了许多梦，其实是为了让人"觉"

和"悟"，这蕴含着深刻的人生哲理。《三国演义》第三十八回，"定三分隆中决策"，写了刘备"三顾茅庐"，诸葛亮吟诗曰：

　　大梦谁先觉？平生我自知。

　　草堂春睡足，窗外日迟迟。

　　诸葛亮自认为是一个先知先觉的人，他首先问，对于人生的道理，有几个人能够将其参得透、看得明呢，而我却已梦觉自知，对世间的万事万物都了解于胸，对人生的哲理已经觉醒。曹雪芹写了许多梦，目的在于"觉"，在于不要颠倒梦想，在于寻求人生的真谛，从虚幻的大梦中解脱出来。

　　由此看来，作者是用"梦"讲哲学、讲文学，讲作者的思想、观点和人生态度，拓展了叙事的地理空间、时间空间、心灵空间，聚合了现实世界、虚幻世界和理想世界，构筑起如史诗般的"红楼梦"大厦，这不但赋予了梦的神妙，也赋予了深刻的思想内涵，这是超越所有写"梦"的独特之处和高明之处。

第二讲　人文精神

《红楼梦》主题思想之美

　　一本小说的生命力、影响力，取决于它的思想力，即它所表达的思想高度和文化厚度。一本优秀的小说应当直达人们的灵魂深处，勇敢地批判阻碍人类文明进步的丑恶现象，指导人类精神境界、道德情怀和艺术素养的提升。这样的作品不但超越时空，而且随着人类社会的发展焕发出绚丽的光芒。《红楼梦》之所以能够成为一部不朽的文学经典，最根本在于它高扬了人文主义的旗帜，充分地彰显了人性之美。可以说，《红楼梦》是一本杰出的思想启蒙之书，是对人的本质、对人生价值、对生命的终极意义的追问，是对人生命运的感叹，是一首生命悲歌！

　　对于《红楼梦》的主题思想，古往今来，众说纷纭。有人说这是一部爱情小说，有人说这是一部政治小说，有人说这是一部哲理小说，也有人说这是一部艺术小说，莫衷一是。由于《红楼梦》所包含的思想内容极为丰富，每一个作者从自己的视角去发现它的思想价值和审美价值，因此说法不一，争论颇大。鲁迅先生在《〈绛洞花主〉小引》中曾指出："单是命意，就因读者的眼光而有种种：经学家看见《易》，道学家看见淫，才子看见缠绵，革命家看见排满，流言家看见宫闱秘事……"所有这些都未能领悟《红楼梦》的真谛。我认为《红楼梦》高扬了人文精神的旗帜，这是因为《红楼梦》揭示了金钱、名利、权力对人性的异化，指出了人的最高价值是生命的价值，倡导了人格的独立和尊严，赞扬了纯真、真挚的人情，肯定了仁爱、悲悯的人性，因此，我把《红楼梦》当作人文主义的赞歌！

一、赞扬纯真、真挚的人情

人与动物最大的差别是会思想、有感情。作为一个完善的人是身、心、性、情的和谐统一。情绪、情感在人的生命中占有一席之位。人之初，情是纯真、纯洁的。但是，由于后天环境的影响，如社会制度、道德风尚、生活习惯的陶冶，人们的性情发生了改变，有的向好的方向升华，有的却被扭曲，而使美好的感情受到了摧残。

《红楼梦》可以看作一本"情书"，即谈情说爱的书。第一回开卷即云"风尘怀闺秀"，本意是作者记述当日闺友闺情。曹雪芹申明创作《红楼梦》的立意是"大旨谈情"。

曹雪芹用一个神话来说"情"，写贾宝玉是青埂峰下的一块石头，是女娲补天剩下的一块石头，用于补"情天"，所以宝玉到了太虚幻境，看到"孽海情天"四个字，情天难补，便坠入红尘，描述了"万水千山总是情"的历劫！林黛玉是一株绛珠仙草，本来生活在离恨天，但由于饿了吃蜜青果，"蜜青"即秘情，正如夏娃吃了禁果一样，这样，一生即为情所困，"情根一点是无生债"。俗话说，人生最大的债务是人情，为了还"情"债，来到尘世用泪还宝玉的情。小说以神话故事的"情"又回归到现实世界，说亲情、爱情、友情、世情，也揭露批判了无情、绝情。

"青埂"即"情根"，宝玉源于情根，即天生情种。因为"无材补天"，它才得以入世；因为入世而无用，它得以成就至情纯真的人生。

曹雪芹追求一个有情世界，寻找繁花似锦的美好春天。但现实社会没有春天，曹雪芹就虚构了一个有情之天下，这就是"大观园"。"大观园"是一个理想世界，也就是小说一开始写太虚幻境——清静女儿之境。大观园是一个诗的世界，是青春的世界，那里处处是对青春的赞美，处处是对情的赞美，是对少男少女的人生价值的肯定和赞美，大观园这个有情之天下好像是当时社会的一股清泉、一缕阳光。小说一开始写贾宝玉游太虚幻境的时候，"这个去处有趣，我就在这里过一生，纵然失去了家也愿意。"曹雪芹用"情"被毁灭的悲剧，揭示美的毁灭的悲剧。其实美的思想的核心也是一个"情"。

"脂批"说："《红楼梦》作者是欲天下人共来哭此'情'字。""情"是《红楼梦》全书的核心和动力。舍弃或消解了"情"，《红楼梦》就不成其为《红楼梦》。《红楼梦》正是通过一个只关于"情"的故事，赞扬纯真而又美好的情，批判虚假而又世俗的情。但这也是它向我们揭示的人生大美之所在。

脂砚斋在第八回批语："随事生情，因情得文。"小说第五回写太虚幻境，宫门口的对联是："厚地高天，堪叹古今情不尽；痴男怨女，可怜风月债难偿。"第十六回总评说："何非幻，何非情，情即是幻，幻即是情，明眼者自见。"横书四个大字："孽海情天"。小说每回的标题，有十多回用了"情"字，如："情切切良宵花解语""潇湘馆春困发幽情""痴情女情重愈斟情""含耻辱情烈死金钏""情中情因情感妹妹""识分定情悟梨香院""情哥哥偏寻根究底""慧紫鹃情辞试莽玉""茜红纱真情揆痴理""呆香菱情解石榴裙""浪荡子情遗九龙佩""情小妹耻情归地府"，等等。书中提到"情"字的地方就更多了，如"情天""情种""情鬼"，等等。所以，脂评说《红楼梦》是"写情文字"。《红楼梦》写完了"情"的价值，追求"情"的理想，实现"情"的解放，这是曹雪芹的审美理想，也是《红楼梦》的核心思想之一。

脂批强调了"情"字在《红楼梦》中的重要地位。《红楼梦》的全部思想价值和艺术成就，都是以"情"字为核心的。

下面，对《红楼梦》中所写的"情"做一些介绍。

（一）血浓于水的天伦亲情

天伦之情是人之为人的第一情感。假如一个人连亲情都没有了，可以说是禽兽不如。因为"鸦有反哺之情，羊有跪乳之恩"。动物都有感恩之情，都讲亲情，何况于人。亲情是一种血脉相连的血缘关系，是天然的感情，因此，亲情应是无价的、无私的，又是循环往复的。即父亲养儿儿养儿，一代一代地传承下去。曹雪芹对这种亲情怀着深深的眷恋，小说所写的，让我们难以

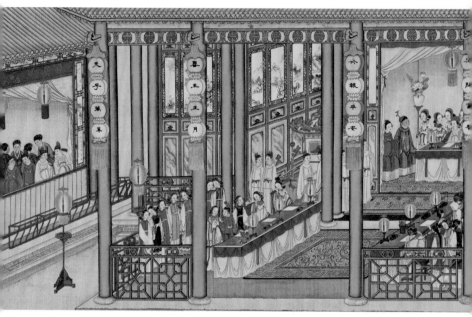

贵妃筵宴题大观园，天伦乐宝玉逞才藻　〔清〕孙温

忘怀，这从贾元春的"亲情"的描写中可以看到。

小说第十六回在"省亲"开始之前，借贾琏之口说：

> 如今当今体贴万人之心。世上至大莫如"孝"字，想来父母儿女之性皆是一理，不是贵贱上分别的。……让宫里妃嫔才人回到家中，"庶可略尽骨肉私情，天伦中之至性"。

在这里讲"省亲"是人之常情，也是皇上的"隆恩"。表面看来，"省亲"之举，是对皇帝的感恩戴德，是"赞圣"之笔。

可是，第十八回一开始诗曰：

豪华虽足羡，离别却难堪。

博得虚名在，谁人识苦甘？

小说接着写的"省亲"场面是亲人的生离死别，读来令人心酸。当一套礼仪程序完毕以后，小说有一段描写：

至贾母正室，欲行家礼，贾母等俱跪止不迭。贾妃满眼垂泪，方彼此上前厮见，一手挽贾母，一手挽王夫人，三个人满心里皆有许多话，只是俱说不出，只管呜咽对泣。邢夫人，李纨，王熙凤，迎、探、惜三姊妹等，俱在旁围绕，垂泪无言。半日，贾妃方忍悲强笑，安慰贾母、王夫人道："当日既送我到那不得见人的去处，好容易今日回家，娘儿们一会，不说说笑笑，反倒哭起来。一会子我去了，又不知多早晚才来！"说到这句，不禁又哽咽起来。邢夫人等忙上来解劝。

对这段叙述脂批说："说完不可，不先说不可。说之不痛不可；最难说者，是此时贾妃口中之语。只如此一说，方千帖万妥。一字不可更改，一字不可增减，入情入理之至！""省亲"本是畅叙骨肉之情，共享天伦之乐，可是见到至亲的人却一句话也说不出来，相对无言，唯有泪千行，此时无言胜有言。因为不是无话可说，而是不知道怎么说。元妃说"当日既送我到那不得见人的去处……"饱含了辛酸，宫门深似海，元妃进宫，表面看来很风光，可是却失去了自由、幸福、快乐。后来贾政帘外问安，贾妃又隔帘含泪谓其父曰："田舍之家，虽齑盐布帛，终能聚天伦之乐；今虽富贵已极，骨肉各方，然终无意趣！"元春说，田舍之家虽然生活清淡，却能享受天伦之乐，而如今享受富贵的生活，骨肉分离，毫无人生的意义。

元妃的"省亲"活动，自始至终都贯穿着悲楚的场景。当元妃要返回时，小说写道：

执事太监启道："时已丑正三刻，请驾回銮。"贾妃听了，不由的满眼又滚下泪来。却又勉强堆笑……贾母等已哭得哽噎难言了。贾妃虽不忍别，怎奈皇家规范，违错不得，只得忍心上舆去了。

曹雪芹在这里写了贾妃与亲人分别的悲伤场面，它告诉我们：其一，用骨肉亲情去换取所谓荣华富贵是何其残忍。贾妃进宫使贾府有了"靠山"，这是用元春的生命换来的，是元春牺牲自我去换来的，作者的态度很明确，宁可过清淡的生活，享受天伦之乐，也不要过富贵的生活而骨肉离散。这种价值选择今天还值得我们深思，在富贵与亲情之间我们应该选择什么？其二，亲情是亲人之间的心灵港湾。在亲人的面前可以毫无保留，不必掩饰地表露、诉说。元春在贾母面前可以尽情显露，可以说在外头不敢说的话，可以埋怨，也可以流泪，可是，一旦回到宫中，又要"装"，装出美满、装出开心，这也正是亲情的本真。其三，亲情是危难之时的保护层和疗伤之药。在人生的旅途中，在艰难困苦、生老病死的关键时刻，亲人会挺身而出，亲情带来了温情、温暖，贾家处于危难之时，四处疏通的全靠亲人。可惜的是在现实生活中，轻视、漠视亲情的现象还比比皆是，在金钱面前，亲情变得苍白无力，亲人之间往往因为蝇头小利而反目成仇，这是不懂得亲情的价值。其四，小说设置亲人之间的生离死别最能触动人们的内心情感，小说描写了"重逢"和"分别"的场面，写得很动人，写得很心酸，使人明白骨肉之情弥足珍贵。

（二）心灵相通的纯真爱情

爱情是人类的一种美好情感，是幸福人生的追求和向往，是婚姻的基础，自然地也成为文学作品永恒的主题，《红楼梦》也不例外，宝、黛的爱情故事成为小说的主线之一，占有较大的比重，也是小说在艺术上写得最动人的内容。

《红楼梦》第五回的"引子"曲词是：

开辟鸿蒙，谁为情种？都只为风月情浓。趁着这奈何天，伤怀日，寂寥时，试遣愚衷。因此上，演出这怀金悼玉的《红楼梦》。

曹雪芹以宝玉为"情种"，又以宇宙元气（鸿蒙）为其本原，这是与他以大观园为"清洁女儿之境"，又以太虚幻境为其原型相配合的。宝玉的人生就是人之为人最纯粹、最深沉，也是最苦痛、最烂漫的情怀的体现——开辟鸿蒙的"情种"。

小说中除了宝、黛、钗的婚恋纠葛以外，还写了柳湘莲与尤三姐、司棋和潘又安、贾芸和小红等的爱情故事和鸳鸯抗婚等悲剧。下面主要介绍宝黛的爱情故事。

宝玉和黛玉经历了相识相处、试探了解、定情到分离的过程。宝黛之爱可以用"淡、甜、酸、苦、辣"五味杂陈来概括。

第一是"淡"，就是爱情处于一种淡然的状态。

青梅竹马，懵懂不知，小说第三回开始写了"荣国府收养林黛玉"，黛玉因母亲早丧，大约只有六岁。因母亲是贾母的爱女，故投靠外祖母。小说描写了他们的初次见面：

黛玉一见，便吃一大惊，心下想道："好生奇怪，倒象在那里见过一般，何等眼熟到如此！"宝玉见到黛玉因笑道："这个妹妹我曾见过的。"贾母笑道："可又是胡说，你又何曾见过他？"宝玉笑道："虽然未曾见过他，然我看着面善，心里就算是旧相识，今日只作远别重逢，亦未为不可。"

脂批说："黛玉见宝玉写一'惊'字，宝玉见黛玉写一'笑'字，一存于中，一发乎外，可见文于下笔必推敲的准稳，方才用字。"小说在这里书写他们前世的缘分，从此，两小无猜，同住同吃，快乐生活。

第二是"甜"，两个少年对爱情充满着美好的憧憬和向往。他们情窦初开，产生了朦胧的爱慕，随着时光流转，从儿童成长为少年，潜意识中把对方当作"意中人"。他们试探求证，享受初恋的甜蜜。小说第二十六回"潇湘馆春困发幽情",写宝玉终于注意到相处多年的黛玉的美貌,被她"星眼微饧,香腮带赤"的神态弄得神魂荡漾。小说在第三十回写了宝玉挨父亲贾政毒打以后,宝玉让晴雯给黛玉送去了四条手帕,向黛玉表明了心迹。黛玉体会到其中的含意,在手帕上题了诗,从此以后,黛玉打开了心结,变得开朗,光彩夺人,菊花诗社夺魁,芦雪庵联诗与湘云、宝琴"三分天下",教香菱作诗,小说写了宝黛两情相悦,品尝了爱情的甜蜜。

第三是"酸",宝黛之间的猜疑、嫉妒。爱情是自私的,具有唯一性、独占性的特征。因此,会产生嫉妒心,会"吃醋"。"吃醋"既是一种嫉妒心的表现,又是爱的一种表现,当然,过度的"吃醋"是一种不自信、不信任的表现,是一种控制他人和变态的心理。嫉妒之心是人类的共同心理特征,只是程度深浅不同而已,黛玉是一个孤女,寄人篱下,无依无靠,且身体不好,她心里爱着宝玉,因此,对宝玉与其他女性的来往,处处留心,常有戒备之心,她曾把宝钗和湘云作为假想敌,用"金玉良缘"和"金麒麟"去打趣,偶尔耍点小性子,表现了心里经常泛起的"酸"味。

第四是"苦"，这就是"求不得"之苦。他们之间不但有相思之苦，又有无法选择婚姻之苦。他们虽然相爱，私订终身，但有情人难成眷属，有缘无分，在凤姐设计的"偷梁换柱"的计谋下，"木石前盟"走到了终点。回应了第五回的曲调《终身误》中说的："空对着，山中高士晶莹雪；终不忘，世外仙姝寂寞林。叹人间，美中不足今方信。"以及《枉凝眉》中"一个是阆苑仙葩，一个是美玉无瑕。若说没奇缘，今生偏又遇着他，若说有奇缘，如何心事终虚化"。小说写了宝黛二人前世结缘，今生青梅竹马，心意相通的爱情最终有缘无分，以悲剧告终。

第五是"辣"，这就是当爱情的希望破灭时，用决然的态度砍断了情丝。当黛玉得知宝玉与宝钗成婚之后，希望破灭了，她做出一个果断、决断的举动，砍断了情思，第九十七回"林黛玉焚稿断痴情"，写出了一个"弱女子"刚毅的性格。小说写道：黛玉叫紫鹃把题诗的旧手帕拿来，开始用手撕，"只见黛玉接到手里，也不瞧诗，挣扎着伸出那只手来狠命的撕那绢子，却也是只有打颤的份儿，哪里撕得动，紫鹃早知道她是恨宝玉，却也不敢说破"。后来，她把题有诗的旧手帕扔

林黛玉焚稿断痴情（局部）　〔清〕孙温

进了火盆全烧掉了，手帕是定情物，手帕上面的诗是表达爱情的诗，把手帕烧掉表达了对爱的决绝和终结。读者读到这里往往感到无限的悲痛、悲伤，也为黛玉的泼辣所震撼。

脂批对宝黛的爱情有批注："后观《情榜》评曰："宝玉情不情，黛玉情情，此二评自在评痴之上，亦属囫囵不解，妙甚！"《红楼梦》写的宝、黛、钗的爱情表达了如下几个方面的思想：

第一，不同的婚姻观表现了不同的爱情态度。宝玉是"情不情"，宝玉既以天下为情意，又对爱情有执着的追求，可是当爱情破灭时，他对"爱情"断舍离，砍断了情丝，遁入空门，以"情"变为"不情"。黛玉是"情情"，黛玉以自我为天下，为情感而生为情感而死，把爱情看成了生命的全部。她的情感非常敏感和专注，以至于她与宝玉相处充满了试探、挑刺、误解，导致出现了相互折磨和自我折磨。曹雪芹把她对感情的执着和生命的延续放在现实的冲突之中，结果，当追求破灭时，她就坚决地放弃了生存的意愿。宝钗则是"无情"，宝钗是按照儒家的规则作为人生准则的，用"礼"去克制、压抑个人的情，处处表现出理智、冷静、矜持，对爱情采取无所谓的态度，她是嫁给了婚姻，嫁给一个家族，即使听到宝玉出家的消息，仍然表现出"端庄"。宝钗与感情强烈却没有健康身体的美人林黛玉相反，是一个身体健康却没有感情的美人。

第二，真正的爱情是心灵相通，情意相投，性格相合。宝黛之间的相爱，是建立在情投意合上，黛玉对宝玉从来没有要求他去走仕途经济的道路。宝钗、湘云、袭人都劝他读四书五经，结交官场中人，在仕途经济上出人头地，经常说一些宝玉认为是"混账"的话。黛玉却不去劝他，正如第三十二回黛玉听宝玉说及林姑娘不说这些混账话，心中暗想："素日认他是个知己，果然是个知己。是互相'懂得'的人。"共同的志向，是相知的爱情的基础。

第三，在封建的礼法之下，青年男女往往得不到真正的爱情。他们没有选择的权利和自由，往往听从"父母之命，媒妁之言"，讲求的是"门当户对"。婚姻往往带有明显的功利性，婚姻与爱情常常产生冲突，其结果是爱情的牺牲。作者在大观园里，试图创造一个"有情之天下"，这是一个理想世界，但在现实世界，即是"无情的现实"。所谓"一年三百六十日，风刀霜剑严相逼"，这不仅是林黛玉的际遇，也是小说中许许多多女性的遭遇。最后，这个理想的"有情世界"终于被封建社会的所谓"礼""法"摧毁了。春天逝去了，春梦结束了，曹雪芹用人文主义的审美理想向封建社会的"礼""法"宣战！这是《红楼梦》书写的美学风貌和美学意义。

第四，在人生的旅途中，"欲"与"情"一直产生着冲突。作为人的本性的"欲"，不但是一种生理需求，而且也是一种占有欲。正如薛蟠那样，占有一个又一个，其实不仅是生理的满足，还是一种对女人征服感的胜利和炫耀。而"情"作为人类的一种感情，是对低级的"欲"的一个超越，无情的"性交"其实是动物性的一种作为，是对人格的不尊重，因此说爱情是婚姻的基础，幸福的婚姻应当是"欲"与"情"的统一。

第五，淫和情有根本的区别。淫是人的生理欲望的宣泄，是一种无尺度的放纵，也是一种强烈的占有欲，主要是满足生理需要。而情带有一种感情在其中，带有尊重、羡慕和爱。小说中的贾赦、贾琏、贾瑞大多以淫荡的成分居多，是淫中无情的，而贾宝玉、柳湘莲则相反。脂砚斋有一段评语说得很好，"余叹世人不识'情'字，常把'淫'字当作'情'字。殊不知淫里有情，情里无淫，淫必伤情，情必戒淫，情断处淫生，淫断处情生。三姐项上一横，是绝情，乃是正情；湘莲万根皆消，是无情，乃是至情。生为情人，死为情鬼。故结句曰'来自情天，去自情海'，岂非一篇至情文字？再看他书，则全是'淫'不是'情'了。"（六十六回总评）《金瓶梅》写的是淫，在《红楼梦》中我们看到的是情。在宝玉身上我们看到的是"痴情"，也是真情、爱情。

（三）情趣相投的真挚友情

在中国古代的人伦关系中有"五伦"：君臣，父子，夫妻，兄弟，朋友。友情是血缘关系以外的重要的人际关系。在中国古代有许多感人至深的友情传说，如"伯牙鼓琴""管鲍之交""季布一诺"等，都表现了"人间自有真情在"。

友情同样是一种缘分，"有缘千里来相会，无缘对面不相识"，能成为朋友往往都是一个偶然的机缘，从相识到相知，从而结下了深厚的友情。

那么，什么是真正的友情呢？蒙曼在《唐诗之美》中，用充满诗意的语言加以描述说："友情"是"报君黄金台上意，提携玉龙为君死"的相知，是"故人西辞黄鹤楼，烟花三月下扬州"的挥别，是"高城望断，灯火已黄昏"的思念，是"夜雨剪春韭，新炊间黄粱"的重逢。真正的友情是纯真、纯洁、纯朴的，不是建立在金钱、地位、权力、美色的基础之上，并没有功利的色彩。

《红楼梦》赞美了纯真的友情、友谊，写了宝玉与秦钟，宝玉与蒋玉涵，宝玉与柳湘莲，宝玉与晴雯，黛玉与紫鹃，黛玉与香菱的友情，都写得很动人，特别是与友人的"死别"令人潸然泪下。下面，以宝玉与秦钟，宝玉与晴雯，黛玉与紫鹃为例。

第一是宝玉与秦钟（情种）的友情。小说第七回"谈肄业秦钟结宝玉"，描写了他们的一见如旧。小说是这样描写秦钟出场的：

果然出去带进一个小后生来，较宝玉略瘦巧些，清眉秀目，粉面朱唇，身材俊俏，举止风流，似在宝玉之上，只是怯怯羞羞，有女儿之态。

宝玉一见秦钟就产生了好感。

那宝玉只一见秦钟人品，心中便有所失。痴了半日，自己心中又起了呆意，乃自思道："天下竟有这等人物！如今看了我，竟成了泥猪癞狗了。可恨我为什么生在这侯门公府之家，若也生在寒儒薄宦之家，早得与他交结，也不枉生了一世。我虽如此比他尊贵，可知绫锦纱罗，也不过裹了我这根死木头；美酒羊羔，也不过填了我这粪窟泥沟。'富贵'二字，不料遭我涂毒了！"秦钟见到宝玉也自思道："……可恨我偏生于清寒之家，不能与他耳鬓交接，可知'贫富'二字限人，亦世间之大不快事。"……二人你言我语，十来句后，越觉亲密起来。

他们两个人都有相见恨晚的感觉。脂批说："贫富"二字中，失却多少英雄朋友！由于身份、地位、贫富把朋友的缘分都割断了。他们两人一见如旧，宝玉邀请秦钟一同在他的家塾里读书，两人成为学友。后来，

秦鲸卿夭逝黄泉路（局部）　〔清〕孙温

秦钟与智能好上了，并给宝玉撞见。秦钟与智能经常"暗度陈仓"，小说写："那秦钟与智能百般不忍分离，背地里多少幽期密约，俱不用细述，只得含泪而别。"秦钟与智能的私情终于暴露，秦钟之父秦业愤怒无比，将智能赶出秦家，又将秦钟打了一顿。自己气得老病发作，三五日的光景呜呼死了。秦钟本自怯弱，又带病未愈，受了笞杖，今见老父气死，此时悔痛无及，更又添了许多症候。因此宝玉心中怅然如有所失。小说第十六回："秦鲸卿夭逝黄泉路"，写了宝玉对秦钟的关切，描述了他们之间的"死别"："无奈秦钟之病一日重似一日，也着实悬心，不能乐业。"宝玉对秦钟的病很担忧，一早就过去看望他。宝玉叫道"鲸兄，宝玉来了……"秦钟哼了一声，微开双目，见宝玉在侧，乃勉强叹道："怎么不肯早来？再迟一步也不能见了。"秦钟临终之际，小说写"悄无一人"，写出了萧条景色和人情冷暖。宝玉在这个关键时候的出现，是对朋友的极大安慰，真的是有情有义。宝玉是送秦钟"萧然而逝"的唯一一个人，充分展示了两个同性朋友的深情厚谊。

第二个是宝玉与晴雯之间的友情。这是两个异性的友谊，通常人们认为异性之间是难有纯粹的友情的，《红楼梦》却做了不一样的回答。《红楼梦》写了一段超越性别、身份的友情。小说营造了一个"勇晴雯"的形象，晴雯的特点是"勇"，这就是刚直不阿，敢说敢做，是宝玉所敬佩的一个女性。小说用"晴雯撕扇""晴雯补裘""夜探晴雯"和"祭奠晴雯"的情节描写了他们深厚而又动人的友情。

晴雯出身低微，但"心比天高"，正直、刚正，身处"奴才"的地位却坚决反对奴才的谄媚、献媚。她无意跌折了扇子，本是应该责罚的，宝玉却为博"千金一笑"，让晴雯撕扇子来满足晴雯的率性（见第三十一回）。"晴雯撕扇"，不能看成是奴才恃宠而骄，而是表现他们之间的相互欣赏，小说写他们"二人都大笑起来"，表达了他们之间的默契和心心相印。"晴雯补裘"写了晴雯的义气和坚强。宝玉不小心把贾母所赐的一件孔雀裘烧了一个洞，明早需去见老祖母，知名的工匠也无能为力。这时，正在发着烧，病势沉重的晴雯挺身而出，用了一个通宵，补好了孔雀裘。"补裘"不但体现了晴雯女工的高超，心灵手巧，而且表现了她对朋友的一片赤诚之心。晴雯耿直的个性、标致的外貌，引来了妒忌和陷害，王夫人骂她是"狐狸精"，把她赶出了大观园，逼死晴雯的主角是王夫人，配角是袭人。晴雯四日水米不沾唇，身染重病，被赶回了家。宝玉不顾挨骂偷偷地到晴雯家中探望，这里又是一个"死别"的场面，比秦钟"死别"的场面更为感人。小说第七十七回："俏丫鬟抱屈夭风流"是这样写的：

宝玉流泪问道："你有什么说的，趁着没人告诉我。"晴雯呜咽道："有什么可说的？不过挨一刻是一刻，挨一日是一日。……只是一件，我死也不甘心的：我虽生的比别人略好些，并没有私情密意勾引你怎样，如何一口咬定了我是狐狸精！我太不服。今日既已担了虚名，而且临死，不是我说一句后悔的话，早知如此，我当日也另有个道理，不料痴心傻意，只说大家横竖是在一处，不想平空里生出这一节话来，有冤无处诉。"说毕又哭。

晴雯表达了她的悲痛、怨恨和后悔，宝玉也是如此。晴雯咬下自己的指甲，脱下贴身的小袄给宝玉做了留念。晴雯去世之后，宝玉写了《芙蓉女儿诔》来哀念她。"诔"是一种在丧礼中宣读的文体，相当于现在的哀辞。这是《红楼梦》全部诗词文赋中最长的一篇，也是宝玉表达内心感情最为突出的一篇。《芙蓉女儿诔》追思了与晴雯相聚的时光："窃思女儿自临浊世，迄今凡十有六载。其先之乡籍姓氏，湮沦而莫能考者久矣。而玉得于衾枕栉沐之间，栖息宴游之夕，亲昵狎亵，相与共处者，仅五年八月有奇。"然后赞扬了晴雯的品格："噫！女儿曩生之昔，其为质则金玉不足喻其贵，其为性则冰雪不足喻其洁，其为神则星日不足喻其精，其为貌则花月不足喻其色。姊娣悉慕媖娴，妪媪咸仰惠

痴公子杜撰芙蓉诔（局部） 〔清〕孙温

德。"宝玉在这里从品性、心地、神智和容貌四个方面去赞扬：回想姑娘当初活着的时候，你的品质，犹如黄金美玉般高贵；你的心地，犹如晶冰白雪般纯洁；你的神智，犹如明星朗日难以比喻其光华；你的容貌，犹如春花秋月难以比喻其娇美。姊妹们都爱慕你的娴雅，婆妈们都敬仰你的贤惠。诔文控诉了造谣中伤的罪恶，发生了"自为红绡帐里，公子情深；始信黄土陇中，女儿命薄！"的感叹！宝玉在念祭文时，黛玉刚好听到，黛玉说："好新奇的祭文！可与曹娥碑并传的了。"并建议他把"红绡帐里，公子多情，黄土陇中，女儿薄命"改为"茜纱窗下，公子多情"，宝玉大加赞赏说："茜纱窗下，我本无缘；黄土垄中，卿何薄命。"黛玉听了，怔然变色，心中虽有无限的狐疑乱拟，外面却不肯露出，反连忙笑着点头称妙。脂评说："诔文'明是为与阿颦作谶'，慧心人可为一哭，观此句，便知诔文实不为晴雯而作也。"作者在艺术构想上，是想借晴雯的悲惨遭遇来衬托黛玉的不幸结局。但不管如何，这都表现了宝玉对纯洁的友情的向往和珍惜。

第三个是黛玉与紫鹃的友情。紫鹃是贾母派来服侍黛玉的丫鬟，但黛玉并没有把紫鹃当作丫鬟看待，把她当作姐妹，当作闺密，当作知心朋友。紫鹃是一个善良、真诚的人，把全部生命系于黛玉一人身上，为黛玉的未来和归宿担忧，当她觉得宝玉对黛玉的态度不明朗时，借机试探；她既天真而又幼稚，希望有长辈来为黛玉的婚事做主，她请求薛姨妈支持黛玉的婚姻，她又为黛玉的身体陷入深深的忧患，为她煎药端水；最为感动人的还是紫鹃送黛玉走到了生命的终点。当黛玉病危时，贾府的太太、小姐们都为宝玉贺喜去了，只有紫鹃陪伴在她的身边。小说第九十七回写道：

今见贾府中上下人等都不过来，连一个问的人都没有，睁开眼，只有紫鹃一人。自料万无生理，因挣扎着向紫鹃说道："妹妹，你是我最知心的，虽是老太太派你伏侍我这几年，我拿你就当作我的亲妹妹。"

黛玉交代紫鹃把她干净的身体运回家乡，魂归故里。这是多么凄凉动人的场景，是以生死相托的友情！

《红楼梦》里写的友情告诉我们什么是真正的友情：首先，真正的友情是超越身份、地位、金钱的，是纯洁、纯真的，是没有功利性的。正如《战国策·楚策》中说："以财交者，财尽则交绝；以色交者，华落而爱渝。"真正的友情是建立在共同的理想、志趣上；

其次，真正的友情是相互的了解、尊重、交心，所谓交心的朋友，就是为对方着想，知道对方在想什么、要什么，处处为朋友着想，宝玉与晴雯，黛玉与紫鹃，他们之间的相处是交心的，是互相珍重的，又是互相分忧的；再次，真正的友情是在关键时刻的相助，俗话说，危难之时见朋友，患难之交有真情，危难、困境是真假友情的试金石，宝玉不惜冒着被责骂的风险，夜探晴雯，写出了感人至深的《芙蓉女儿诔》，不但有真情，也有义气。晴雯舍命补裘，紫鹃陪伴黛玉到了生命的最后一刻。

一个充满友情的社会，必然充满温情、温暖，相反，则是冷漠、冷酷的，在《红楼梦》写到的故事中，我们可以看到：以金相交，金散则亡；以利相交，利尽则散；以权相交，权失则弃，唯有以心相交，行稳致远，友情常在！

二、率性、善良的美好人性

《红楼梦》高扬人文精神的旗帜，还体现在彰显人性的光辉，赞美人的"天性"，提出了初步民主主义的主张。《红楼梦》讲的人性是一颗善良的心，一种悲悯的情怀，一种平等的意识，是对封建社会的科举制度、婚姻制度、奴隶制度、等级制度以及伦理道德的深刻反思、质疑和批制。

（一）向往率性的自然天性和本真

《中庸》一开头就说："天命之谓性，率性之谓道，修道之谓教。"意思是说，上天赋予人的叫作性，遵循上天赋予的性而行动叫作道，把道加以修饰并使众人效仿叫作教。人都有天然的本性，这是天赋的本性，应当给予培育、顺应和发挥。红楼梦第十七回"大观园试才题对额"，有一段讲宝玉对"天然"的理解，讲的是人也应当遵从自然的天性，小说写道：

今见问"天然"二字，众人忙道："别的都明白，为何连'天然'不知？'天然'者，天之自然而有，非人力之所成也。"……宝玉道："古人云'天然图画'四字，正畏非其地而强为地，非其山而强为山，虽百般精而终不相宜……"

率性就是从初心、本心、天性出发，去选择自己的生活道路，率性是天然的，是淳朴的，是不受压抑和扭曲的人性。《红楼梦》写了三个率性的人。

　　第一个自然是贾宝玉。表面看来，宝玉有点痴、呆、傻，但却是他的真性情、真本色。在宝玉的情感世界，处处受到封建礼法的压制。贾宝玉在大观园中所追求和体现的情感理想，是与贾政在贾府所奉行的礼法原则相对立的。冷血、专制的贾政是功利的、非人性的，多情、率性的宝玉是自然的、人性的。

　　小说一百一十八回，宝玉与宝钗在争论何为人品根柢。宝玉说："据你说'人品根柢'，又是什么'古圣贤'，你可知古圣贤说过，'不失其赤子之心'？那赤子有什么好处？不过是无知，无识，无贪，无忌。我们生来已陷溺在贪、嗔、痴、爱中，犹如污泥一般，怎么能跳出这般尘网？如今才晓得'聚散浮生'四字，古人说了，不曾提醒一个。既要讲到人品根柢，谁是到那太初一步地位的？"宝玉认为人的本性应当回到本原、太初中去寻找。宝玉向来对仕途经济毫无兴趣，他其实有很多的艺术天赋，对诗词、音乐等都有艺术的天分，但是他的父亲贾政却要按照他的理想去塑造他，不管他的兴趣爱好，不管他的天资秉性，不给他选择人生道路的权利，一味地强迫他学习四书五经，写八股文，去考取功名，这就扭曲了他的天性，泯灭了他的理想。从这个意义上看，贾政的家教是失败的。但是，今天与贾政一样的父母比比皆是，其家庭教育的悲剧又在上演。

第二个典型代表是史湘云。湘云虽然出身侯门，却从小父母双亡，由叔婶照顾，生活并不如意，但她却不卑怯抑郁，她的率真有如下的特点：

一是豪爽不羁。在贾家喜着男装，贾母曾把她误当作宝玉，她喜欢喝酒还能行酒令。小说第四十九回写，行酒令，湘云急不可待，偏偏等不及就与宝玉划起了拳。姐妹们一起喝酒吃鹿肉，黛玉嫌脏，湘云道："你知道什么！'是真名士自风流'，你们都是假清高，最可厌的。我们这会子腥膻的大吃大嚼，回来却是锦心绣口。"从这个描写中可以看到湘云的豪爽！

二是心直口快。小说第四十九回道："那史湘云又是极爱说话的，那里禁得起香菱又请教他谈诗，越发高了兴，没昼没夜高谈阔论起来……满嘴里说的是什么：怎么是杜工部之沉郁，韦苏州之淡雅，又怎么是温八叉之绮靡，李义山之隐僻。"宝钗打趣他们两个"呆香菱之心苦，疯湘云之话多"，当听到王熙凤说台上的小戏子像一个人，不少人都猜到说的是林黛玉，但只有湘云心直口快地说出来，尽管宝玉用眼色暗示不要说，她还是说了。

三是待人真诚。湘云对丫头们没有尊卑意识，从不把自己当大小姐，端起主人的架子，她还耐心地解答翠缕关于"阴阳"的问题，有了好看的戒指，会想到送给袭人和鸳鸯等人。

湘云喝酒的豪迈、说话的真爽、为人的热心，表现了她富有才华而又真情率性，自有一派魏晋名士之风韵。

第三个是率直尤三姐。曹雪芹塑造的尤三姐是一个敢恨、敢怒、敢言、敢爱的形象。她简单、洒脱、刚强、没有心机，没有奴颜媚骨，与二姐形成鲜明的对比。尤三姐和尤二姐都是尤姨娘从别姓带过尤家来的女儿，她们的出身很卑微，依附于贾府生活，不得不与贾珍、贾蓉等好色而又猥琐的男人相处。贾珍、贾蓉父子都想把姐妹俩作为玩弄的对象。但尤三姐与尤二姐迥然不同，绝不委曲求全，受人欺负，更不愿意作为取乐的对象。小说第六十五回："尤三姐思嫁柳二郎"，贾珍、贾琏等人想把尤三姐灌醉，借机调戏，小说写道：

尤三姐站在炕上，指贾琏笑道："你不用和我花马吊嘴的，咱们'清水下杂面——你吃我看见'，见提着影戏人子上场，好歹别戳破这层纸儿。你别油蒙了心，打量我们不知道你府上的事。这会子花了几个臭钱，你们哥儿俩拿着我们姐儿两个权当粉头来取乐儿，你们就打错了算盘了。"

这尤三姐松松挽着头发，大红袄子半掩半开，露出葱绿抹胸，一痕雪脯。

自己高谈阔论，任意挥霍洒落一阵，拿他弟兄二人嘲笑取乐。

一时他的酒足兴尽，也不容他弟兄多坐，撵了出去，自己关门睡去了。

尤三姐肆意调笑贾家兄弟，吓得他们不敢说一句亮话，灰溜溜地走了。

尤三姐不但是一个敢怒的人，又是一个敢爱的人，她不像其他女性在婚姻大事上讲究"门当户对""父母之命"。她对尤二姐说："但终身大事，一生至一死，非同儿戏……只要我拣一个素日可心如意的人方跟他去。若凭你们拣择，虽是富比石崇，才过子建，貌比潘安的，我心里进不去，也白过了一世。"她主动提出要嫁给柳湘莲。可惜柳湘莲听信了谗言后悔而要退婚，尤三姐用宝剑刎颈自尽。尤三姐不愧是一朵怒放在野

情小妹耻情归地府（局部）　〔清〕孙温

淡寒塘、"出污泥而不染""可远观而不可亵玩"的荷花。

　　《红楼梦》在这里肯定了人的天性、人的天赋，人都有一种自然禀赋，凡是先天固有的东西都应当给予肯定、尊重，社会的礼法制度应当顺从它，而不是去压制它、毁灭它，这才是合乎人性的要求。

　　（二）表现恻隐、悲悯和感恩之心

　　《红楼梦》热情地讴歌善良、慈悲、恻隐、感恩的人的本性，上面讲的人性之真，这里讲的是人性之善，有两个人物最为突出。

第一是贾母的恻隐之心。贾母是贾府的老祖宗、"太上皇""主心骨"，是一个得到"善终"的人，"善终"是有福之人的一个表现。贾母年轻时也是一个很能干的人，年纪大了以后她"放权"，把贾府交给凤姐去"打理"，自己去享受生活，小说里贾母最为动人的是她具有恻隐之心。小说第二十九回"享福人福深还祷福"，小说写贾母带着太太、小姐们浩浩荡荡到清虚观打醮，那时观里的道士等都要回避的。

贾母慈善包庇小道，享福人福深还祷福（局部）　〔清〕孙温

可巧有个十二三岁的小道士儿，拿着剪筒，照管剪各处的蜡花，正欲得便且藏出去，不想一头撞在凤姐儿怀里。凤姐便一扬手，照脸一下，把那小孩子打了一个筋斗，骂道："野牛肏的，胡朝那里跑！"那小道士也不顾拾烛剪，爬起来往外还要跑。……贾母听说忙道："快带了那孩子来，别唬着他。小门小户的孩子，都是娇生惯养的，那里见的这势派。倘或唬着他，倒怪可怜见的，他老子娘岂不疼得慌？"说着，便叫贾珍去好生带了来。

贾母见了小道士被打以后，不但好言安慰，还交代给他一些钱买好果子吃，别难为他，从这件事中，可以看到凤姐与贾母两个人截然不同的态度。凤姐不但动手打人，还满口脏话。贾母却好言安慰，还给他钱，表现了贾母对弱者的关怀、关爱。

第二个是宝玉的悲悯之心。宝玉有悲悯之心、同情之心、慈悲之心。他对受欺负、受迫害的人总是寄以满腔的同情。他祭金钏、悼晴雯，爱憎分明。脂砚斋说："按警幻情榜，宝玉系'情不情'。凡世间之无知无识，彼俱有一痴情去体贴。"所谓"痴情"，就是指宝玉情系万物的悲悯慈善和广博无限。

宝玉对大观园中的丫鬟们，无论远近亲疏、身份高低，只要遇见她们痛苦、危难，总是给予关照和维护，"每每甘心为丫鬟充役"。他与园中的老妈子们历次冲突，都是遇见老妈子们欺凌、责罚丫鬟之时，他竭尽其能庇护丫鬟们。对于那些孤苦无助的卑微女儿们，宝玉甘当"护花使者"，无私地关爱大观园中这些弱势的女儿们，体贴入微的关怀是常人难以做到的。

在宝玉的眼里没有高低贵贱之分，人人都应当受到尊重，对于社会的弱者都应当得到关怀。小说写到的两件事给人印象尤为深刻，一个是小说第三十四回，写宝玉打趣王夫人的丫头金钏，两个人说了一点打情骂俏的话，给假睡的王夫人听到了，"只见王夫人翻身起来，照金钏脸上就打了个嘴巴子，指着骂道：'下作小娼妇，好好的爷们，都叫你教坏了'"。并下令把金钏赶出贾府，金钏受不了委屈，投井自杀。宝玉为此充满内疚、悲伤，不但流泪还去祭拜她，还千方百计地去讨好她的妹妹。

第二件事是第四十一回"贾宝玉品茶栊翠庵"，妙玉招待贾母等人吃茶，刘姥姥也跟随去吃茶，贾母也赏刘姥姥喝了一杯，自称"槛外人"的妙玉不但有洁癖，而且也鄙视刘姥姥这一粗俗的人，小说写道：

妙玉忙命："将那成窑的茶杯别收了，搁在外头去罢。"宝玉会意，知道刘姥姥吃了，他嫌脏不要了。

可见，妙玉修行还是不到家，还是有执着和偏见，而宝玉则对刘姥姥充满着同情和平等的态度，宝玉对妙玉赔笑道："那茶杯虽然脏了，白撂了岂不可惜，依我说，不如就给那贫婆子罢，他卖了也可以度日，你道可使得？"妙玉应允了。宝玉怜贫惜弱，处处为他人着想，为一个毫无任何关系的刘姥姥讨要一个古董，让她去卖钱作为家用，这完全是菩萨心肠。小说第三十五回："白玉钏亲尝莲叶羹"玉钏给宝玉端水，汤水洒到了宝玉手上，宝玉不但不责怪玉钏，"却只反问玉钏儿：烫了哪里了？疼不疼？玉钏儿和众人都笑了"。

从这个叙述中，可以看到宝玉有一颗悲悯之心，总是为他人着想。

宝玉的悲悯之心，不仅推己及人，而且推己及物，他心目中的世界是物我一体的世界。第五十八回，写了清明节，病体初愈的宝玉，在袭人督促下，拄着拐杖从怡红院里走出来散心。他走过沁芳桥一带堤上，只见桃红柳绿。在山石之后，一株大杏树，杏花已开过了，翠叶荫浓，树上结了许多豆粒大小的杏子。他就感叹：
"能病了几天，竟把杏花辜负了！"他的感叹，似乎杏
花是专为人开放的，他没有及时来，就是他对杏花的辜
负，"只管对杏流泪叹息"。不一会儿，飞来一只雀儿
落在杏树枝头上啼叫，宝玉就更是呆性大发，想道：这
雀儿必定是杏花正开时他曾来过，今见无花空有子叶，
故也乱啼。这声韵必是啼哭之声，可恨公冶长不在眼
前，不能问他。但不知明年再发时，这个雀儿可还记得
飞到这里来与杏花一会了？在宝玉的生命世界里，是一
个人与万物相通、相互兴发的永恒春天。

正因为如此，贾府的那些婆婆都认为他呆。第
三十五回借用了一个婆婆的口说：

看见燕子，就和燕子说话；河里看见了鱼，就和
鱼说话；见了星星月亮，不是长吁短叹，就是咕咕哝哝
的。且连一点刚性也没有，连那些毛丫头的气都受的。
爱惜东西，连个线头儿都是好的；糟蹋起来，哪怕值千
值万都不管了。

宝玉，对于凡是有生命的东西都是给予尊重的，甚
至作为倾诉的对象，他把这种悲悯的情怀由人扩到天下
的万物，这是人与万物的生命共同体的思想萌芽，是非

常可贵的。

（三）对封建宗法制度扭曲人性的揭露与批判

曹雪芹看到了封建的宗法制度对人性的压抑和摧残，他在小说中为打破封建宗法制度的桎梏，发出了强烈的呼吁和呐喊。

第一是对封建家长专制的否定和批判。《红楼梦》是一本很好的家教之书，贾府的衰落与不成功的家教有很大的关系，贾府中的男人大多品质低劣、才华平庸，最为典型的是贾政对宝玉的专制。贾政把子女当作他的私有财产，要打要骂"随便"，他总是按照自己的意愿去塑造孩子、管教孩子，实行的是"大棒"教育，经常责骂，而贾母则对宝玉过分"溺爱"，各自走向了极端。贾政的家长制用"专横"摧毁了宝玉的自信心和天赋才华的发挥。具体表现为：

一是他的偏见。贾政很"迷信"，且喜欢先入为主。小说第二回："冷子兴演说荣国府"，借冷子兴的口写出了贾政的偏见，小说道，宝玉周岁时，政老爷试他将来的志向，便将世上所有的东西摆了无数叫他抓，谁知他一概不取，伸手只把脂粉钗环抓来玩弄，那政老爷便不喜欢，说将来不过酒色之徒。贾政用这一办法来测试小孩子未来的志向，这只可当玩笑，不可当真，但贾政自此已有偏见。

二是他的"威严"。家长在孩子面前总是摆出"威严"，父子之间的关系，就像"猫鼠关系"，在贾政面前，宝玉总是吓得手足无措，因为贾政对宝玉总是没有好脸色，一训二骂三打，小说第十七回"大观园试才题对额"，写了大观园建成以后，贾政让宝玉为大观园题对额，宝玉所起的园名、对联，本来说得很好，但贾政从不赞赏，总是摇头，说道："也未见长。"对孩子的教育要宽严相济、慈严结合，"萝卜加大棒"，要以赞赏为主，辅以规范，对好的要给予鼓励、肯定，增强其自信心。但贾政为显示其威严，处处给予打击，这就摧毁了孩子的自信心，恶化了亲子关系。

三是他的主观。贾政完全不尊重孩子的兴趣和爱好，不尊重孩子的选择，强迫孩子走仕途经济之路，读四书五经，求取功名，其实宝玉是一个有艺术天赋之人，可能成为诗人、音乐家、画家，但贾政用自己的意愿去代替宝玉的选择，而且强制执行，给宝玉造成很大的精神压力。

四是他的轻信和体罚。贾政由于听信了谗言，把宝

不肖种种大承笞挞 〔清〕孙温

玉毒打一顿，几乎要把他"打死"，这种体罚的教育方式也是家长制的做法。《红楼梦》给我们提出了如何建立父子之间的和谐关系，如何做到正确的"爱"和"教"，如何尊重孩子的人格和选择等问题。从以上的分析看，贾政的这种家长制是违背人性的，是不可取的。

第二是对科举制度的痛斥和批判。清代选拔和录用官吏的主要途径有三条：世袭、捐纳和科举。前两者，只限于少数的功臣、贵族后代和有财有势的官僚。而处于中下层的知识分子希冀晋身仕途，唯一的途径就是走科举考试这一条"独木桥"。

科举制度主要是考八股文，又叫八比文，八股文的试题一般都出自四书五经，内容要体现"代圣人立言"。具体来说，文章的思想观点要以朱熹对《四书》的"集注"为依据，在当时的士大夫和知识分子中曾经形成了"非朱子之得义不放言，非朱子之豪礼不放言"的思想专制的局面。"八股文"在形式上由破题、承题、起讲、入题、起股、中股、后股、束股等部分组成，其中后四股又规定每一段都要有两股对偶的文字，共有八股，所以叫"八股文"。"八股文"无论从内容到形式上来说，都是一种僵化、呆板的文体，根本不能体现一个人的才学。鲁迅先生在《透底》一文中说："八股原是蠢笨的产物。"封建时代的科举制度是一种落后腐朽的制度，首先在考核人才的内容上是单一的和片面的，只讲道德文章，忽视了科学和更为广阔的人文精神；其次是对经典的注解，没有任何创造性，经典成为窒息人的创造精神的桎梏；再次是只考知识，不考智慧，不能发现、培育、选拔优秀的人才，是对人的聪明、智慧的摧残。文学作品《聊斋志异》《儒林外史》都对科举制度进行了揭露和鞭笞。而《红楼梦》在这方面尤为突出，文章主要通过贾宝玉对人生道路的选择中反映出来。

贾宝玉认为科举制度和"八股文"只是一些人用来做"饵名钓禄"的工具，他说这种东西"原非圣贤之制撰，焉能阐发圣贤之奥，不过做后人饵名钓禄之阶"。小说第八十二回"老学究讲义警顽心"，宝玉说："还想什么念书，我最厌这些道学话，更可笑的是八股文章，拿他诓功名混饭吃也罢，还要说代圣贤立言，好些的，不过拿些经书凑搭凑搭还罢了，更有一种可笑的，肚子里原没有什么，东拉西扯，弄的牛鬼蛇神，还自以为博奥。这哪里是阐发圣贤的道理？"如今，这种现象还是存在的，许多人学习经典，把工夫花在注解上，有时甚至为一句话考证了一两年。俗话说，"尽信书不如无书"，有了"书执""法执"，其思维自然不能灵动，不能有所突破，这也正是八股文成为教条主义的弊端。封建的科举造就出来的人，不外是两类，一类是比较愚蠢的，如小说中写的贾代儒，迂腐、古板、穷酸，一味"之乎者也"，小说讽刺为"老大无成"；另一种是投机钻营、贪赃枉法的官僚。如小说写的贾雨村，小说第四回"葫芦僧乱判葫芦案"，就写了贾雨村初次出仕，就贪赃枉法乱断了杀人案。

对于那些热衷于功名、迷恋科举的人，贾宝玉给了一个外号名曰："禄蠹"。"蠹"是一种蛀虫，是那些从封建官僚制度中得到俸禄的蛀虫。小说认为科举制度泯灭了人的天性，消除了人的想象力和创造力，也扭曲了人的善良、正义、智慧的本性，变得更为功利、势利和庸俗。

第三是对封建婚姻制度的揭露和批判。"生而莫做妇人身，百年苦乐由他人"，中国封建社会的妇女比之男子更受一层欺负，女性经受着惨重的痛苦，其根源在于罪恶的婚姻制度。这个婚姻制度违背了人性中的独立意识、自主选择和对幸福生活的向往，曹雪芹说《红楼梦》写的是"千红一窟（哭），万艳同杯（悲）"，其意思是写诸女子的悲剧和哭泣。有人说"婚姻是女人的第二次投胎"，婚姻关系一生的幸福，"男怕入错行，女怕嫁错郎"，婚姻自由、自主是人性的体现，封建婚姻制度扭曲了人性，主要体现在如下几个方面：

一是男女的极端不平等。有钱有势的男人可以妻妾成群，女子却要从一而终，即使丈夫不幸去世也要保持贞节守寡，独守空房，度过余生。贾珍、贾政、贾琏，都有妻妾，"吃了碗里还望着锅里的"。贾珠的太太李纨，在贾珠死后只能守寡，连娶亲之类的喜事也不能参加，受到了歧视，这是极端的不公平。男女之间本来就拥有公平、平等的权利，具有一样的需要，但这种合理的权利却被剥夺了。

二是婚姻遵守的是"父母之命，媒妁之言"，剥夺了个人的选择权利。婚姻本来是建立在爱情的基础上的，但封建的婚姻是建立在门第、身份的基础上，个人无法做出选择，贾宝玉和林黛玉两情相悦，贾宝玉说只相信"木石前盟"，不信"金玉良缘"，但他们的婚姻由贾母、王夫人等人说了算，最后只能是一个可悲的结局：黛玉死了，宝玉出家，宝钗独守空房守"活寡"。

三是女性在家庭中处于受欺凌、受压迫的地位。最为典型的是贾迎春。贾迎春在误嫁中山狼后回娘家，哭哭泣泣地在王夫人房中诉委屈，说孙绍祖"一味好色，好赌酗酒，家中所有的丫头媳妇将及淫遍。略劝两三次，便骂我是'醋汁子拧出来的'。又说老爷曾收着他五千银子，不该使了他的"。这个孙绍祖不但好色、好酒、好赌，还"家暴"，经常打骂迎春。可怜贾家的"二小姐是个最懦弱的人，向来不会和人拌嘴，偏偏儿的遇见这样没人心的东西，不到一年，就把迎春折磨死了"。

封建婚姻制度的没人性，之后带来的灾难，无论是宫廷里的妃嫔才人、王侯贵族家的小姐，以及平民百姓的小家碧玉、社会底层的婢女丫鬟都不能幸免。

元春虽然身为皇妃，但实际上只是那个离散天下之子女以供淫乐的皇帝泄欲的工具而已。所以她埋怨家人把她送到一个"不得见人的去处"，其中的辛酸，非一般的良家不幸婚姻可比拟的。

探春的婚姻，也由父亲贾政做主，"一帆风雨路三千，把骨肉家园齐来抛闪"，就像断线的风筝一样飘荡，虽然庆幸嫁到对他不错的郎君，可怜又病死，成了寡妇。惜春接受了"三春"的痛苦教训而出家，一辈子"独卧青灯古佛旁"。贾氏的四姐妹，悲惨的婚姻寓意着"原应叹息"之意。小说中写到的尤二姐、尤三姐、司棋、鸳鸯等都是残酷的婚姻的牺牲品。

《红楼梦》的可贵之处，不仅在于揭露了封建婚姻制度下所产生的种种悲剧，还提出了符合人性、符合人类进步要求的理想婚姻追求。小说对宝黛的爱情追求表现得具体而生动。贾宝玉爱恋林黛玉的原因是多方面的，如黛玉从来不说"仕途经济"一类的"混账话"。贾宝玉之择偶标准，首先是志趣相投，性格上的"可心如意"。这种婚姻意识，已远超传统的才子佳人的婚姻，是对封建包办婚姻的"反叛"。当黛玉听到宝玉的这种想法时，"不觉又喜又惊，又悲又叹。所喜者，果然自己眼力不错，素日认他是个知己，果然是个知己"。黛玉的爱情是建立在这样互认为"知己"的基础之上的，作者以热情的笔墨加以歌颂。还有尤三姐，她对婚姻的要求是"只要我拣一个"，而不接受"你的拣择"，反对自古以来的父母之命，而要求婚姻自主。尤三姐追求的对象是"素日可心如意的人"，而不计较他的"财"与"貌"。这表明了尤三姐在择偶标准上已具有现代女性的新内容，不落后于今人。当今的一些人在择偶标准上，以"高、富、帅"为标准，其实已远离了人性的要求。

第四是对封建奴婢制度的揭露和批判。清朝的奴婢制度，是奴隶制的残余。乾隆时的宠臣和珅"供厮役者，竟有千余名之多"（《大清历朝实录》），清朝还有条文规定："奴仆不能与平民联姻；奴仆不能自由买卖；奴仆不能告发主人；奴仆如有酗酒、生子、外逃、违抗家主者，给予治罪。"《红楼梦》真实而又形象地反映了这一残酷的现实。奴婢制度对人性的摧残主要体现在如下几个方面：

一是对人的奴役。奴婢连最基本的人权都没有，是任由奴役、欺凌的群体。在贾府主子们的观念里，这些奴仆被视为猫儿、狗儿一般的畜生，是一些"玩物儿"，可以由主人随意处置。小说六十回，赵姨娘与芳官打斗，闹得不可开交，探春出来劝说：

那些小丫头子们原是些顽意儿，喜欢呢，和他说说笑笑，不喜欢便可以不理他。便他不好了，也如同猫儿狗儿抓咬了一下子，可恕就恕，不恕时也只该叫了管家媳妇们去，说给他去责罚，何苦自己不尊重，大吆小喝失了体统。

小说第七十四回，写抄到惜春的丫鬟入画处，发现她哥哥素有的东西，违反了规矩，惜春就对尤氏说："二嫂子，快带了她去，或打，或杀，或卖，我一概不管。"

二是对人的极端歧视。奴婢制度的第二个特征是丫鬟身份的卑贱、卑微。在这些主子们的眼里，这些丫鬟的生命犹如草芥，平时主子不仅任意对奴仆施以各种刑罚，任意打耳光、罚跪，往嘴里塞马粪，拉下去打四十大板，青年女奴随意拉出去"配小厮"，赶到庄子上去服劳役等，都是极平常的事情。处置一个奴婢的生命，就如捏死一只蚂蚁一样随便。如瑞珠触柱、金钏跳井、鲍二家的自缢、司棋撞壁，都白白地死了。所有这些都是在奴婢制度的"礼""法"的旗号下猖狂地进行，多么惨无人道的事情。

三是在这些奴婢里不知不觉地养成了奴性。奴婢或者出于个人的功利目标，或者习惯成自然，形成了奴颜媚骨。小说中的袭人就是一个典型的代表，为了讨王夫人的欢心，袭人曲意逢迎，还不时地告密，博得王夫人的赏识，不但提升了月银，而且给予额外的待遇。袭人终于成为主人的"西洋花点子哈巴儿"，成了王夫人的"心耳神意"的奴才，王夫人不出门，全知怡红院大小事情，丫头们的明言暗语，她都一清二楚。

《红楼梦》既揭露了奴婢制度对人性的摧残，又用歌颂和同情的笔墨描绘了奴婢的反抗和遭受迫害的命运。小说塑造了晴雯、司棋、鸳鸯等人的形象，彰显人性之美。

（四）对功名、利禄、美色、痴情的超越、实现人性的回归

《红楼梦》认为人的本性是善良、淳朴、真诚的，但由于对金钱、地位、美色等的过分追求，泯灭了人性，使人性受到了"异化"，从"人"变成了"非人"，使人的本性蒙上了灰尘，人性受到了扭曲，人的品行变得虚伪、丑恶、邪恶。《红楼梦》中的贾宝玉、林黛玉、晴雯、鸳鸯等是人性真、善、美的代表，而贾瑞、贾琏、贾雨村等都是人性假、恶的代表，他们的分界线在于人性的本质的差别。

《红楼梦》第一回，借跛足道人之口，说了《好了歌》：

世人都晓神仙好，惟有功名忘不了！

古今将相在何方？荒冢一堆草没了。

世人都晓神仙好，只有金银忘不了！

终朝只恨聚无多，及到多时眼闭了。

世人都晓神仙好，只有娇妻忘不了！

君生日日说恩情，君死又随人去了。

世人都晓神仙好，只有儿孙忘不了！

痴心父母古来多，孝顺儿孙谁见了？

甄士隐不知道士在说什么，对他说："你满口说些什么？只听见些'好''了''好''了'。"那道人笑道："你若果听见'好''了'二字，还算你明白。可知世上万般，好便是了，了便是好。若不了，便不好，若要好，须是了。我这歌儿，便名《好了歌》。"道士在这里讲"好"与"了"的关系，有些好事确实必须以"了"即结束为标志，如果麻烦和烦恼没完没了，那岂不是"了不了"的。"了"是一种结果、结束，也是一种放弃、放下。

有一副对联说："天下事了又未了，不妨以不了了之；天下事本无定法，不妨以不法法了。""好"其实是知遇、知止，是看透、是放下。有人说《好了歌》是历史的虚无主义，是悲观消极的。我认为曹雪芹在肯定人性最重要的东西——生命的价值与人的生命相比，功名、地位、娇妻、儿孙，等等，都只不过是"浮云"。它并不是说功名、财富、娇妻是没有价值的，而是说对这些身外之物，不要无节制、无法度地去追求、去索取。玩可以当作悲观、消极的人生态度，也可以当作旷达、洒脱的人生选择。

甄士隐是一个有"宿慧"的人，即有超越常人的智慧，对《好了歌》做了注释：

陋室空堂，当年笏满床。衰草枯杨，曾为歌舞场。

蛛丝儿结满雕梁。绿纱今又糊在蓬窗上。

说甚么脂正浓，粉正香，如何两鬓又成霜？昨日黄土陇头送白骨，今宵红灯帐底卧鸳鸯。

金满箱，银满箱，转眼乞丐人皆谤。

正叹他人命不长，那知自己归来丧！

训有方，保不定日后作强梁。择膏粱，谁承望流落在烟花巷！

因嫌纱帽小，致使锁枷扛。昨怜破袄寒，今嫌紫蟒长。

乱烘烘，你方唱罢我登场，反认他乡是故乡。

甚荒唐。到头来，都是为他人做嫁衣裳！

道士赞扬士隐"解的切"。作者认为人生无常，命运作弄，知足常乐，每一个人都应寻找自己心灵的安放、心灵的故乡，应当向内求，而不应当向外求，追求自己所不需要的东西是增加自己的负担，人只有享受自由自在的生命，才是真正的价值，才能实现人性的回归！

三、向往自由、解放和尊严的人格

什么是人格？心理学把人格理解为一个人的性格品质和气节。从人文精神的角度来看，我所理解的人格，是指人作为人应当具有的资格、尊严以及个性达到发展的条件。

《红楼梦》高扬人文精神的旗帜，就是肯定人、尊重人、爱护人，突出地表现为向往自由、独立和个性解放，表现对人格尊严的高度肯定。

（一）向往自由和个性解放的人格

自由和个性解放的人性是人类崇高的理想和追求，马克思所设计的共产主义社会是"自由人的联合体"，是人的全面自由地发展，封建社会制剥夺了人的自由、压抑了个性的解放。

《红楼梦》的生命力正是体现了人类社会的美好愿望，代表了历史的发展潮流，表达了清朝末年对新思想的压抑的愤然不满，这正是这部作品经久不衰的原因。《红楼梦》追求自由和个性解放的代表是贾宝玉。

首先贾宝玉向往的是人身的自由，即有自由的空间和自由行动的天地。宝玉虽然过着锦衣玉食、奴仆成群的富贵生活，但他的活动空间是很小的，就是大观园这块天地。为此他对大观园之外的人羡慕不已，这种只有狭小空间的生活令他愁眉不展，他说："可恨我为何生在这侯门王府之家……"，他还经常说要化灰、化烟，再也不愿到这个人世上来。为何这么说呢？他认为活在这个世界上没有自由，一切行动都要受人管束，正如他有一次说：

我只恨我天天圈在家里，一点儿做不得主，行动就有人知道，不是这个拦就是那个劝的，能说不得行。虽然有钱，又不由我使。

宝玉是一个向往自由性格的人，正如第九回说到的："宝玉终是不安本分之人，是一味的随心所欲。""不安本分，随心所欲"八个字，表达了宝玉对封建制度的种种束缚，而且有个性解放的性格的高度概括。

贾宝玉向往的自由和个性解放是"心的自由"，即人格的独立和思想的自由。他希望能按照自己的兴趣选择生活的内容，追求自由的恋爱和自主的婚姻，希望读他喜欢的书，做他喜欢的事。但是，现实却与之相反，他的父亲贾政不允许他读那些"无用"的书，更不允许接触那些"邪说"，强迫他读四书五经，但他的兴趣在诗词歌赋，在道家的《南华经》，在元曲的《牡丹亭》，他只能按照贾政设计好的范畴去思考，不能"出格""任性"，他的聪明才华受到了极大的压抑，因此，他过得并不开心，即使有丰富的物质生活，也过得没有意趣。

《红楼梦》还写了一个有趣的小故事，颇有意味。被贾府买来唱戏的龄官与贾蔷相好。贾蔷为了讨好龄官，花了一两八钱的银子买了一个"会衔旗串戏"的雀儿给她玩，谁知龄官一见大发脾气，并说："你们家把好好的人弄了来，关在这牢坑里，学这个劳什子还不算，你这会子又弄个雀儿来也偏生干这个！你分明是弄了他来打趣形容我们，还问我好不好。"龄官看到了笼子里的雀子，联想到自己的处境与养在笼里的雀子一样，完全没有了自由，龄官认为贾府是"笼子"，是"牢坑"，不自由。贾蔷无意之中伤了龄官的自尊心，这也表明了生活在底层民众的生活态度，对这个"牢笼式"的生活是极为不满的。

个人的自由度，反映了一个人的生存、发展状况，反映了一个社会的文明程度。对于个人来说，首先必须是财务的自由，解决了生存下去的问题。其次必须有健康的体格，可以在更为广阔的天地行走，享受自然的美好。在此基础上，应当是心灵的自由，即能得独立、自由的思想，能够发挥个人的聪明才智，能够自主选择人生的道路。但是，所有的这些个人的自由，都是受到了社会制度、风俗、规则的约束，并不是"为所欲为"的，清朝的"文字狱"，把人的思想关进了"牢笼"。春秋战国时期思想家辈出，是由于有了"百家齐鸣"的局面。自由的思想和个性解放的人格，不仅是人才成长的内在条件，也是产生思想家的必备条件，《红楼梦》用文学的笔法表达了作者的心声。

（二）维护个人的尊严和不屈的风骨

维护个人的尊严是做人的底线和气度，尊重他人的隐私以及权利，则反映了一个人的修养，体现了一个人"情商"的高低。《红楼梦》要求尊重人、维护人的尊严，主要是通过林黛玉和鸳鸯这两个人物形象来表现的。

《红楼梦》中凡取有"玉"字的名字，都带有玉的性格特征，如高洁、刚强。"宁为玉碎，不为瓦全"就体现了"玉"的不屈品质。黛玉虽然到贾府过着寄人篱下的生活，但她从不去逢迎他人，也处处维护自我的尊严。小说写她说话尖刻，常使"小性儿"，诸事好挑剔等。但这些都是表面现象,而根本的原因是她有一颗强大的自尊心。她挑剔和说话尖刻,都是为了捍卫她的自尊心以及对伤害了她自尊心的人和事的一种反击。如史湘云有一次说她像戏台上一个小旦,为此她闹得差点气走了爽直的史湘云,也与宝玉"闹了别扭"。林黛玉之所以这样大发作,是因为"我原是给你取笑的——拿我比戏子取笑"。这是伤害了林黛玉的人格和自尊心。在中国古代,"戏子"是被人看不起的,是给人开心的"玩物",其地位是低贱的,用戏子来比黛玉有意无意地伤害了她,黛玉的反抗是有道理的。

在金陵十二钗中,妙玉的性格与黛玉是相似的。妙玉进入大观园,仍然保持了与众不同的高洁气质,元妃游园曾到庵中,但不见妙玉的人影。贾母带了刘姥姥一帮人游园时来到栊翠庵,她对贾母表现得不卑不亢,贾母说:"我不喝六安茶。"妙玉马上回答:"我知道,这是老君眉",表现出她的傲气。她与宝玉有着一种颇微妙的感情,可在外表上自始至终保持矜持、傲气,其实也是着力地维护着自己的尊严。

值得敬佩的贾母的丫头鸳鸯,是一个具有傲骨的人、始终维护做人尊严的人,人们把鸳鸯、司棋、尤三姐称为"三烈女"。

小说第四十六回："尴尬人难免尴尬事，鸳鸯女誓绝鸳鸯偶。""回前墨"道："只看他题纲用'尴尬'二字于邢夫人，可知包藏含蓄文字之中莫能量也。"鸳鸯是贾母的大丫头，是贾母的"拐杖"，贾母的生活起居全靠鸳鸯照顾。但是，贾赦好色，连贾母身边的丫头也不放过，要娶为妾。贾赦的老婆邢夫人只知一味逢迎，亲自出马去做撮合的工作。她对鸳鸯说："这些女孩子里头，就只你是个尖儿，模样儿、行事作人，温柔可靠，一概是齐全的。"在邢夫人和一般奴婢看来，做妾是"又体面又尊贵"的，是从天下掉下来的馅饼。不料鸳鸯竟坚决拒绝。她对平儿说："别说大爷要我做小老婆，就是太太这会子死了，他三媒六聘的要我去做大老婆，我也不能去。"又说："老太太在一日，我一日不离这里；若是老太太归西去了，他横竖还有三年的孝呢，没个娘才死了他先纳小老婆的！等过三年，知道又是怎么个光景，那时再说。纵到了至急为难，我剪了头发作姑子去；不然，还有一死。"然而，贾赦知道鸳鸯不依以后，竟然发怒，道："我这话告诉你，教你女人（鸳鸯的嫂嫂）向他说去，就说我的话：'自古嫦娥爱少年'，他必定嫌我老了，大约他恋着少爷们，多半是看上了宝玉，只怕也有贾琏。若有此心，叫他早早歇了，我要他不来，此后谁还敢收？此是一件。第二件，想着老太太疼他，将来自然往外聘作正头夫妻去。叫他细想，凭他嫁到谁家去，也难出我的手心。除非他死了，或是终身不嫁男人，我就服了他！"看看，贾赦是一个多么凶恶之徒，先是"以小人之心度君子之腹"，后又以威胁做手段，确实是一个阴险卑鄙之人。对此，鸳鸯抱着必死的决心，向无耻之徒宣战，她跪在贾母的面前发出决绝的誓言：

我是横了心的，当着众人在这里，我这一辈子莫说是宝玉，便是"宝金""宝银""宝天王""宝皇帝"，横竖不嫁人就完了！就是老太太逼着我，一刀子抹死了，也不能从命。

……

若说我不是真心，暂且拿话来支吾，日后再图别的，天地鬼神，日头月亮照着嗓子，从嗓子里头长疔烂了出来，烂化成酱在这里！

小说还写了一个细节，"原来他（鸳鸯）一进来时，便袖了一把剪子，一面说着，一面左手打开头

发，右手便铰。众婆娘、丫鬟忙来拉住，已剪下半绺来
了。"女子的秀发是很宝贵的，是女子美颜的一个重要
部分，鸳鸯不惜破坏自己的头发表达她的决绝之心。后
来，贾母去世以后，鸳鸯怀着绝望的心情上吊死了。

鸳鸯是一个保持纯洁刚正的灵魂的人，纵使甩不脱
奴婢的枷锁，却是"威武不能屈，富贵不能淫"，宁可
站着死，不肯跪着生，对骄横淫荡的主子给予一个响亮
的耳光！

在封建社会，女性、丫鬟都没有做人的尊严，而
《红楼梦》却写了一批饱受压抑、身处下层的女性，她们
一个个都在为自己的尊严而抗争，而呐喊，甚至献出了
生命。在他们眼里真可谓"生命诚可贵，爱情价更高，
若为自由故，二者皆可抛"了。这正是曹雪芹反映了人
性的进步要求，因而使作品更富有震慑力和生命力！

四、对人生、对生命的终极意义的追问

《红楼梦》处处渗透着曹雪芹对人生的感悟、对
生命的珍爱。小说写了许许多多的人生际遇、悲欢离
别，也写了许多生命的逝去。据统计，《红楼梦》直接

描写死者的大约有二十五位，其中，病死的共十四个，如林黛玉、王熙凤、贾敏、贾瑞、秦可卿、林如海、秦钟等；自杀者有四个，如金钏、尤二姐、尤三姐、鸳鸯等；被打死的两个，如冯渊、张三等。误服毒药而死一个，夏金桂；老死一个，如贾母；被杀一个，如妙玉。这些人的死亡，反映了生命的无常、脆弱、无助，既是对人生命运的体验和感叹，又是对人生、对生命的终极意义的追问。人的个体生命是有限的，宇宙是无限的，人的有限的生命存在的意义在哪里？在中国古典美学中，生命之美是一种大美。《周易》指出"生"为天地之大德，万有之本源。生命是美好的，应当倍加珍惜。《红楼梦》对人的命运无法由人自主选择和决定，表现出深深的无奈。人的有限生命和人的命运的最深层的伤感，就像一声悠长的叹息，使整部小说充满着忧郁的情调。"大观园"里一个青春、活泼、富有灵性的生命被摧残，使人倍感痛惜。《红楼梦》既是一首生命的赞歌，又是一首生命的悲歌，也正是这首悲歌对人们的心灵产生深深的震撼，从而产生审美体验。

第一，《红楼梦》对人生的短暂、命运的多舛，表现了无限的伤感和深深的感叹。这方面集中体现在小说的两位主人公贾宝玉和林黛玉的身上，他们对生命和命运最敏感，体会最深刻，他们常常惆怅、落泪，他们不仅仅是感叹他们爱情生活的不幸，更重要的是出于对生命、对人生、对存在的带有形而上意味的体验。

小说第一回，写女娲补天剩下的一块石头，央求二仙让他到人世间走一回，二仙齐憨笑道："善哉，善哉！那红尘中有却有些乐事，但不能永远依恃，况又有'美中不足，好事多磨'八个字紧相连属，瞬息间则又乐极生悲，人非物换，究竟是到头一梦，万境归空。倒不如不去的好。"但石头还是执意到红尘去一趟。当一僧一道说带你去温柔富贵之家去走一趟，石头听了大喜，表明他非常急迫地想要入世。但当宝玉一旦入世，他又和他所处的世界格格不入。虽然贾宝玉生活在锦衣玉食的富贵之家，但他感到这个世界的存在是暂时的，因此他经常闷闷不乐，突如其来地感到厌倦，感到不自在，这也不好，那也不好。这种情绪揭示出存在对他来说是一种负担，即便他和那些姐妹处于温情之中，仍然不能消除他对生命、对命运的忧虑。贾宝玉是个情种，但他的情总是带着一种忧郁的调子，带着对未来的一种恐惧和忧虑，带着何处是归程的忐忑不安。小说第十九回贾宝玉说："只求你们看着我、守着我，等我有一日化成了飞灰，飞灰还不好，飞灰还有形有迹，还有知识；等我化成一股轻烟，风一吹便散了的时候，你们也管不得我，我也顾不得你们了，那时凭我去，我也凭你们爱那里去那里去就去了。"这些话都是关于未来、关于死亡的话语，贾宝玉还不到二十岁，对死亡有强力的感觉，这与入世的儒家价值观形成了强烈的对照。他对死亡有强烈的恐惧，死亡就意味着他和那些姐妹要分离，意味着有情世界的毁灭。但他对死亡又好像有某种渴望，死亡似乎可以使他摆脱这个短暂的、有限的、痛苦的人生，回到无限和永恒。一方面是恐惧，一方面是渴望；一方面是爱情，一方面是死亡，在贾宝玉的内心互相碰撞，发出了巨大的声响。所以他内心充满了忧伤，时刻有孤独者的内心的体验。即使在最热闹的场合，他的心里面也会突然袭来一阵悲凉，第二十八回，贾宝玉唱的《红豆曲》依然充满了惆怅，充满了忧伤：

滴不尽相思血泪抛红豆，开不完春柳春花满画楼。

睡不稳纱窗风雨黄昏后，忘不了新愁与旧愁，

咽不下玉粒金莼噎满喉，照不见菱花镜里形容瘦。

展不开的眉头，捱不明的更漏。

呀！恰便似遮不住的青山隐隐，流不断的绿水悠悠。

《红楼梦》的另一位主人公林黛玉，同样富有生命的忧患感，她总是在繁华中感受凄凉，对林黛玉来说"冷月葬花魂"昭示着生命的真谛，同时也概括了她的人生体验，她多愁善感，但她的多愁善感是深刻的人生感悟，生活不能使她欢乐和陶醉，相反使她伤感，使她泣不成声。

小说第九回，《红楼梦》十四支曲，第十二支《晚韶华》曰："镜里恩情，更那堪梦里功名！那美韶华去之何迅，再休提绣帐鸳衾。只这戴珠冠，披凤袄，也抵不了无常性命。"在这里叹韶华易逝，叹生命的无常。

在《红楼梦》之前的文学作品中，没有人像《红楼梦》这么深刻地提出人生的问题，充分表现了曹雪芹对无常生命的忧思，对美好生命的珍惜和人生意义的追寻！

第二，《红楼梦》对死亡的价值和意义做了深刻的反思。司马迁讲："人固有一死，或重于泰山，或轻于鸿毛。"《红楼梦》是一本生死书，讲了怎样死才是死得其所。小说第三十六回，写了宝玉和袭人在讨论死的问题。

宝玉笑道："人谁不死，只要死的好。那些个须眉浊物，只知道文死谏，武死战，这二死是大丈夫死名死节。竟何如不死的好！必定有昏君他方谏，他只顾邀名，猛拼一死，将来弃君于何地！必定有刀兵他方战，猛拼一死，他只顾图汗马之名，将来弃国于何地！所以这皆非正死。"袭人道："忠臣良将，出于不得已他才死。"宝玉道："那武将不过仗血气之勇，疏谋少略，他自己无能，送了性命，这难道也是不得已！那文官更不可比武官了，他念两句书汗在心里，若朝廷少有疵瑕，他就胡弹乱谏，只顾他邀忠烈之名，浊气一涌，即时拚死，这难道也是不得已！还要知道，那朝廷是受命于天，他不圣不仁，那天地断不把这万几重任与他了。可知那些死的都是沽名，并不知大义。"

作者在这里借宝玉之口，对死的价值和意义讲了他的看法：假如为个人沽名而死，是不明大义的。古代的比干为谏而死，岳飞因忠而死，死得很悲惨，也死得不值得，这是为昏君而死，完全不值得。明明知道昏君不听劝告，还去劝谏，这不是"勇"，而是"鲁莽"。作者对所谓"忠君而死"表示质疑。只有那些为国家、为民族、为人类社会的进步而死才是有意义的。

　　第三，以死为生而超越生死。曹雪芹吸取了庄子对生命关怀的观点，认为作为人的肉体生命是有限的，但作为精神的生命则是永恒的。为此他主张用"灵"的生命去超越生死。这就是用"升仙""得道"去寻求安慰，寄托生命长存的期望。小说写了两个案例。一个是晴雯被逼死以后，宝玉在万般痛楚无奈之中，听从一个小丫鬟情急中的谎称，相信"晴雯作了芙蓉花神"。他说："我就料定他那样的人必有一番事业做的。"如此信谎作真，宝玉为自己的悲愤、沉痛提供了释放通道。

　　庄子主张"万物一气"的宇宙观，并且将人的生命也视作宇宙元气一体运化的现象。人的生死就是自然世界中气的聚散变化现象。因为不懂得这个道理，人之常情是贪生怕死，从而受到种种现实的束缚和困厄。如果人们理解生死是一个持续更替的自然现象，懂得死亡不仅是自然气化运动的一个阶段，而且是复归于自然大气流行的状态，是从被束缚的有限自我归于无束缚的大自然——"人且偃然寝于巨室"，那么，人就可以从对死亡的忧虑、恐怖和悲痛中解脱出来，在现实生活中过着安时顺物的自由生活。"天地与我并生，而万物与我为一。"既体认自我与万物同一、又任性自在于当下存在，就是庄子生命观的精义所在。对于自我的死亡，宝玉是完全庄子式的态度：第三十六回与袭人，第五十七回与紫鹃，他都谈到，死亡的理想境界就是"随风化了"。他非但不担心死亡，反而把死亡作为人生情感延伸的美妙去处。他对担忧未来终要离别的紫鹃说："原来是你愁这个，所以你是傻子。从此后再别愁了。我告诉你一句打趸儿的话：活着，咱们一处活着；不活着，咱们一处化灰、化烟，如何？"宝玉抱着这样的生命态度，所以能触物生情，以芙蓉祭晴雯，于大悲痛中得大解脱，于彻底的孤独中得到万物慰藉。宝玉的生命境界，是纯粹当下的，和光同尘，与万物相滋润、同光彩。这是以超越的人生高度去看待生死，超越生死，探求生命的真谛！

第三讲

形神兼备

《红楼梦》人物的形象之美

人物、事件、环境是小说的基本要素，而小说能否塑造出富有个性、栩栩如生的人物形象，决定了小说是否成功。小说通常通过描写人物的性格，讲述人物的故事，揭示人物的命运，表达作者的观点和审美取向。

《红楼梦》写到的人物甚多，粗略地算了一下有四百多个之多，这些人物有正面的，有反面的，也有中性的。而主要的人物大多有独特的性格、鲜明的个性和精神风貌，主要人物刻画得十分丰富，个个有血有肉、栩栩如生。第五回的脂批说："摹一人，一人必到纸上活见。"从美学的角度看，就是塑造了形神兼备的人物形象。

人的生命是由形与神两个方面组成的，也即肉与灵。《庄子·徐无鬼》说："劳君之神与形。"《庄子·在宥》说："女神将守形，形乃长生。""无视无听，抱神以静，形将自正。必静必清，无劳女形，无摇女精，乃可以长生。目无所见，耳无所闻，心无所知，女神将守形，形乃长生。慎女内，闭女外，多知为败。"《黄帝内经》提出养生要形神共养。古人认为生命的养护要养形护神，神将守形，形神不离。这个观点运用于小说人物形象的塑造是以形写神，形神兼备。

小说中的形与神是相互依存的，形是神的载体，神是形的灵魂。没有形，神是无法存在的。这就先有生命，然后才有性命、使命。而有形没有神，人活着就只有一个躯壳，也就变成了"行尸走肉"，为此，形神兼备是小说在人物塑造中应当努力达到的境界。

曹雪芹在《红楼梦》中所描写的人物，不仅像画工那样，对她们的五官、服饰做了细致的摹画，更善于把握人物言谈举止的神态、风度、韵味，让人物形丰神足、呼之欲出。

一部优秀的小说，通常有几个主要的人物贯穿始终，这称之为"主角"，它与主线、主题，共同构成了小说的脉络，表现了小说故事和人物命运的发展历程。下面，从小说花的笔墨最多，形象塑造得最好的四个人物：即宝玉、黛玉、宝钗、凤姐为范例，对人物的形象美做一些分析。

一、贾宝玉："千古情人独我痴"

贾宝玉是《红楼梦》中的男主人公，是曹雪芹笔下倾注心血最多，下功夫塑造的人物形象，也是人物评论争议最多的一个，由于每一个人所处的立场不同、视角不同、评价标准不同、好恶不同，结论也自然不同。作为站在正统立场的人，对宝玉是又爱又恨，用"痴""呆""傻""疯""怪"这五个字去概括他。小说第三回他一出场，作者就为宝玉画像："无故寻愁觅恨，有时似傻如狂。"他的母亲王夫人对黛玉讲："我有一个孽根祸胎，是家里的'混世魔王'。"又说："他嘴里一时甜言蜜语，一时有天无日，一时疯疯傻傻。"第六十六回，贾府的小厮兴儿向尤氏姐妹介绍贾府中人，说到宝玉，则说："成天家疯疯癫癫的，说的话人也不懂，干的事人也不知。外头人人看着好清俊模样儿，心里自然是聪明的，谁知里头更糊涂。"第三十五回，傅家的婆子见宝玉后，评价也是"中看不中用，果然有些呆气"，以上的人都是以封建的价值观、伦理观和做人标准去评价宝玉的，自然得出的结论是负面的。第三回，《西江月》二首，似乎是在批评贾宝玉：

无故寻愁觅恨，有时似傻如狂。纵然生得好皮囊，腹内原来草莽。潦倒不通世务，愚顽怕读文章。行为偏僻性乖张，那管世人诽谤。

富贵不知乐业，贫穷难耐凄凉。可怜辜负好韶光，于国于家无望。天下无能第一，古今不肖无双。寄言纨绔与膏粱，莫效此儿形状。

这首诗描述的宝玉的形象是："傻"，又是"狂"，又是"潦倒"，又是"愚顽"，又是"行为偏僻"，又是"腹中草莽"，又是"天下无能第一"，又是"古今不肖无双"，可以说毫无可取之处。这些评语是代表曹雪芹的看法吗？是他所要塑造的形象吗？显然不是，这是世俗的评价，是封建卫道士的看法。恰恰相反，这是作者肯定的正面人物，是寄托着作者的理想的人物。

我们读《红楼梦》发现一个有趣的现象，在对宝玉的评价上，分成了壁垒分明的两个阵营。一个是以祖母、父、母、表姐等为一方，说他是"混世魔王""祸胎""孽障""无事忙""富贵闲人"等，是一个不可接受的"痴狂"的怪物。另一个是以北静王、林黛玉、妙玉、尤三姐、藕官、晴雯等为代表的一方，认为他是"有情人""知己""朋友""同类"，是一个挺可爱的人物。

小说第十五回，书中写北静王水溶见宝玉，便称

宝玉初见北静王 〔清〕孙温

赞说："名不虚传，果然如'宝'似'玉'。"又说："语言清楚，谈吐有致。"还对贾政笑道："令郎真乃龙驹凤雏，非小王在世翁前唐突，将来'雏凤清于老凤声'，未可量也。"小说写尤三姐反驳兴儿道："行事言谈吃喝，原有些女儿气，自然是天天只在里头惯了的。若说糊涂，那些儿糊涂？……原来他在女孩子们面前不管怎样都过得去，只不大合外人的式，所以他们不知道。"尤三姐评价的话可以说是"一语中的"，宝玉的言谈举止"不大合外人的式",也就是"不合时宜",不合封建贵族家庭的礼法规矩,而被看成"疯、癫、狂、傻"。

曹雪芹塑造的人物形象不是绝对化、格式化的,而是刻画了人物形象的多面性、性格的复杂性,写出了人物性格的矛盾共存于一个人身上,同时,这个人物代表了社会的进步要求,具有美感的力量。小说第十九回脂砚斋批道:

妙号!后文又曰:"须眉浊物"之称,今古未有之一人始有此今古来未有之妙称妙号。这皆宝玉意中心中确实之念,非前勉强之词,所以谓今古未有之一人耳。听其囫囵不解之言,查其幽微感触之心,审其痴妄委婉之意,皆今古未见之人,亦是未见之文字。说不得贤,说不得愚,说不得不肖,说不得善,说不得恶,说不得正大光明,说不得混账恶赖,说不得聪明才俊,说不得庸俗平凡,说不得好色好淫,说不得情痴情种,恰恰只有一颦儿可对,令他人徒加评论,总未摸着他二人是何等脱胎、何等心臆、何等骨肉。余阅此书,亦爱其文字耳,实亦不能评出此二人终是何等人物。反观"情榜"评曰:"宝玉情不情""黛玉情情"。此二评自在评痴之上，亦属囫囵不解，妙甚！

脂砚斋在评语中指出，对于贾宝玉不能用绝对的、简单化的方法去衡量和评价，即使是在现实世界中也难以"对号入座"，难以找到如此相同的人，是"今古未见之人"，是一般人难以理解的，是"何等脱胎、何等心臆、何等骨肉"，是作者寄托的审美理想人物。那么，曹雪芹是怎样刻画一个复杂多面性的人物的呢？

（一）作者以白描的手法刻画了一个"天真烂漫"的人

戏剧上有"生、旦、净、末、丑"的角色，他们有各自的脸谱和表演范式。小说很重视人物给读者的第一印象，即首因印象。作者在主人公出场时就给予浓墨重彩的描写，用他的外形（相貌）、语言和行动表现了一个极具童心、纯朴的人。小说第三回写道：

> 只听院外一阵脚步响，丫鬟进来笑道："宝玉来了！"

然后用了一段文字来描述他。

> 忽见丫鬟话未报完，已进来了一位年轻的公子：头上戴着束发嵌宝紫金冠，齐眉勒着二龙抢珠金抹额，穿一件二色金百蝶穿花大红箭袖，束着五彩丝攒花结长穗宫绦，

外罩石青起花八团倭缎排穗褂，登着青缎粉底小朝靴。面若中秋之月，色如春晓之花，鬓若刀裁，眉如墨画，眼如桃瓣，睛若秋波。虽怒时而若笑，即瞋视而有情。

这是黛玉眼中看到宝玉的第一次亮相，从他的服饰、妆扮来描写他，可以看出他穿着的考究。然后，对他的长相进行了描写，如面色、鬓毛。更为重要的是描写了他的眼睛。眼睛是一个人最为传神之处，是古今中外艺术家共同的创作经验。俗话说，眼睛是一个人心灵的窗户。眼睛最能反映出一个人的内心世界，它是观察人物对象一个最直观的窗口。在美术的创作中，"画龙点睛"，把"点睛"作为作品最重要、最传神的部分。鲁迅先生在《我怎么做起小说来》一文中也说过："要极省俭地画出一个人的特点，最好是画他的眼睛。我以为这话是极对的，倘若画了全副的头发，即使细得逼真，也毫无意思。"小说刻画宝玉，蓄意写了他的眼睛："转盼多情，语言常笑。天然一段风骚，全在眉梢；平生万种情思，悉堆眼角。"所谓"目若秋波"，表现了眼睛清澈，正是因为"胸中正，则眸子瞭焉"（《孟子·离娄上》），眼角眉梢洋溢万种风韵神思，充分表现了他的聪明俊秀，不同凡俗的气质。

宝玉向贾母请安后，又去见了母亲，一会儿换装又回来了，又是一番打扮：

头上周围一转的短发，都结成小辫，红丝结束，共攒至顶中胎发，总编一根大辫，黑亮如漆，从顶至梢，一串四颗大珠，用金八宝坠角，身上穿着银红撒花半旧大袄，仍旧带着项圈、宝玉、寄名锁、护身符等物，下面半露松花撒花绫裤腿，锦边弹墨袜，厚底大红鞋。越

贾宝玉初会林黛玉，宝玉痴狂狠摔那玉（局部）　〔清〕孙温

显得面如敷粉，唇若施脂，转盼多情，语言常笑。

这个穿戴与刚才不一样的描写突出了他穿红戴金，如"红大袄""大红鞋"，这看起来有点"男性女装"。在中国的色彩中"红"代表着热情、活力、生命。这里用宝玉穿戴喜"红"的外形，表达了他热心、多情的性格和神韵。

小说在描写了外貌之后，又运用语言表达了一个人的神。宝玉第一次见到黛玉就说："这个妹妹我曾见过的。"反映了他们两人前世的缘分，是一种神交，因此，一见面就产生了似曾相识的感觉和精神上的共鸣。询问了黛玉是否读书，有何表字，又问黛玉："可也有玉没有？"听黛玉答"无"时，登时发起痴狂病来，摘下那玉，就狠命摔去，骂道："什么罕物，连人之高低不择，还说通灵不通灵呢！我也不要这劳什子了！"吓得众人一拥争去拾玉。

这一段的描写写出了宝玉的气质和神采：超凡脱俗、率真清纯、博爱多情。他对于所谓通灵宝玉并不稀罕，只求与黛玉一样身份。宝玉之情是"玉"的纯洁无瑕，他向往和追求着爱情，珍惜友情，重视亲情，他似乎为爱而生，为爱而"出家"，堪称"千古第一情人"。

小说用"中秋之月""春晓之花"的词句，给予了他女儿般的美感，或许是因其生得女儿般的柔情，才赋予了他纵情女儿乡的资本。

小说还从宝玉的容貌和气质中，表现他身上的脂粉气和柔情。也许由于宝玉生于"花柳繁华地，温柔富贵乡"，大观园于他即以他为中心的"女儿国"。宝玉似乎喜欢一切有关于女子的事物，认为一切与女子有关的东西都是美好纯洁的。作为封建大家族继承人的他，有一个在那个时代下对男女与众不同的观点："女儿是水作的骨肉，男人是泥作的骨肉。我见了女儿，我便清爽；见了男子，便觉浊臭逼人。"众人皆觉其乃"淫魔色鬼"，但他这一见解确实超脱凡俗，在"男尊女卑"的时代，贾宝玉作为封建礼教的传承者却表达出对女儿的崇拜和赞美，这是摈弃世俗的审美观念。此外，他还有一个与众不同的怪癖——喜吃"胭脂"。众所周知，"胭脂"是女子所用之物，宝玉混迹于女儿群体，红颜知己环绕，对于女子无论是姐妹或是丫鬟，都是怜而惜之，对于女子的爱物"胭脂"更是亲而爱之。在第十九回当中，袭人与宝玉约法三章，其中之一便是让宝玉戒掉喜吃胭脂的臭毛病："再不可毁僧谤道，调脂弄粉，还有更要紧的一件，再不许吃人嘴上擦的胭脂了，与那爱红的毛病儿。"在第二十三回中，宝玉因被贾政传见而心中郁闷，金钏儿调笑宝玉："我这嘴上是才擦的香浸胭脂，你这会子可吃不吃了？"显而易见，宝玉喜吃胭脂一事众人皆知，后文也有不少提及宝玉对脂粉的研究，包括帮平儿理妆等，撇开其中的性意味不说，也深切地表达了宝玉对女子红颜的喜爱和向往，颠覆了传统封建世俗男子的阳刚之气，使得"红"宝玉的美学意蕴更加丰满。

（二）用宝玉语言应对自如，表现他的思维敏捷、聪明灵秀

宝玉不但长得一表人才，而且是极为聪明的人。小说第十七回"大观园试才题对额"，讲述了大观园建好，尚缺题写匾额，贾政为试宝玉的"功业进益"，命他一一作题。这是一次"面试"，显示了他知识的广博和运用自如。如入山出口处称为"曲径通幽处"，亭子题为"沁芳"，并作出一联："绕堤柳借三篙翠；隔岸花分一脉香。"在一庭院处，题"有凤来仪"，并即念一联："宝鼎茶闲烟尚绿；幽窗棋罢指犹凉。"

宝玉是一个有文才的人，诗、对联都写得不错，特别是他写的《芙蓉女儿诔》，代表了他的文学修养和水平，他写的《姽婳词》也很不错。宝玉也是一个具有悟性的人，他与黛玉谈禅论"机锋"，也说明他是一个超凡脱俗的人，本身是具有"慧根"的，一经点拨，即能开悟。可以说，宝玉生理上并无精神病态，是一个"聪明灵慧"的人。

（三）用宝玉的"叛逆形象"去刻画一个敢于挑战权威，寻求个性自由、解放的人

清代词论家况周颐说得好："狂者，所谓'一肚皮不合时宜'发见于外者也。"（《蕙风词话》）宝玉不但在言谈举止上不合时宜，而且是一个有着叛逆性格的贵族青年，作者曾借警幻仙姑之口，点出宝玉"于世道中未免迂阔怪诡，百口嘲谤，万目睚眦"。他的思想和行为都与封建家长们的要求和希望格格不入。概括起来有：

1. 在人生道路上，他不喜欢走读书做官，从而达到光宗耀祖、显亲扬名之路。贾政与宝玉父子的根本冲突正在于此。贾政从小要宝玉读好四书五经，走科举应试之路。对他说道："什么《诗经》古文，一概不用虚应故事，只是先把《四书》一气讲明背熟，是最要紧的。"然而，他却偏偏不肯去读这些东西，读了几年，"上本《孟子》就有一半是夹生的。"贾代儒叫他就《论语》中的话作论文，也说得不透彻。这并不是他不会读书，而是他不感兴趣。对于从事自己不感兴趣的学习和工作，人们往往都会觉得是一个很大的累赘。宝玉的兴致在"把那古今小说并那飞燕、合德、武则天、杨贵妃的外传与那传奇角本买了许多来"。"宝玉何曾见过这些书，一看见了便如得了珍宝"。他称《会真记》为"真真是一本好书！"不仅爱看，而且能记，还随时能用上几句，与对《四书》的态度形成鲜明的对照。他不愿读《四书》，源于他厌恶科举考试和走仕途道路的心志。第七十三回，他认为"八股文""不过作后人饵名钓禄之阶"，把求仕途当作"禄蠹"。即使最亲近的姐妹们劝他去读书应试，他也会毫不客气地予以斥责说："好好的一个清净洁白女儿，也学的钓名沽誉，入了国贼禄鬼之流。"（第三十六回）他最烦与那些达官显贵们来往，如贾雨村之流。他向往的是率性的生活，他天生具有文才，向往着文学艺术，他要走一条自由的人生道路，但他的长辈却要他走功名利禄之路。为此，他选择了背叛、反抗，他对功名利禄视若粪土，弃如敝屣，在世人看来，自然是乖僻、狂怪，不可思议的事情。今天，我们的一些父母仍然犯着跟贾政同样的错误，这就是把自己的理想、希望强加于子女身上，不注重去发现孩子的天赋、兴趣，不尊重孩子的选择，而产生了矛盾甚至走向了极端。

2. 在对待人际关系上，他反对封建等级观念，向往平等、自由的生活。宝玉虽然是贵族家庭里的公子，却主张"世法平等"。无论对兄弟姐妹，还是丫鬟小厮，他一概平等以待，从不摆公子的架子。兴儿说宝玉平日的情景："有时见了我们，喜欢时没上没下，大家乱玩一阵；不喜欢各自走了，他也不理人。我们坐着卧着，见了他也不理，他也不责备。因此没人怕他，只管随便去，都过的去。"不管是丫鬟，还是在古代身份低贱的"戏子"，宝玉都给予尊重。他非常羡慕寒门薄宦之家的生活，向往大观园以外的世界，向往没有人"管"的自由生活。更为可贵的是，他希望所有的小丫鬟都能获得自由的生活。

3. 在爱情婚姻上，他大胆地追求自主爱情和婚姻自由。在《红楼梦》中，宝黛的爱情故事和悲剧，无疑是最为感人的。宝黛的爱情，是一对青梅竹马的知己之恋，是纯洁无华、不带任何杂质的爱，他们的爱情是灵魂上的双向奔赴，是不带任何修饰的感性美，从相遇相识到相知，从相知到相爱，他们反对"门当户对""父母之命"，他们刻骨铭心、感天动地的爱，是对美好和自由的追求，是对爱情与婚姻相统一的追求，他们俩拥有的不是悲剧的命运，而是命运的悲剧，这是对世俗的婚姻极度的背叛。

4. 在对待生死问题上，他对生命的存亡采取了超越的态度。在世俗的社会里，人们对于"死"的谈论是特别"忌讳"的，但宝玉却直面死亡，坦然相对，在各式场合中，多次提及死亡：第十九回中道："只求你们同看着我，守着我，等我有一日化成了飞灰，飞灰还不好，灰还有形有迹，还有知识。等我化成一股轻烟，风一吹便散了的时候，你们也管不得我，我也顾不得你们了。那时凭我去，我也凭你们爱那里去就去了。"在第三十六回中道："比如我此时若果有造化，该死于此时的，趁你们在，我就死了，再能够你们哭我的眼泪流成大河，把我的尸首漂起来，送到那鸦雀不到的幽僻之处，随风化了，自此再不要托生为人，就是我死的得时了。"第五十七回中说："我只愿这会子立刻我死了，把心迸出来你们瞧见了。然后连皮带骨都一概化成一股灰。灰还有形迹，不如再化一股烟。烟还可凝聚，人还看见，须得一阵大乱风吹的四面八方都登时散了，这才好！"对于一个对生活充满眷恋的人而言，时常将"死"挂在嘴边，这也是一种叛逆，表现了他的洒脱、飘逸和圆融。

从生活的审美层面上来说，宝玉对于生活所采取的叛逆而又放任的自然态度，在物质世界上的满足与精神世界中的充实的条件下，是作者曹雪芹所赋予的理想性情感态度与生死兴亡的"红"的美学意蕴，给予人物形神统一的审美内涵。

二、林黛玉："清水出芙蓉"

林黛玉是《红楼梦》中的第二号主角，有"群芳之首"之称。黛玉是为爱而生，也为爱而死的。她用自己短暂的生命唱出一首缠绵哀伤的恋歌。我们敬佩她的才、赞美她的貌、叹息她的情。她的忧郁使人心情沉重，她的哭泣使人悲伤，她的失恋使人痛苦，她的死亡使人遗恨。曹雪芹塑造的这一形象让许多读者洒下了热泪！

《红楼梦》塑造的两个女主角，各有千秋，难分轩轾。小说第五回写宝玉梦游太虚幻境："更可骇者，早有一位女子在内，其鲜艳妩媚，有似乎宝钗；风流袅娜，则又如黛玉。"但她们两人的性格、气质则是截然不同。王昆仑先生在《红楼梦》人物论中说："宝钗在做人，黛玉在作诗；宝钗在解决婚姻，黛玉在进行恋爱；宝钗把握着现实，黛玉沉酣于意境；宝钗有计划地适应社会法则，黛玉则自然地表现自己的灵性；宝钗代表当时的一般家庭妇女的理性，黛玉代表当时闺阁中知识分子的感情。于是那环境容纳了适合时代的宝钗，而

林黛玉初至荣国府　〔清〕孙温

扼杀了违反现实的黛玉。黛玉的悲剧就是由于这样的性格与时代之矛盾而造成的。"我认为黛玉与宝钗相比，论相貌而言，宝钗略胜一筹；论才华而言，黛玉略高一等。而就心地、品质而言，黛玉则优于宝钗。

小说刻画黛玉也是用形与神，从形容入手，以形藏神。黛玉出场时，就对她的外貌有一段描写：

两弯似蹙非蹙罥烟眉，一双似喜非喜含情目。态生两靥之愁，娇袭一身之病。泪光点点，娇喘微微。闲静时如姣花照水，行动处似弱柳扶风。心较比干多一窍，病如西子胜三分。

"罥烟眉"形容眉毛像一抹轻烟即眉毛细长，加之眼中含泪似泣非泣，含愁的面容与娇怯的情态更让人怜惜。此处写黛玉"似蹙非蹙""似喜非喜"的眉目，反映了黛玉心里尚未平息因与父母分别而产生的痛苦和对未来忐忑不安的惶惑心情，透露了一个眉尖若蹙、多愁善感、情感丰富的少女的气质。这寥寥数笔就写出了黛玉当下的心理状况和性格特征，真是传神之笔。曹雪芹塑造的黛玉的形神之美，主要有如下的几个方面：

（一）用黛玉的袅娜多姿表现其纤秀之美

小说写黛玉之神，同样是从貌入手的。小说第三回林黛玉"亮相"了，写宝玉眼前出现了一位天仙般的妹妹：眼前是一个清新脱俗、洗尽铅华的姑娘，宛如芙蓉出水。第二十七回，宝、黛共读《西厢记》之后，宝玉笑道："我就是个'多愁多病身'，你就是那'倾国倾城貌'"。宝玉讲两种美，一种是"缺陷美"，一种是"纤弱美"。

小说第二十回脂砚斋提出了"真正美人方有一陋处"的审美观："可笑近之野史中，满纸羞花闭月，莺啼燕语。殊不知真正美人方有一陋处。如太真之肥，飞燕之瘦，西子之病，若施于别个不美矣。"脂砚斋认为，环肥燕瘦，都是美的，西施蹙眉，也是美的。因为她们从整体上看是出色的美人，有一点点缺陷更显得有特色、有个性。缺陷可以使人物形象更富有现实感和生命感。"人无完人，金无足赤"，人过于完美，则变得不完美。正如脂砚斋批评当时流行的小说那样："恶则无往不恶，美则无一不美"的绝对化的写法，这样，写出的人物不近情理，也不真实。缺陷美，还可以增加人物形象的特殊风韵。一个形象，特别是美的形象，如果毫无特点，就不可能给人烙下深刻的、难忘的印象。黛玉的这一纤秀之美，既是她的体质，又是她的气质使然。小说第六十五回用兴儿的话对黛玉的纤秀之美做了极为形象的描述：

> 我们家的姑娘不算，另外有两个姑娘，真是天上少有，地下无双。一个是咱们姑太太的女儿，姓林，小名儿叫什么黛玉，面庞、身段和三姨不差什么，一肚子文章，只是一身多病，这样的天，还穿夹的，出来风儿一吹就倒了。我们这起没王法的嘴都悄悄叫她"多病西施"。还说见到她们两人都不敢出气，因为是怕这气大了，吹倒了姓林的；气暖了，吹化了姓薛的。

兴儿用夸张的语言，把林黛玉描绘成一个弱不禁风的人，是一个"病西施"。小说第三回描绘黛玉出场时的肖像，已经有了"闲静时如娇花照水"的形象，可知她容貌艳丽如娇花，身形袅娜如纤柳，那种沉鱼落雁般的美感绝不在宝钗之下。所谓"病如西子胜三分"，黛玉的"瘦"与"病"的缺陷，与她的率性气质协调恰到好处，形成和谐统一，自然相得益彰。

（二）用黛玉清高傲世的性格，表现其率真、傲骨的品格之美

小说中写黛玉常使"小性儿"，说话尖利刻薄，有些读者认为她心胸狭隘，这只是表面现象，其实这是她在这个特殊的环境里为捍卫自尊心、维护人格尊严的行为，是"宁为玉碎，不为瓦全"的风骨。

林黛玉初入贾府，贾母口头上把她称之为"心肝儿肉"，但贾府的人把她当作真正贾府的大小姐吗？能够得到平等的对待与尊重吗？贾府的"当权者"其实只不过是用"施舍"的态度去待她而已。请看看如下的事实：

黛玉到了贾府，从来没有人给她做过一个像样的生日。只有一次给平儿过生日，才想起还有黛玉。第六十二回探春计算她们家一年到头有谁过生日时就漏掉了她。贾母给宝玉、凤姐、宝钗过生日，曾出资二十两银子，办酒席，请戏班子演戏。可欺负人的是，还把黛玉当作戏子加以取笑，这不是加以冷落和鄙视吗？

贾府的王夫人对黛玉同样是冷漠的。黛玉长年多病，贾宝玉当着众人的面，请求母亲给钱给黛玉配一副药，"包管一剂不完就好了"。王夫人当即斥责："放屁！什么药就这么贵。"这让敏感的林黛玉心中不是滋味。在抄检大观园之前，王夫人对凤姐提到晴雯时竟说："有一个水蛇腰，削肩膀，眉眼又有些像林妹妹的"，是一种"狂样子"，是"我一生最嫌这样人"。可见，王夫人是如何讨厌黛玉。

贾府的大管家王熙凤是一个看风使舵的人，看到贾母、王夫人对黛玉的态度，她也对黛玉很冷漠。抄检大观园时，王熙凤就和王善保家的打了招呼："要抄检只抄检咱们家的人，薛大姑娘屋里，断乎抄检不得的。"同样时外戚家的林黛玉却照抄不误。这不是明显的歧视吗？难怪黛玉说："一年三百六十日，风刀霜剑严相逼。"这种寄人篱下的生活真是不好受。

那么，黛玉是选择什么处世态度呢？是去迎合、奉承、巴结、媚曲，还是正直、率直、坦荡、高洁？显然，黛玉选择了后者。正如第五回所评价的："孤高自许，目无下尘。"她选择坚持高洁的品质，决不用奴颜媚骨、用委屈自己的心态去讨好贾府的权威者、当权者。

我们从小说看到，林黛玉没有刻意去对贾母请安和讨好，几乎没有看见她什么时候单独和贾母说过几句家常话，而凤姐、宝钗则千方百计地承欢侍坐，揣摩、迎合贾母的喜欢和嗜好。宝钗点戏都要选贾母喜欢的。王熙凤甚至用"效戏彩斑衣"讨贾母开心。

在大观园的姐妹中，除了大家一起聚会，从未见她主动去哪家串门，联络感情。在元妃省亲时，令大家作诗以观其盛，宝钗在自己诗里称元春"睿藻仙才盈彩笔"，表示"自惭何敢再为辞"，以讨贵妃的欢心。而黛玉只作了一首不怎么样的诗，完全不把元春及其省亲当作一回事。

贾母两宴大观园，作乐之余，大家要惜春把此事画一幅行乐图，黛玉却为画作起了个名，叫作《携蝗大嚼图》，这里表面上是嘲笑、讽刺刘姥姥，实际上是对那些贵族行乐者们的极其辛辣的讽刺。如此种种的率真和不识趣，怎么会不引起那些当权者们的憎恶呢？

面对歧视、不平、取笑，黛玉选择了不屈和抗争，她的确像潇湘竹子那样有一股瘦劲孤高、突兀傲世的骨气。小说用"冷笑"表现了黛玉对这些势力之人的轻蔑。

在前八十回中，黛玉的冷笑描写高达十二次，是书中冷笑最多且最突出的描写。但从黛玉冷笑的章回事件中可以看出其冷笑的端倪，她并非对谁都会做出"冷笑"的动作，大多情况都是针对宝钗和湘云，不可否认的是对于她们的"冷笑"，其中掺杂着黛玉含酸的醋劲与不满的讽刺。很明显的，黛玉"冷笑"之源是从宝钗进贾府开始的。黛玉自小失去了可以依赖的"靠山"，将可能与自己竞争的人当成假想敌，除了给自己本就压抑的生活带来更多的酸楚与压力，也暴露了她作为孤女心中的迷茫与悲凄，只能通过言语上的含酸与讽刺来发泄，求得心理的平衡。

黛玉正是用她的行为实践了"质本洁来还洁去"的誓言。正如周敦颐《爱莲说》所言："予独爱莲之出淤泥而不染，濯清涟而不妖，中通外直，不蔓不枝，香远益清，亭亭净植，可远观而不可亵玩焉。"林黛玉正是一位芙蓉花神，如芙蓉的清秀、高洁与傲骨！

黛玉在他人眼中，"目无下尘""孤高自许"，不似宝钗那般亲和宽宥，也不似凤姐那般热情泼辣，她有她的纯情与自尊，有她接人待物的尊严与原则，她将她的情感深埋心底，环境的残酷使她不得不用倔强的意志去寻觅灵魂上的知音。她的所谓"小性儿"是对现实给她伤害的一种反应与反击，这不是一种性格缺陷，而是一种斗争的表现。

（三）用黛玉的诗才表现其聪慧之美

林黛玉给人深刻的印象是"才女"，可以说是我国古代才女的化身，是"智商"极高的人。宝钗以"德"取胜，黛玉则以"才"擅长。曹雪芹在刻画这一形象时，集中写她的诗才，以显示她的才华横溢。

黛玉的诗才首先表现在她创作的数量之多。粗略统计，她写的诗词有三十多首，贾宝玉有二十多首，宝钗只有十来首，潇湘妃子的作品居首。在历次诗社的活动中，林黛玉是最活跃的一位。写诗填词是她抒发感情、排遣愁绪、表达理想的途径，是她最主要的精神生活，也是她短暂的生命中最灿烂、最优美的乐章。

黛玉的诗作不但多，而且质量上乘。第十八回，黛玉与宝钗初试身手，元春评道："终是薛林二妹之作与众不同，非愚姊妹可及。"第三十七回咏白海棠，李纨评论说："若论风流别致，自是这首；若论含蓄浑厚，终让蘅稿。"同回咏菊花，李纨评价黛玉的三首诗："题目新，诗也新，立意更新。"她们两人写诗立意和手段各有不同，林黛玉是用心血、用情感写诗，宝钗是用学问、用技巧写诗，自然立见高低。另外，林黛玉在几次赛诗会中才思敏捷，一挥而就，表现了她的才情和智慧之美。

（四）用黛玉的热心助人表现其善良、热情的品性之美

黛玉是孤傲的，但又是一个热心人，是一个体谅他

《红楼梦赋图册》之"海棠结社"　〔清〕佚名

人的人，是一个设身处地为他人着想的人。小说写了几件事：

一是教香菱学诗。林黛玉毛遂自荐："你就拜我为师。我虽不通，大略也还教得起你。"既热情又谦虚。在教诗的过程，既讲诗词的基础知识，又指定了必读书目，然后命题作诗，指出不足，直到满意为止，可以看到黛玉自诩的"诲人不倦"，态度认真，教育得法，后来，香菱写了一首不错的咏月诗。在贾府中，何曾见过这么真诚、热心的助人为乐的事情呢？

二是黛玉体谅下人。一个晚上，蘅芜苑的一个老婆子提着灯笼给黛玉送来一包燕窝时，黛玉想到"如今天又凉，夜又长"，送了几吊钱给她打酒吃，以度长夜。在贾府里，又有谁能细心体察并关心比丫鬟们更卑贱的老婆子呢？正是这些"小事"，显示了黛玉善良的心灵。

三是林黛玉敢于坦诚检讨自己对他人的"成见"。黛玉对宝钗一直怀有戒心，素日认为此人心中"藏奸"。当黛玉处在孤苦顽抗、举目无亲的境况下，宝钗上门聊天，给她送来了一盒燕窝，黛玉便在她的面前说出掏心窝的话："你素日待人，固然是极好的，然我最是个多心的人，只当你心里藏奸。……往日竟是我错了，实在误到如今。"从这件事中，可以看到黛玉是一个无城府的人，只要他人给她一点关心，她就感激不尽，她不但坦率地告诉对方过去的成见，而且做了诚挚的自我批评，在贾府中能见到这样胸怀坦荡的人吗？

　　红学家俞平伯说："钗黛虽然并秀，性格却有着显著不同，如黛玉直而宝钗曲，黛玉刚而宝钗柔，黛玉热而宝钗冷，黛玉尖锐而宝钗圆浑，黛玉天真而宝钗世故。"正是黛玉的这一性格，铸就了黛玉的凄美！第七十六回史湘云一句"寒塘渡鹤影"，林黛玉对以"冷月葬花魂"，第九十七回"林黛玉焚稿断痴情"，这个柔弱的女性，用生命的最后一口气，把手帕题写的诗稿投入了火炉之中，用"玉碎"的决心和勇气，向这个世界告别，向爱情告别，继而"魂归离恨天"！黛玉去了，带走了她的诗、她的琴、她的爱，她的天真、纯洁、热情、自尊、正直，带走了美，也带走了一个美丽的梦。当我们读到这一回时，心情是无限的惆怅、痛惜、悲伤，这就是美的魅力、美的力量、美的赞歌！

三、薛宝钗："任是无情也动人"

　　在《红楼梦》所塑造的各色人物形象中，薛宝钗是极具争议的，是作者用功最深、读者也最难理解的人物形象。在第六十三回"寿怡红群芳开夜宴"中，众人抽花名签行酒令时，宝钗抽到的便是题着"艳冠群芳"四字的牡丹，签上又镌着"任是无情也动人"，这个签暗指薛宝钗便是这样一朵"无情也动人"的牡丹花。牡丹是薛宝钗性格与命运的象征，薛宝钗出身皇商之家，是金陵四大家族中薛家的小姐，其身世极富贵。她有着牡丹的华贵，有着牡丹的出众，有着牡丹的艳丽。有人赞美她，有人贬低她，在这里没有必要去争论，没有必要去下一个结论，我仅仅从美学的角度对她的"无情"与"动人"做一些分析。

（一）用宝钗的容貌去表现其端庄秀雅的风度之美

小说第四回，对宝钗的出场先做了铺垫，讲到薛家时候，提到宝钗："还有一女，比薛蟠小两岁，乳名宝钗，生得肌骨莹润，举止娴雅。"第五回，宝钗"亮相"了，书中写道：

> 不想如今忽然来了一个薛宝钗，年岁虽大不多，然品格端方，容貌丰美，人多谓黛玉所不及。而且宝钗行为豁达，随分从时，不比黛玉孤高自许，目下无尘，故比黛玉大得下人之心。

在第八回，宝玉到梨香院去看望宝钗，又借用宝玉的眼睛把宝钗的容貌和打扮描绘了一番：

> 宝玉掀帘一迈步进去，先就看见薛宝钗坐在炕上做

针线。头上挽着漆黑油光的鬐儿，蜜合色棉袄，玫瑰紫二色金银鼠比肩褂，葱黄绫棉裙，一色半新不旧，看来不见奢华。唇不点而红，眉不画而翠，脸若银盆，眼如水杏。罕言寡语，人谓藏愚，安分随时，自云守拙。

从宝钗的服饰上看来，低调朴素，作者并未将其牡丹般的艳丽多姿从服饰上展露出来，而从宝钗的妆容上来看，她不点唇，不画眉，后文"羞笼红麝串"时展现的雪白酥臂比黛玉多了几分妩媚的娇艳气息，素面朝天却有着天然去雕饰的大气之美，就像放眼万花丛中，牡丹无须争奇斗艳便像国色天香一般。与其他人物完全不同，古时女子弱柳扶风，但宝钗却是丰腴大气的，将其比之"牡丹"，丰满之余，实添贵气。从以上对宝钗的容貌描写看，宝钗是一个什么样的神态呢？概括起来有如下几个方面：

一是体态丰满，雍容华贵。第三十回宝玉说宝钗："怪不得他们拿姐姐比杨妃，原来也体丰怯热。"宝玉把宝钗比作杨贵妃，宝钗听后很不高兴。应该说，宝钗比黛玉应是更性感一些，更富态一些，也更显得端方丰美。

二是皮肤白皙。俗话说，"一白遮三丑"，皮肤白皙显得润泽，兴儿说宝钗"竟是从雪堆出来的"，宝玉也看到宝钗"雪白一段酥臂"，并产生了"这个膀子要长在林妹妹身上，或者还得摸一摸，偏生长在他身上"的念头。"白"与"雪"（薛）联系在一起，也寓意宝钗如雪一般的性格和命运。

三是宝钗的妆扮朴素淡雅。不点唇，也不画眉。她"从来不爱这些花儿粉儿的"，穿的衣服也不艳丽，以深暗冷色居多。居住的蘅芜苑则"像雪洞一般"。从这些外貌的描写中，可以看到宝钗长得丰腴、白皙、端庄。

（二）用宝钗的理性、冷静表现其冷艳之美

曹雪芹赋予宝钗姓"薛"寓意"雪"之意。雪有何含义呢？一是白，二是冷，三是易融化。曹雪芹先用"视觉"写宝钗之"白"，然后用"触觉"写她的"冷"，人们称她为"冷美人"。第七回写她的"冷"是"从胎里带来的"，这是先天的因素。据她自己说，这种病的病根是"从胎里带来的一股热毒"引起的，癞头和尚给了个"海上方"，方子的配伍很奇特：要春天开的白牡丹花蕊十二两，夏天开的白荷花蕊十二两，秋天的白芙蓉花蕊十二两，冬天的白梅花蕊十二两，还要

雨水这天的雨水、白露这天的露水、霜降这天的霜、小雪这天的雪各十二钱。用蜂蜜、白糖做好药丸后还要埋在花根底下，到用时还要用十二分黄柏煎汤送下。药方的四味花蕊，都是寒凉之物，霜雪雨露也是冷的，黄柏更是一味苦寒药。她吃的这个药丸名叫"冷香丸"，她身上有一股"冷香"，宝玉有一次凑近她想闻一闻她的身上从哪里发出来的香味。小说写她身体的冷，其实是为了写她的性格的冷静、理性。如果说黛玉是极具感性的人物，宝钗则是极具理性的人物。"冷"与"无情"存在于这个美貌的姑娘身上，正是"任是无情也动人"。如下几件事就是明证：

金钏这个丫鬟只因与宝玉说了几句轻浮的话，就被王夫人扇耳光，并赶出贾府，她只好跳井自尽。金钏之死起因是宝玉的挑逗，宝玉感到非常难过和内疚。王夫人一时冲动，行为过激，导致金钏自尽，也不觉伤心流泪。但令人吃惊的是宝钗却表现得极为平静，甚至安慰王夫人说："姨娘是慈善人，固然这么想。据我看来，他并不是赌气投井。多半他下去住着，或是在井跟前憨顽，失了脚掉下去的。"她不但为王夫人开脱罪责，还说金钏是"糊涂人，也不为可惜"。她一方面是巴结王夫人，另一方面又视丫鬟的生命如草芥，把被"屈死"，变成了"憨顽"，失足死亡，好像与王夫人一点关系都没有。这是多么冷漠。

小说第六十七回，薛姨妈听说尤三姐自刎了，柳湘莲不知往哪里去了，"心甚叹息"，可当她把这个消息告诉宝钗时，宝钗竟"并不在意"，尽管柳湘莲还救过薛蟠的命。宝钗认为这是他们的前生命定，好像与他们家一点关系都没有，催促抓紧做生意，发货、请客，否则"叫人家看着无理似的"。宝钗对尤三姐生命的逝去，完全没有同情心、悲悯心。这是多么冷酷。

小说第一百零三回，写夏金桂和宝蟾设计毒死香菱，谁知阴差阳错毒死了夏金桂自己。于是宝蟾栽赃香菱，薛家上下慌了手脚，连贾琏都不知道如何是好。这时，宝钗镇定地说："若把香菱捆了，可不是我们也说是香菱药死的了么？妈妈说这汤是宝蟾做的，就该捆起宝蟾来问他呀。一面便该打发人报夏家去，一面报官的是。"结果经过审问，真相大白，不但还了香菱的清白，还制止了夏家的讹诈。从这件事看，可以看到宝钗是多么冷静！

小说第一百一十九回，宝玉将赴科场考试，也是他将离家出走之日，宝玉一面向亲人告别，这是人生最后一别，每个人都好像预感到诀别，都无比悲伤，唯独宝钗例外。

又听宝玉说道："姐姐，我要走了，你好生跟着太太，听我的喜信儿罢。"宝钗道："是时候了，你不必说这些唠叨话了。"宝玉道："你倒催的我紧，我自己也知道该走了。"

在这个时刻宝钗没有依依不舍，而是嫌弃宝玉啰唆，催宝玉快走。后来，贾兰回家说宝玉丢了，"王夫人听了这话便怔了，半天也不言语，便直挺挺的躺倒床上"。惜春说："这样大人了，那里有走失的？只怕他勘破世情，入了空门，这就难找着他了。"这句又招得王夫人等大哭起来。袭人的反应更大，"袭人那里忍得住，心里一疼，头上一晕，便栽倒了"。而宝钗是什么样的反应呢？小说写道："宝钗听了不言语。"

宝钗只是沉默不言，她太理性了，太有自制力了，身边最近的一个人离开了，悲伤的情绪一点也不外露，确实超于常人。这已经不仅是"冷美人"了，而是"冰美人""雪美人"，寒冷彻骨！

（三）用宝钗为人处世的态度和行为表现其朴拙之美

宝钗是在封建礼制的规范下成长起来的女性，固守着传统的"女德、女言、女容、女工"。她第一次与黛玉谈到写诗词的事时说："自古道，'女子无才便是德'，总以贞静为主，女工还是第二件。其余诗词，不过是闺中游戏，原可以会，可以不会。咱们这样人家的姑娘，倒不要这些才华的名誉。"宝钗认为女性就是养

《十二金钗图》之"宝钗捕蝶"　〔清〕费丹旭

儿育女，传宗接代，做一个贤妻良母就可以了，不必有才。所以，她穿着素雅，并无过多的装饰，朴实无华。她平心静气，处事豁达慷慨，"罕言寡语，人谓藏愚；安分随时，自云守拙"。懂得寄人篱下应当安守本分，顺通人情而笼络人心。

　　她抱朴守拙，规避锋芒，用自己从小受到的封建礼制的教育压抑自己的欲望与人性。她为人高洁、亲和、有礼，待人宽宥识大体，隐忍宽容，对于他人的小性子皆可不计较。在第二十九回宝钗说湘云身上也有金麒麟，黛玉讽刺她"他在别的上还有限，惟有这些人戴的东西上越发留心"，宝钗听了只当作没有听见；第三十回宝玉拿宝钗"比杨妃"，以其"体丰怯热"开玩笑，宝钗虽怒却并未形于色，仅是"借扇机带双敲"罢了；第三十四回宝钗分明听见黛玉刻薄她"就是哭出两缸眼泪来，也医不好棒疮"，却也只是"不回头，一径去了"；还有宝钗对宝玉感情的表露往往采取克制的态度，说话"往往说了半句又忙咽住"，在黛玉行酒令和宝琴作诗涉及《西厢记》等非守礼制书籍时佯装不懂并未直言，在金钏儿和晴雯等人惨死之后的无动于衷，在抄检大观园之后选择果断搬离等事例，这些都是宝钗抱朴守拙的表现。"以道制欲，则乐而不乱。"宝钗有自己遵守的封建礼制，有自己的底线与原则，在不超越自己的行事规范的前提下，她仿佛可以一直克制自己的人性欲望，而永远保持着牡丹的那种洁白的高贵姿态。

小说还写宝钗是一个善于心计、讨好贾母的人，生日宴会点戏必定点贾母喜欢的。她知道宝玉身边的丫鬟袭人的重要，主动找袭人聊天。宝钗的内心是精明的，表现出来却是朴拙，连黛玉也被瞒过。

宝钗的"冷"与"无情"是饱受封建文化教育熏陶出来的人，她的"冷"与"无情"不能简单地用奸诈、虚伪、冷酷去评价，而是由所处的时代和社会所造成的。她是那个时代的"生存法则"的牺牲品。

宝钗为了家族的利益与宝玉结成了"金玉良缘"，但是她幸福吗？快乐吗？回答是否定的。宝玉离家出走了，留下了她独守空房，度过漫漫的长夜，度过漫长的人生，过着"空对着山中高士晶莹雪"和"金簪雪里埋"的命运。因此，我觉得她是一个值得同情的人。王昆仑先生说："黛玉是'恋爱'，宝钗是'做人'。乘着自己时代的教养，她学习一切，应对一切，她努力要完成女性生活的最正常、最标准的任务，她有权利为了做成一个人的妻子而战斗。"可惜、可叹的是，"不离不弃，芳龄永继"的金锁被埋在不幸的时代里！

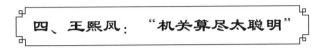

四、王熙凤："机关算尽太聪明"

　　小说一般来说有正面人物，也要有反面人物，正反互衬，让小说有矛盾，有冲突，有情节。《红楼梦》的王熙凤也是主要角色之一，是曹雪芹花了很大的气力来塑造的一个人物。小说的前八十回写的王熙凤是非常鲜明的，后四十回则显得苍白一些。

　　王熙凤是一个什么样的人？小说第六十五回用贾府的小厮兴儿的口，对凤姐有一段评论：

　　提起我们奶奶来，心里歹毒，口里尖快。我们二爷也算是个好的，那里见得他？……如今合家大小除了老太太、太太两个人，没有不恨他的，只不过面子情儿怕他。皆因他一时看的人都不及他，只一味哄着老太太、太太两个人喜欢。他说一是一，说二是二，没人敢拦他。又恨不得把银子钱省下来堆成山，好叫老太太、太太说他会过日子，殊不知苦了下人，他讨好。估着有好事，他就不等别人去说，他先抓尖儿；或有了不好事或他自己错了，他便一缩头推到别人身上来，他还在旁边拨火儿。

兴儿在这里评价凤姐"心里歼毒，口里尖快"，心地比贾琏要坏。她很会拍马屁，哄得贾母和王夫人开心，掌握了管家大权，说一不二。她又是一个贪婪的人，一味地敛财。她又是一个贪功诿过的人。兴儿还警告尤三姐："我告诉奶奶，一辈子别见他才好。嘴甜心苦，两面三刀，上头一脸笑，脚下使绊子，明是一盆火，暗是一把刀，都占全了。""人家是醋罐子，他是醋缸，醋瓮。凡丫头们，二爷多看一眼，他有本事当着爷打个烂羊头。"兴儿又补充说凤姐是一个阴险毒辣、两面三刀的人，是一个嫉妒心强、醋劲极大的人。王昆仑先生在《红楼梦·人物论》中说："恨凤姐，骂凤姐，不见凤姐想凤姐。"

王熙凤可以说是红楼梦女子中人物形象最为复杂的一个，她与传统的唯诺柔弱的女儿形象不同，王熙凤泼辣爽利，精明能干，心狠手辣，机智幽默，能言善辩，是贾府管理者中的佼佼者。在其华美的纹饰下，在贾府中的长幼、老小、嫡亲、主仆之间穿梭来去，掌管贾府中大小事务游刃有余，其杀伐果断、雷厉风行可谓众多男子女子所不及。王熙凤无疑是书中最具美学意义的一个人物，作者也正巧妙地运用了这一点，凭借其华美的外表与泼辣的内在性格进行辩证阐述，塑造出了一个强势而又出众的"凤姐"形象。

王熙凤出身于金陵四大家族的王家，王家是个官宦世家，多少有些权势却不注重儿女教育，对于王熙凤这样的女儿是"自幼假充男儿教养的"，她不像其他女儿一样饱读诗书、满腹经纶，甚至连字都不识几个，但这并不耽误她的狠辣爽利、长于实干的行事风范。

作者对这一人物的塑造是立体化和多面化的，不能简单地给予是"好人"，还是"坏人"的结论，是一个让人爱恨交加的人。下面，从形神兼备的角度做一些分析。

（一）用凤姐性格的"辣"，表现其泼辣狠毒

《红楼梦》写人，首先是写貌。小说第二回冷子兴对贾雨村说，凤姐"模样又极标致，言谈又极爽利，心机又极深细，竟是男人万不及一的"。这里说她长得标致，口齿伶俐，心机很深，巾帼不让须眉，极有才干。在王熙凤出场之时，先描写了凤姐的"威"。小说第三回，写未见其人，先闻其声。

一语未了，只听得后院中有人笑声说：我来迟了，不曾迎接远客！黛玉纳罕道："这些人个个皆敛声屏气，恭肃严整如此，这来者系谁，这样放诞无礼？"

作者用"敛声屏气，恭肃严整"来表现周围的人，对这个即将出场的人的敬畏，这不仅表现了凤姐是一朵"带刺的玫瑰"的"辣"的性格，又显示了她在荣国府的特殊地位，是荣国府中掌握了生杀大权的人物。甲戌本有侧批说："第一笔，阿凤三魂六魄已被作者拘定了，后文焉得不活跳纸上？"又说，"未写其形，先使闻声。所谓'绣幡开，遥见英雄俺'也。"接下来，小说写这个人打扮与众不同，彩绣辉煌，恍若神妃仙子："头上戴着金丝八宝攒珠髻，绾着朝阳五凤挂珠钗；项上戴着赤金盘螭璎珞圈；裙边系着豆绿宫绦双衡比目玫瑰佩；身上穿着缕金百蝶穿花大红洋缎窄裉袄，外罩五彩刻丝石青银鼠褂，下着翡翠撒花洋绉裙。一双丹凤三角眼，两弯柳叶吊梢眉。身量苗条，体格风骚，粉面含春威不露，丹唇未启笑先闻。"这一段话从凤姐高档、考究的穿扮表明了其身份的高贵。用"三角眼"让人联想到是一个凶狠泼辣的女性。"粉面含春威不露"，显示了她的权威。小说从"威"转到了"辣"的描写，贾母给黛玉介绍说："你不认得她，她是我们这里有名的一个泼皮破落户儿，南省俗谓作辣子，你只叫他'凤辣子'就是了。"这里既透露了贾母对她的喜爱，又再次讲她的泼辣性格。第六十八回，又对凤姐的容貌做了描述："眉挽柳叶，高吊两梢，目横丹凤，神凝三角。俏丽若三春之桃，清洁若九秋之菊。"这里也突出描写凤姐的"三角眼"，看起来比较凶狠，"吊梢眉"，看起来比较威风，再配上"粉面含春威不露，丹唇未启笑先闻"的脸庞，一个外表美丽，内含杀气，心怀叵测的人物形象跃然纸上。

那么，这个容貌俊美、才华出众、伶牙俐齿的"凤辣子"，是怎么一个泼辣货呢？

首先是其言辞辛辣。与《红楼梦》中的其他人相比，凤姐没什么文化，谈吐之间从未咬文嚼字或是引经据典，言谈举止辛辣直接，毫不注意身份。在第四十四回中，凤姐撞见丈夫贾琏与鲍二家的偷情，"气的浑身乱战"，对着鲍二家的一口一个"淫妇"，对着丈夫直骂"忘八"，上来便是又踢又打，甚至祸及平儿；在第六十七回里，凤姐得知贾琏在外偷娶小妾，几度冷笑，字里行间无不透露出阴狠的毒辣劲，对着知情不报的旺儿、兴儿都是一顿劈头盖脸的臭骂，"下死劲啐了一口""没良心的混账忘八崽子""腔子上几个脑袋瓜子""糊涂忘八崽子""没脸的忘八蛋""放你妈的屁""猴儿崽子就该打死"，一系列的言语虽十分粗俗却更显王熙凤的泼辣，活脱脱一个"泼皮破落户"的形象。

再次是其行事老辣。凤姐自恃管家之权高势大，处事果决，从不拖沓，雷厉风行，大刀阔斧，对于府中人

王熙凤协理宁国府（局部）　〔清〕孙温

的月钱、衣缎的发放毫不含糊，无论是在荣国府还是在宁国府都敢于表现，并且事无巨细，让自己树立威信。在协理宁国府时，凤姐事先就说明："既托了我，我就说不得要讨你们嫌了。我可比不得你们奶奶好性儿，由着你们去。再不要说你们'这府里原是这样'的话，如今可要依着我行，错我半点儿，管不得谁是有脸的，谁是没脸的，一例现清白处治。"为了扭转宁国府的办事风气，凤姐以身作则给众人重新立规矩，包括晨起打扫、物资归类、人员安排等都处理得当，赏罚分明、威重令行。

最后是其手段毒辣。凤姐是个受不了委屈的主，凡是有人冒犯于她惹其不快，她是睚眦必报，如贾瑞起了淫心被凤姐三番两次戏弄，最后致死，撞破贾琏与鲍二家偷情直接撒泼大闹，致鲍二家的没脸而吊死，发现贾琏偷娶尤二姐使用计谋借秋桐之手逼尤二姐吞金自杀。对下人也很苛刻，动不动就打耳光，用簪子往小丫头嘴上戳，罚跪瓷片子晒太阳，扣口粮，命令打四十板子等。通过这些事件都深刻展现了王熙凤的那股阴狠毒辣的犀利劲。

（二）用凤姐对金钱的"痴"，表现其贪婪

凤姐的人生追求可以简单地概括为一个字，就是"钱"，也即对金钱无休止的热衷和追求。可以说，她的这一辈子都为金钱而拼搏，可以说达到"欲壑难填"的地步。

凤姐为了钱，不惜瞒着贾母和王夫人克扣众奴仆的月钱去放高利贷，仅这一项一年可捞到千两银子。第三十九回，袭人问平儿："这个月的月钱，连老太太和太太还没放呢，是为什么？"平儿悄悄地告诉袭人："这个月的月钱，我们奶奶早已支了，放给人使呢。"凤姐为了钱，不惜串通官府，贪赃枉法，陷害好人。第十五回，当净虚老尼向王熙凤求情，要她干预张金哥与守备之子的婚姻时，凤姐说："你是素日知道我的，从来不信什么是阴司地狱报应的。凭是什么事，我说要行就行。你叫他拿三千银子来，我就替他出这口气。"结果，她得了三千银子，害了两条性命。

为了钱，她不惜当一个一毛不拔的铁公鸡。一个十分贪婪的人，往往也是一个十分吝啬的人。第四十三回，贾母带头要大家凑份子给她过生日，按不同身份出钱，李纨和尤氏一样应该出十二两银子，凤姐当着众人

的面做人情,说李纨是个寡妇怪可怜的,答应由她替李纨出这一份,可是当尤氏去收钱时,她又赖掉这一份。当日薛霸王打死了冯渊,需要花钱去打点官府,可是,凤姐一文钱也不肯花。凤姐对金钱有强烈追求的欲望,养成了"专会打细算盘分斤拨两"的习性。"银子上千钱上万,一日都从他一个手一个心一个口里调度。"贪婪往往不是出于她的需要,而是一种占有欲,她只不过是追求一种心理满足而不是一种实际的价值。可惜,她花费了心机积累下来的金钱,成为朝廷抄家的一条罪状,一夜之间,全部付之东流,可谓"聪明反被聪明误,竹篮打水一场空"。正如蜜蜂那样,"采得百花成蜜后,为谁辛苦为谁甜?"

(三)用凤姐处世的"媚",表现其极富心机

凤姐知道她的权势来自贾母和王夫人的信任和授权。要当主子先当奴才。她在仆人的面前是主子,在主子面前是十足的奴才。可以说,凤姐是一个"马屁精",拍马屁的水平高超。

凤姐奉承苦费心思,她善于察言观色,投其所好。第三回,黛玉初进荣国府,"这熙凤拉着黛玉的手,上下细细打量了一回,便仍送至贾母身边坐下,因笑道:

'天下真有这样标致人儿！我今日才算看见了！况且这通身的气派竟不像老祖宗的外孙女儿，竟是嫡亲的孙女，怨不得老祖宗天天口头心头一时不忘。只可怜我这妹妹命苦，怎么姑妈偏就去世了！'说着，便用帕拭泪。"这一番表演，可谓淋漓尽致。用了"标致""嫡亲的"词句赞美黛玉。当贾母笑道"我才好了，你倒来招惹我"时，凤姐马上来一个一百八十度大转变，即刻转悲为喜道："正是呢！我一见了妹妹，一心都在他身上了，又是喜欢，又是伤心，竟忘记了老祖宗。该打，该打！"然后又忙携黛玉的手，说了一堆体己的话。她的所有言行都是为了讨好贾母。后来，在宝玉的婚事上，她为了迎合贾母，出了"调包计"，不但害了宝黛，也害了宝钗。

凤姐的奉承苦费心智。凤姐善于拍马屁不留痕迹，让受奉承者乐于接受，没有肉麻之感，这是需要才智和水平的。第三十八回，贾母说自己小时候碰破了头，怕活不了，头上留下了一个窝。凤姐说："那时要活不得，如今这大福可叫谁享呢！可知老祖宗从小儿的福寿就不小。神差鬼使碰出那个窝儿来，好盛福寿的，寿星老儿头上原是一个窝儿，因为万福万寿盛满了，所以倒凸高出些来了。"凤姐把贾母头上的一个窝与福寿联系起来，把一个伤疤变成了吉祥的东西，让贾母听了十分舒服。

凤姐奉承是用了心机的。她善于随机应变，借题发挥，往往让人在开玩笑中不知不觉地接受了"高帽"。第五十二回，贾母说："太伶俐也不是好事。"凤姐说："老祖宗只有聪明伶俐过我十倍的，怎么如今这样福寿双全的？只怕我明儿还胜老祖宗一倍呢！我活一千岁后，等老祖宗归了西，我才死呢。"凤姐借开玩笑说了几层意思：贾母比我王熙凤聪明伶俐十倍；贾母是福寿双全；贾母的年纪比她大得多，她活一千岁，贾母那就活得更久了。这个马屁确实拍得十分高明的。

王熙凤这位性格复杂的"凤辣子"，其命运是悲惨的，她虽然享受了不少荣华富贵、风光威风的日子，但是仅仅活了二十五岁。她青春早逝，也许心机用得过度，过早地耗费了心力。第一百一十四回，贾母临终前对凤姐道："我的儿，你是太聪明了，将来修修福罢。"贾母是一个明白人，正是因为凤姐权诈机变、心狠手辣，贾母要她积德行善，这就是修福。小说第一百一十三回，写凤姐临终前梦见尤二姐对她说："姐

《十二金钗图册》之"熙凤踏雪" 〔清〕费丹旭

姐的心机也用尽了。"知道尤二姐前来索命,神魂不安。这正是"聪明反被聪明误""机关算尽太聪明,反算了卿卿性命"!

王熙凤虽然是一个心狠手辣、两面三刀、贪财好利、工于心计、嫉妒成性的人,但她又是封建礼法的"叛逆者"。她精明能干,没按照"男主外,女主内"的规矩去做人,她独立自主,从来不信奉夫唱妇随,从不依赖丈夫生活,她从来没有劝宝玉走"仕途道路",在她身上有着女性追求独立、自主的意识。因此,凤姐也不能说是一个十分坏透的人。

总之，"辣凤姐"是曹雪芹最生动、最活泼的人物，是一个充满生命力的角色。从她一出场的生龙活虎，风风火火，到做人处世，有声有色，有神有气，甚至写到奄奄一息之际，仍然是一个不服输的人，这是作者写得非常好的人物，同样给人们以美的享受！

第四讲

沉郁悲伤

《红楼梦》的基调之美

　　小说与音乐、戏剧一样，都有一个鲜明的基调，或者欢快，或者悲伤，或者昂扬，或者沉郁。一般来说，小说的基调可分为喜剧和悲剧两种。《红楼梦》属于后者。许多读者在阅读的过程中，伴随着每一个鲜活的人物走向人生的尽头，都有悲伤、伤感的体验，感到很压抑、很伤心、很无奈。从美学的角度看，这就是沉郁悲伤之美，这种美是深邃的忧思，是悲悯的情怀。沉郁悲伤的基调，有一唱三叹之美，往复回环之美，迷离恍惚之美。

　　沉郁悲伤是指在小说创作中的深沉蕴藉、凝重抑郁的艺术风格。它产生于小说人物形象中波折困窘的人生经历、生命的摧毁和理想的破灭，是人物形象中内在、深沉的个性的反映，是作者深刻思考的结果。沉郁悲伤，凝聚着作者深邃的忧思，呈现为委婉收敛的表达倾向。陆机《思归赋》说："伊我思之沉郁，怆感物而增深。叹随风而上逝，涕承缨而下寻。""沉郁悲伤"呈现着思维活动和情感活动相互作用的特点，呈现着"思、感、叹、涕"的历程，是创造性思维的动力和源头，是小说感动人的重要元素。

　　王国维说过："《红楼梦》一书与一切喜剧相反，

彻头彻尾之悲剧也。"曹雪芹自己说，《红楼梦》是"千红一'哭'，万艳同'悲'"。小说从对社会的腐败、家族的衰落的揭露和批判，给人以深沉、厚重之感；从主要人物的人生际遇的挫折描写，给人以忧伤、怜惜之感，从一个活生生的生命走向死亡，给人以伤神、悲伤之感，呈现出沉重、忧郁、悲痛的心路历程、心理体验和审美价值。

一、从清朝末期社会没落中，展示忧思感

每一部小说讲述的故事都有一个大的历史背景。这个历史背景、时代背景，在一定程度上决定了个人的命运。这就是国运决定了家运、个人的命运，社情决定了人的心情。时代、国家、家庭、个人的命运紧紧相连。

《红楼梦》所讲述的宝、黛、钗的爱情悲剧，大观园里的女儿们的生命悲剧，以及贾府家族衰落的悲剧，都来自这个社会的制度、伦理、法律和各种各样的"潜规则"，曹雪芹之所以深刻，是因为他揭示了各种悲剧的社会根源，这就是小说厚重和深沉的地方。因此，有人把《红楼梦》当作一部政治小说来读。《红楼梦》反

映生活的广度和深度,是中国十八世纪封建社会生活的百科全书。它对清代末期的批判,可以说是一把锋利的解剖刀,它正是通过对这个社会深层次的根源的剖析,预示着整个封建社会必将灭亡的趋势,它是茫茫黑夜里一线虽然十分朦胧,但却给人看到未来希望的曙光。这就是沉郁的美感的体现。具体来说,这种深沉和厚重感主要表现在政治腐败的揭露和批评。腐败是社会堕落的一个"毒瘤",它影响到社会、家庭、个人生活领域,迅速地蔓延到社会的各个领域。《红楼梦》写了司法上的贪赃枉法,官场中的昏庸无能,统治阶级的奢侈腐化,家族中的明争暗斗,巫婆神道的装神弄鬼,描绘了封建社会的末世景象。

(一)它揭露了统治阶层的奢侈腐化

俗话说,"上梁不正下梁歪",一个社会的腐化往往是自上而下开始的。正如《论语·颜渊篇》中孔子所说的:"君子之德风,小人之德草。草上之风,必偃。"意思是说,上层执政者的道德品质就好比是风,平民百姓的道德品质好比是草。当风吹到草上面的时候,草就会跟着风的方向倒。这就是上行下效。《红楼梦》大胆地揭露了统治阶级上层的腐败。皇室里的太监以借钱的名义，敲诈勒索，让贾府的大管家王熙凤深为头痛。这些太监的胃口很大，且不容易满足。凤姐既不能得罪，又感到压力重重，凤姐只好千方百计地去应对。

为了迎接元妃省亲，兴建了大观园。小说第十七回，描写了建设大观园的花费之大。仅仅帐幔帘子的陈设，贾琏向贾政回道："妆、蟒、绣、堆，刻丝、弹墨，并各色绸绫大小幔子一百二十架……外有猩猩毡帘二百挂，湘妃竹帘二百挂，金丝藤红漆竹帘二百挂，黑漆竹帘二百挂，五彩线络盘花帘二百挂，每样得了一半，也不过秋天都全了。椅搭，桌围，床裙，桌套，每分一千二百件，也有了。"小说描写了大观园的景观："崇阁巍峨，层楼高起，面面琳宫合抱，迢迢复道萦纡，青松拂檐，玉栏绕砌，金辉兽瓦，彩焕螭头。"从这些设施可以看到投入之巨大。第十八回，描写了元妃省亲的场面："至十五日五鼓，自贾母等有爵者，皆按品服大妆。园内各处，帐舞蟠龙，帘飞彩凤，金银焕彩，珠宝争辉，鼎焚百合之香，瓶插长春之蕊，静悄无人咳嗽。"从大观园的装饰和迎省亲的场面可以看到是多么铺张和奢华。连元妃都感叹过于奢华。小说道：

"贾妃极加奖赞，又劝：'以后不可太奢，此皆过分之极。'"

李商隐《咏史》诗说，"历览前贤国与家，成由勤俭破由奢"。一个社会、一个家庭在生活上追求奢华、享乐，这是走向衰败的前兆。这不但是经济上坐吃山空、难以为继，更主要的是精神上、道德上的颓废、堕落。这就为社会、家族的衰败埋下了"祸根"。

（二）它揭露了官场的腐败黑暗

小说写了官吏中贪赃枉法，上下其手，徇私舞弊，诬良为盗等弊政。最为突出的是第四回，"葫芦僧乱判葫芦案"。小说写了薛蟠"幼年丧父，寡母又怜他是个独根孤种，未免溺爱纵容些，遂致老大无成，且家中有百万之富"，因"见英莲生得不俗，立意买了，又遇冯家来夺人，因恃强喝令手下豪奴将冯渊打死"。打死冯渊案，"告了一年的状，竟无人作主"。当告到新上任的应天府尹贾雨村时，开始他大怒道："岂有这样放屁的事！"准备着让人捉拿凶犯，深知当地官场内幕的门子加以阻拦，门子对贾雨村说："老爷既荣任到这一省，难道就没抄一张本省'护官符'来不成？""如今凡作地方官者，皆有一个私单，上面写的是本省最有权

葫芦僧判断葫芦案（局部）　〔清〕孙温

势、极富极贵的大乡绅名姓，各省皆然，倘若不知，一
时触犯了这样的人家，不但官爵，只怕连性命还保不成
呢！"这个"护官符"关系到一生的荣华富贵以至自家
性命，门子掏出一张"护官符"：

贾不假，白玉为堂金作马。

阿房宫，三百里，住不下金陵一个史。

东海缺少白玉床，龙王来请金陵王。

丰年好大雪，珍珠如土金如铁。

门子还进一步解释说："这四家皆连络有亲，一损皆损，一荣皆荣，扶持遮饰，俱有照应的。"在这里指出了贾、史、王、薛这四大家族自上而下，由里至外，盘根错节地组成了一股巨大的社会黑恶势力，他们可以随心所欲地作恶，杀人如儿戏，而朝廷的官府只不过是他们的工具而已。贾雨村原本是依赖四大家族的提携而任职，为此，他草草结案。小说写道：

至次日坐堂，勾取一应有名人犯，雨村详加审问，果见冯家人口稀疏，不过赖此欲多得些烧埋之银，薛家仗势倚情，偏不相让，故致颠倒未决。雨村便徇情枉法，胡乱判断了此案。……雨村断了此案，急忙作书信二封，与贾政并京营节度使王子腾，不过说"令甥之事已完，不必过虑"等语。

贾雨村不但偏私，胡乱断案，还巴结、奉承贾、王两家。这种徇私枉法的现象并非个别，小说写"各省皆然"。说明这种现象普遍存在，已经成为一种

"社会病"。

小说第十五回"王熙凤弄权铁槛寺"，写了凤姐因贪三千两银子，仗着贾家的赫赫权势，命家人去见长安节度使云光，让他以顶头上司的身份，逼迫长安守备家退掉已经订了张财主家女儿张金哥的婚事。结果竟使张金哥与守备之子双双殉情。小说第十六回写道：

> 谁知那个张财主虽然如此爱势贪财，却养了一个知义多情的女儿，闻得父母退了亲事，他便一条绳索悄悄的自缢了。那守备之子闻得金哥自缢，他也是个极多情的，遂也投河而死。只落得张、李两家没趣，真是人财两空。这里凤姐却坐享了三千两，王夫人等连一点消息也不知道。

从这里可以看到贾府与官家相互勾结、草菅人命，区区三千两银子要了两条人命。凤姐还为了除掉尤二姐，把督察院玩弄于股掌之上。一场官司变成了凤姐一手操纵的提线木偶戏。

贾府中的大老爷贾赦是一个贪财好色之人。他比凤姐更坏，勾结官府明目张胆地打劫。小说第四十八回，写了贾赦如何明目张胆地去"抢"。"穷的连饭也没的吃"的破落户石呆子，家里偏偏保存有二十把珍贵的扇子，"全是湘妃、棕竹、麋鹿、玉竹的，皆是古人字画真迹"，贾赦知道了心动，想买他的，他却表示："我饿死冻死，一千两银子我也不卖。""要扇子，就要我的命！"于是，贾赦又勾结贾雨村，以"莫须有"的罪名陷害"石呆子"。小说道："谁知雨村那没天理的听见了，便设了个法子，讹他拖欠了官银，拿他到衙门里去，说所欠官银，变卖家产赔补，把这扇子抄了来，作了官价送来。"结果，把石呆子弄得倾家荡产，折磨得死活不知，扇子到手，贾赦心满意足，贾琏却说："为这点子小事，弄得人坑家败业，也不算什么能为！"结果，贾赦没头没脸把贾琏毒打一顿。可见，贾琏算是良心未泯，而贾赦简直就是一个明火执仗的强盗，而贾雨村则是一个帮凶。

从以上几个例子可以看到，社会完全没有了公理、正义。司法公平、正义是社会最后的一道底线和防线，假如这道底线都给突破了，人权必然得不到保障，正义让位给邪恶，社会必然堕落，读者的心头有如压了一块石头，感到特别的悲哀和无奈！

（三）它揭露了官员的昏庸无能

这方面，贾政最为典型。作为贾府的老爷之一，经过科举考试，走上仕途之路。但他满脑子塞满三纲五常的教条，缺乏独立思考、独立判断的能力，迂腐古板。正如他的名字一样，隐喻"贾政"，实为"假正经"。他的昏庸无能表现在：一是不懂知人用人，没有分辨真伪的能力，围绕在他身边的皆为贪婪、无能之辈，如詹光（沾光）、单聘仁（善骗人）、卜固修（不顾羞）。二是没有驾驭身边人的能力，为其身边人玩于股掌之中。小说第九十九回，写他外派当了盐道，他为了显示清廉，对州县馈送一概不受。门房、签押等人心里盘算道："我们再挨半个月，衣服也要当完了。债又逼起来，那可怎么样好呢。眼见得白花花的银子，只是不能到手。"于是，一帮子随从纷纷罢工，搞得他跟前无可用之人。府内有一个管门的叫李十儿，要他收礼行贿，他开始说："叫我与他们猫鼠同眠吗？"后来又心无主见，任由李十儿摆布，睁一只眼，闭一只眼。"李十儿便自己做起威福，勾连内外一气的哄着贾政办事，反觉得事事周到，件件随心。"看看这个官僚不如一个管门的，被管门的治得服服帖帖，真是无能加可悲。三是治家无方。贾府中的事务皆由贾赦、贾珍、贾琏做主，贾政从不理府中事务。第七十五回贾珍借练习骑射之名聚众赌博，花天酒地，闹得乌烟瘴气，贾政明明知道，也不闻不问。贾政的无能，也是贾府走向衰落的因素之一。

（四）它揭露了假僧恶道的欺诈行为

《红楼梦》里写了不少僧尼和道士，他们并不是真正的修行者，更不是行善者，大多数是一些阴险毒辣、装神弄鬼、为非作歹之徒。

首先，"癞头和尚"和"空空道人"以高僧的名义出现，但干的是封建卫道士的勾当。那"癞头和尚"不仅"肮脏更有一头疮"，外貌丑陋，而且内心叵测。他一直是"金玉良缘"的支持者和"木石前盟"的破坏者。早在宝钗进贾府之前，他就送来"海上方"，医治薛宝钗的疑难之症，并送了"不离不弃，芳龄永继"的良言，交代要錾在金器上戴着，同时刮起了一阵"日后要拣佩玉的人相配"的妖风，成为"金玉良缘"的谣言制造者。也是这个和尚，对林黛玉却是另一种态度，黛玉也是自幼多病，吃了多少药皆不见效，还在她三岁时，这个和尚也来了，却不是送来"药方"，而是想度黛玉出家，未能如愿时，又说，这辈子病恐怕都不能好，"除非……凡有外姓亲友一概不见，方可平安了此一世。"照此说法就是砍断一些亲缘、情缘，或者出家，或者关门当一辈子的老处女终老。癞头和尚的话也是贾母决定让宝玉娶宝钗的理由之一。

《红楼梦》不但斥"佛"，而且贬"道"。在《红楼梦》里，僧侣和道士是合一的东西。癞头和尚和跛足道人总是走在一起。贾府的罗天大醮必是僧道对坛。尼姑和道婆均可出入于贾府的大门，贾府一共就从苏州买回十二个小尼姑和小道姑。贾府的大老爷贾敬，一心为升仙而一个人住在玄真观修道。为了"长生不老""肉体飞升"而吞服丹药，很快断送了性命。小说第六十三回写道：

家下人说："老爷天天修炼，定是功行圆满，升仙去了。"尤氏一闻此言……命人先到玄真观将所有的道士都锁了起来……众道士慌的回道："原是老爷秘法新制的丹砂吃坏了事，小道们也曾劝说'功夫未到，且服不得'。不承望老爷于今夜守庚申时悄悄的服了下去，便升仙去了。"

贾敬迷信丹药，中毒身亡。可见是一个愚妄之徒。当年茶园出的"替身"，曾被"当今皇帝"封为"终了真人"的清虚观张道士，也是一个虚伪市侩之人，他勒索众道士凑集了一盘金银玉器来送给宝玉，以博取贾母的欢心。"胡诌妒妇方"的天齐庙王道士则完全是一个荒淫无耻的流氓，王道士不打自招地说："实告你们说，连药膏也是假的。我有真药，我还吃了作神仙呢。有真的，跑到这里来混。"世上的所谓"真人""道士"无非也是江湖骗子而已。

而巫婆、神棍更是可恶。小说写的马道婆到处向人们推销西方大光明普照菩萨，目的只是向每人骗取几斤至几十斤的灯油，而"经典佛法"只不过是她行骗的工具。为贪赵姨娘给的好处，她甚至参加了贾府内部嫡庶之争夺地位、财产的斗争，大施妖法，欲置王熙凤、宝玉于死地。水月庵里的净虚，开口"阿弥陀佛"，接着而来的却是包揽官司，干扰他人婚事，并且竟能代人一张口答应给王熙凤三千两贿银，最后活活逼死了张金哥等两条人命。馒头庵的智能儿则把佛门"圣地"斥之为"牢坑"，最后竟逃了出去，不知所向。

这些所谓佛道之人，往往带着功利的目的去"出家"，大多"六根"未净，即便自称为"槛外人"的妙玉，也孤傲、清高，也并未为信仰去修行。佛门、道门的这些"败类"，干的是贪婪、害人的勾当，可见，这个社会的腐败已经浸化到社会的各个领域，已经病入膏肓，无可救药。这是时代的悲哀，也是社会的悲哀。佛门都已不清净，社会还有清净之地吗？这个社会还有希望吗？

二、从贾府家教、家风的堕落，展示深沉感

贾家作为一个绵延了百世的"簪缨世家"，是名副其实的贵族家庭。但由于家教、家风的缺失，道德上腐化堕落，生活上穷奢极欲，家庭内部的钩心斗角，早就埋下走向衰败的种子。小说第二回，以冷子兴作为叙述者说："安富贵尊荣者多，运筹谋划者无一。""谁知这样钟鸣鼎食之家、翰墨诗书之族，如今的儿孙竟一代不如一代了！"如此感叹，反映了末世的征兆。家族的衰败是悲伤沉郁的又一奇观。

（一）贾府的长辈未能率先垂范、做出好的榜样

儿女是家长的一面镜子。有什么样的家长就会培养出什么样的孩子。家长是孩子的第一任老师和最亲近的榜样，家长的一言一行对孩子的影响是巨大的。首先，作为贾府的"太上皇"贾母，对家族的子女们的教养

失之于疏，失之于宽，她对宝玉溺爱，达到了"含在口里怕化了"的地步。而贾政则过于严苛，两个人都走了极端。而最后是贾母一方胜利了，宝玉处于放任的状态，每天无所事事。贾母对于贾府中的道德腐化现象，睁一只眼，闭一只眼。贾琏与鲍二家的鬼混，事情败露以后，凤姐醋劲大发告到贾母处，第四十四回写道：

贾母笑道："什么要紧的事！小孩子们年轻，馋嘴猫儿似的，那里保得住不这么着。从小儿世人都打这么过的。"

贾母不但不责罚贾琏，还为他打"圆场"。正是在她的教育、溺爱下，贾府的众男子基本上是游手好闲、耽于逸乐、不思进取。贾赦是酒色之徒，"左一个小老婆右一个小老婆放在屋里，没得耽误了人家。放着身子不保养，官儿也不好生作去，成日家和小老婆喝酒。"（第四十六回）贾珍与秦氏关系暧昧，在为父亲守孝期间就纠集一众纨绔子弟在家赌博吃酒，搞得乌烟瘴气。贾蓉在为祖父守孝期间与尤二姐、尤三姐这两个长辈调笑，贾琏更是"偷鸡摸狗""吃着碗里的又看着锅里的"，偷娶尤二姐，与鲍二家的鬼混等，贾府的不良家风蔓延到贾家的亲族，贾芸、贾芹也千方百计趁机敛财。第七回，老仆人焦大说："我要往祠堂里哭太爷去。那里承望到如今生下这些畜生来！每日家偷狗戏鸡，爬灰的爬灰，养小叔子的养小叔子，我什么不知道？"小说第六十六回，柳湘莲还说："你们东府里，除了那两个石头狮子干净，只怕连猫儿狗儿都不干净，我不做这剩忘八。"俗话说"上梁不正下梁歪"，贾府的长辈都如此的贪财好色、懒惰，难怪下一代不思进取，贪图享乐。

（二）贾府内宅的生活奢靡

贾家的夫人、小姐们仆妇成群，生活极尽奢华。小说第三十九回，写了贾府一顿螃蟹宴就要花费二十多两银子，刘姥姥感叹："阿弥陀佛！这一顿的钱够我们庄家人过一年了。"在贾府里，一盘茄子就要十几只鸡来配，连窗纱都要用"软烟罗"。刘姥姥说，贾府用的布料庄稼人在嫁人时用来做衣裳都用不起，她们却用来糊窗子。贾府内宅的太太小姐每天只知休闲享乐，三日一小宴，五日一大宴，生日、年诞、节庆都是笙歌、听戏、吃酒、取乐，贾府的生活称得上穷奢极欲。

（三）贾府的内部钩心斗角

小说写贾府是一个"功名奕世，富贵流传"的"诗礼簪缨之族"。本来应该是父慈子孝，兄友弟敬，妯娌相亲，姑嫂和顺。可惜，在实际生活中却是明争暗斗，尤氏说，贾府众人"只会讲外面，假礼假体面"。在贾府之中，人与人之间已经失去了相互的"信任"，只有暗地里的争斗、陷害、打击。这种"信任危机"也是贾府走向衰落的因素。请看：

——父子对立。贾政与宝玉的人生价值观和生活态度迥然不同，两人如同猫鼠关系，贾政把自己的意志强加于儿子，压抑宝玉的内在才华。他听信谗言，失去理智，为了"免得上辱先人，下生逆子之罪"，对宝玉像仇敌一样，一通狂打，甚至打算"一发勒死了，以绝将来之患"。一个坚持正统的仕途之路，一个追求自由、开放的诗意生活，形成了水火不相容的对立局面。

——母子离心。贾母极不喜欢贾赦，儿子竟借讲故事的机会影射贾母"偏心"，引起贾母极大的不快。探春因"庶出"而产生怨恨，与亲生母亲赵姨娘产生隔阂。而赵姨娘却不知高低，借探春理家的机会捞便宜，闹到母女反目，母女关系越发紧张。

——夫妻猜忌。贾琏与王熙凤名为夫妻，实则同床异梦，各怀鬼胎，互不忠诚。贾琏偷娶尤二姐，勾搭鲍二家的。凤姐与贾蓉关系暧昧，焦大说"养小叔子的养小叔子"，就是指她。王熙凤心机过人，手段毒辣，大权独揽，玩弄贾琏于股掌之上，贾琏的苦况难以言表。"女强人"与"小丈夫"之间往往出轨的概率很高。贾府内的夫妻关系基本上没有专一、忠贞、相爱可言，大多数是利益的结合。

——婆媳妒忌。王熙凤与娘家的姑妈王夫人抱成一团，把持荣国府的大权，成了有权有势的一派。而与自己的公婆贾赦、邢夫人却离心离德，正如"这媳妇竟成了陌路人"。邢夫人自然也时时寻隙，找机会打击她。其实，贾母对王夫人也并不满意，只不过比较隐秘罢了。

——兄弟不睦。贾赦与贾政从无一句交谈和往来，表面上无明显的摩擦，但从贾赦埋怨母亲"偏心"以及邢、王二夫人之间的关系，则可知平时二人内心之疙瘩。贾府的下一代也是如此，贾环使"阴招"给宝玉泼蜡烛泪，背后又随母狼狈为奸加以陷害，可见势不两立。

　　总之，在贾府的内部存在或明或暗，直接或间接的争斗。正如探春所说的："咱们倒是一家子亲骨肉呢，一个个不像乌眼鸡？恨不得你吃了我，我吃了你！"贾府中的人，为了一己之私利，什么伦理道德，什么亲情、爱情都抛到了九霄云外。第七十四回探春还说："可知这样大族人家，若从外头杀来，一时是杀不死的……必须先从家里自杀自灭起来，才能一败涂地呢！"探春的这个看法很有见地，一个富贵的家族，走向衰败，是从内部的分裂、争斗和腐朽开始的。这正是应了"堡垒最容易从内部攻破"的格言。

　　贾府虽然出了一个"改革家"探春。她想通过兴利除弊来维护家族的繁华。可惜在宗法制度的家庭条件下，探春是一个庶出的未出阁的小姐，无论如何不可能拥有真正的治家之权，她的管家之职只能是暂代，只能做一些小修小补的改良工作。她的所谓改革不是"自我革命"，不敢对上层的"利益者"开刀，结果只能省出四万两银子，对于贾府庞大的支出来说，只不过是杯水车薪。

　　在这样的时代背景下，个体的力量显得苍白无力，贾宝玉看透了读书、做官的本质是争名逐利而毫无兴

敏探春兴利除宿弊（局部） 〔清〕孙温

趣，结果成了贾府的异类，受到家族和世人的嘲笑。他由于找不到自己人生的目标和方向，只好与他心目中心灵纯净的女孩们相处，在大观园里终日游荡。

在事物的发展变化中，内因是根本因素，起着决定性的作用，外因是变化的条件。贾府衰败的悲剧，是从内部的腐化、堕落开始的。它告诉我们好的家教、家风，关系到家庭的兴衰存亡，好的家风应当是仁爱立家，和谐兴家，诗礼传家，勤俭保家，这就是《红楼梦》揭示的沉甸甸的真理！

三、从大观园女儿们生离死别中，表现生命的悲伤感

《红楼梦》一方面是从客观的视角，通过对整个封建"末世"做出了无情揭露，对四大家族的没落的反思，给人以深思、感悟，这是沉郁悲伤的客观表达。另一方面，《红楼梦》又从个体生命的微观视角，从大观园里的女儿们的"生离死别"，表现了个人命运的变幻无常，沉浮无奈，这是沉郁悲伤的微观表达。下面，从金陵十二钗，特别是以黛玉为代表的女性命运，对小说的格调之美做一些分析。

一部小说要打动人，要给人以心灵的震撼，必须有人物"生离死别"的情节，这是沉郁、悲剧这种美的体

验常见的方法，《红楼梦》在这方面的运用达到了炉火纯青的地步，可以说大观园里每一个女儿的青春美貌的逝去，特别是林黛玉所作的诗文，都带给读者深深的忧伤、悲痛和压抑。

小说第五回："开生面梦演红楼梦"，这一回可以作为《红楼梦》的总纲来读，金陵十二钗的命运其实提前做了交代，只是开头读时，还不大明白，读完全文以后才完全理解。下面，我们主要从林黛玉的人生际遇和她所写的诗词去体悟沉郁之美。

第三支是写林黛玉的命运。

枉凝眉

一个是阆苑仙葩，一个是美玉无瑕。

若说没奇缘，今生偏又遇着他，

若说有奇缘，如何心事终虚化？

一个枉自嗟呀，一个空劳牵挂。

一个是水中月，一个是镜中花。

想眼中能有多少泪珠儿，

怎经得秋流到冬尽、春流到夏！

这支曲子写黛玉爱情理想因变故而破灭，黛玉泪尽而逝。曲名《枉凝眉》，意思是枉费了悲愁，即"枉自嗟呀！"林黛玉是小说的女主人公，她是贾宝玉的意中人，两人由青梅竹马发展到相知相爱，最终却以悲剧收场。

林黛玉出身于官宦之家，不幸的是父母早逝，不得不投奔外祖母，过着寄人篱下的生活。她既是一个美女，也是一个才女，是一个聪明的人和感情十分丰富的人，"心较比干多一窍"。由于太聪明了，也就更敏感，多智必多思，多思必多忧。换言之，多愁即善感，善感更敏感。加上自小体弱多病，是一个"病西施"，这种沉郁从自怜、忧愁发展到悲伤和绝望。由于林黛玉具有诗人和音乐家的气质，她的忧郁都可以从她的诗文和音乐演奏中体现出来。

一是自怜自叹的《葬花吟》（第二十七回）

葬花吟

花谢花飞花满天，红消香断有谁怜？

游丝软系飘春榭，落絮轻沾扑绣帘。

闺中女儿惜春暮，愁绪满怀无释处。

手把花锄出绣帘，忍踏落花来复去。

柳丝榆荚自芳菲，不管桃飘与李飞。

桃李明年能再发，明岁闺中知有谁？

三月香巢已垒成，梁间燕子太无情！

明年花发虽可啄，却不道人去梁空巢也倾。

一年三百六十日，风刀霜剑严相逼。

明媚鲜妍能几时？一朝漂泊难寻觅。

花开易见落难寻，阶前闷杀葬花人。

独倚花锄泪暗洒，洒上空枝见血痕。

杜鹃无语正黄昏，荷锄归去掩重门。

青灯照壁人初睡，冷雨敲窗被未温。

怪奴底事倍伤神，半为怜春半恼春。

怜春忽至恼忽去，至又无言去不闻。

昨宵庭外悲歌发，知是花魂与鸟魂？

花魂鸟魂总难留，鸟自无言花自羞。

愿奴胁下生双翼，随花飞到天尽头。

天尽头，何处有香丘？

未若锦囊收艳骨，一抔净土掩风流。

质本洁来还洁去，强于污淖陷渠沟。

尔今死去侬收葬，未卜侬身何日丧？

侬今葬花人笑痴，他年葬侬知是谁？

试看春残花渐落，便是红颜老死时！

一朝春尽红颜老，花落人亡两不知。

　　《葬花吟》是林黛玉感叹自己身世遭遇的一首悲歌，不但哀伤凄恻，而且有着一种抑塞不平之气。"柳丝榆荚自芳菲，不管桃飘与李飞"，寄托着对世态炎凉、人情冷暖的愤怒；"一年三百六十日，风刀霜剑严相逼"控诉着冷酷无情的现实；"质本洁来还洁去，强于污淖陷渠沟"，表现了那种不愿受辱被污、不甘低头屈服的孤傲不阿的性格。"侬今葬花人笑痴，他年葬侬知是谁？"这是对未来感到孤苦无依的无助的表达，也预示着黛玉将死于十分凄惨寂寞的境地。

　　二是满腔愁绪的《代别离·秋窗风雨夕》（第四十五回）：

　　　　秋花惨淡秋草黄，耿耿秋灯秋夜长。

　　　　已觉秋窗秋不尽，那堪风雨助凄凉！

　　　　助秋风雨来何速？惊破秋窗秋梦绿。

　　　　抱得秋情不忍眠，自向秋屏移泪烛。

　　　　泪烛摇摇爇短檠，牵愁照恨动离情。

　　　　谁家秋院无风入？何处秋窗无雨声？

　　　　罗衾不奈秋风力，残漏声催秋雨急。

　　　　连宵脉脉复飕飕，灯前似伴离人泣。

　　　　寒烟小院转萧条，疏竹虚窗时滴沥。

不知风雨几时休，已教泪洒窗纱湿。

这是林黛玉病卧潇湘馆，秋夜听到雨声淅沥，灯下翻看《乐府杂稿》，"不觉心有所感，亦不禁发于章句，遂成《代别离》一首"。这首词与《葬花吟》有所不同，它已没有《葬花吟》中那种抑塞之气和傲世态度，而显得更加苦闷、颓伤、忧愁。这是由黛玉所处的境况和当时的心绪所决定的，黛玉当时被病魔所缠，秋雨绵绵，心情烦闷，愁绪无限。秋天，林木枯黄，萧瑟的冬天即将来临，最容易引起人的惆怅，在这首词里，黛玉从秋花，说到秋雨、秋夜，秋夜漫漫，秋雨淅沥，"那堪风雨助凄凉"，表达了内心的孤独，从秋风，说到秋窗、秋梦，"牵愁照恨动离情"，感叹了人间的悲欢离合，最后以"不知风雨几时休，已教泪洒窗纱湿"，预示着个人命运悲哀的结局。这就回应了《红楼梦曲》中的："想眼中能有多少泪珠儿，怎禁得秋流到冬尽、春流到夏！"

三是感叹生命易谢的《桃花行》（第七十回）

桃花行

桃花帘外东风软，桃花帘内晨妆懒。

帘外桃花帘内人，人与桃花隔不远。

东风有意揭帘栊，花欲窥人帘不卷。

桃花帘外开仍旧，帘中人比桃花瘦。

花解怜人花也愁，隔帘消息风吹透。

风透湘帘花满庭，庭前春色倍伤情。

闲苔院落门空掩，斜日栏杆人自凭。

凭栏人向东风泣，茜裙偷傍桃花立。

桃花桃叶乱纷纷，花绽新红叶凝碧。

雾裹烟封一万株，烘楼照壁红模糊。

天机烧破鸳鸯锦，春酣欲醒移珊枕。

侍女金盆进水来，香泉影蘸胭脂冷。

胭脂鲜艳何相类，花之颜色人之泪。

若将人泪比桃花，泪自长流花自媚。

泪眼观花泪易干，泪干春尽花憔悴。

憔悴花遮憔悴人，花飞人倦易黄昏。

一声杜宇春归尽，寂寞帘栊空月痕。

　　《葬花吟》可以当作"大观园诸艳之归源"小引（第二十七回脂批）；《秋窗风雨夕》隐示着黛玉与宝玉诀别后，黛玉"枉自嗟呀"的情景；《桃花行》则是对命如桃花的林黛玉命运的写照。桃花与樱花一样，都是"瞬间的绚烂"，虽然开得灿烂，但花期都很短，这是对青春早逝的感叹。诗中不但讲"人比桃花瘦",又讲到"眼泪","若将人泪比桃花,泪自长流花自媚,泪眼观花泪易干,泪干春尽花憔悴"。大观园里建了海棠诗社,只做了几次诗,由于出现了变故,诗社一歇就一年。如今,重建桃花诗社,已是夕阳晚景了。"憔悴花遮憔悴人,花飞人倦易黄昏。"小说描写宝玉读了这首诗的感受:"宝玉看了,并不称赞,却滚下泪来。便知出自黛玉。"宝琴笑道:"你猜是谁做的?"宝玉笑道:"自然是潇湘子稿。"又说:"比不得林妹妹曾经离丧,作此哀音。"这首诗表现了黛玉已从忧愁发展到悲伤了。

四是悲伤绝望的《琴曲四章》(第八十七回):小说写道,宝玉和妙玉去探望黛玉,走至潇湘馆外,在山子石坐着静听,甚觉音调清切。只听得低吟道:

风萧萧兮秋气深,美人千里兮独沉吟。望故乡兮何处?倚栏杆兮涕沾襟。歇了一回,听得又吟道:山迢迢兮水长,照轩窗兮明月光。耿耿不寐兮银河渺茫,罗衫怯怯兮风露凉。又歇了一歇。妙玉道:"刚才'侵'字韵是第一叠,如今'阳'字韵是第二叠了。咱们再听。"里边又吟道:子之遭兮不自由,予之遇兮多烦忧。之子与我兮心焉相投，思古人兮俾无尤。妙玉道：
"这又是一拍。何忧思之深也！"……里头又调了一回
弦。妙玉道："君弦太高了，与无射律只怕不配呢。"
里边又吟道：人生斯世兮如轻尘，天上人间兮感夙因。
感夙因兮不可惙，素心如何天上月。妙玉听了，呀然失
色道："如何忽作变徵之声？音韵可裂金石矣。只是太
过。"宝玉道："太过便怎么？"妙玉道："恐不能持
久。"正议论时，听得君弦蹦的一声断了。妙玉站起
来，连忙就走。宝玉道："怎么样？"妙玉道："日后
自知，你也不必多说。"竟自走了。弄得宝玉满肚疑
团，没精打采的，归至怡红院中。

前八十回林黛玉之作多写环境的严酷无情，是自
怜、自叹。这首琴曲则是写对家乡、对友人的思念。俗
话说，"落叶归根"，这是一个临终者经常会出现的想
法。第三首"人生斯世兮如轻尘"则是对生命无常、无
奈的悲叹，人生变故皆有"夙因"，一切都是宿世命
运，"素心如何天上月"突然换韵，表现一种激起或突
变的情绪，这是一种愤慨和最后的呐唤和抗争，预示着
生命的灭亡。这首琴曲令人肝肠寸断，妙玉说："曲调
过悲，且讶然失色。"确实，令人悲伤到了极点和无比

的沉郁。

《红楼梦》最后一首曲《收尾·飞鸟各投林》可以
说是沉郁悲伤的一个总结：

> 为官的，家业凋零；富贵的，金银散尽。
>
> 有恩的，死里逃生；无情的，分明报应。
>
> 欠命的，命已还；欠泪的，泪已尽。
>
> 冤冤相报实非轻，分离合聚皆前定。
>
> 欲知命短问前生，老来富贵也真侥幸。
>
> 看破的，遁入空门；痴迷的，枉送了性命。
>
> 好一似食尽鸟投林，落了片白茫茫大地真干净！

这首曲子再现了贾府"树倒猢狲散"，一败涂地
的景象，说"为官的，家业凋零"是湘云；"富贵的，
金银散尽"是宝钗；"有恩的，死里逃生"是巧姐；
"无情的，分明报应"是妙玉；"欠命的，命已还"是
凤姐；"欠泪的，泪已尽"是黛玉；"看破的，遁入空
门"是惜春；"老来富贵"是李纨等。在结句，作者以
食尽鸟飞、唯余白地的悲凉图景作为家破人亡、子孙缘
散的悲惨写照，揭示了全书的情节发展的悲剧告终的完
整布局。

《红楼梦》正是从小说人物的爱情悲剧、生命悲

剧、家庭悲剧进而揭示了社会悲剧、时代悲剧和文化悲剧。"悲剧是将人生的有价值的东西毁灭给人看。"《红楼梦》成功地描绘了封建专制、封建文化对人的本性、人的权利、青春美、女性美的毁灭，引起了人们的思想共鸣和情感的共振，给人们以心灵的震撼和沉郁之美的体验！

第五讲

经纬分明

《红楼梦》的结构之美

　　小说的结构如同人体的骨架，房子的"四梁八柱"，承载全书所传递的信息，呈现着故事发展的脉络，体现着全书思想、艺术的风貌。

　　优美的小说结构有几个基本的要求：一是主体结构分明，即经纬分明，以经为主，以纬为辅，互相交融而不杂乱，这就是主题、主线、主角都是很突出的，并相互联系在一起；二是分层结构清晰，正如一栋楼房一样，层次是分明的，人物故事、情节都有一个合理的安排；三是结构是连贯的、互应的，首尾相连，前呼后应，形成一个闭环系统。

　　《红楼梦》作为一部鸿篇巨制的长篇小说，人物众多，情节复杂，如果没有构建好一个好的结构，读者很难把握其思想内涵、艺术特色和审美特征。曹雪芹不愧是一个伟大的作家，他把主题结构安排得鲜明突出，把叙事结构安排得井然有序，把情节结构安排得跌宕起伏，把人物结构安排得提纲挈领，在这个庞大的结构中，既有主体构建的布局，又有微观结构的装饰，因而构建成了一个辉煌的艺术宫殿。下面，对其小说结构进行审美的分析。

一、主题结构："双股交会"

《红楼梦》的主题结构，有两条明显线索：爱情悲剧、家族悲剧，在这条明的线索背后有一条暗的线索——社会悲剧。作者用爱情悲剧、家族悲剧，揭露和批判了封建礼制的虚伪和人性之恶，倡导了人权、人性的自由发展和解放，呼吁建立公平、公正、有爱、平等的价值坐标。爱情、婚姻、家庭、家族是相互联系的，因此，两条主线并不是平行进行，而是交错进行的。但又有主辅之分。贾府是主人公的生活空间，是一条不可缺少的辅线。《红楼梦》运用多重维度的写作手法将贾、薛、王、史四大家族的日常生活故事铺陈展开，讲述了贾宝玉与林黛玉之间穿越前世今生的悲剧爱情故事。同时，又以宝黛的爱情为主线贯穿小说全文，辅以四大家族的兴衰起落，展示了钟鸣鼎食之家的日常生活，进而反映了当时的社会现实。这个主题结构围绕主题，宏大叙事，包罗万象，揭示了封建社会末期走向衰落灭亡的必然趋势。作者在第一回中说：小说的故事只不过是讲"离合悲欢；兴衰际遇"的故事。脂砚斋第一回的批语说："作者编述的是历尽离合悲欢、炎凉世态的一段故事"。从全篇的内容看："悲欢离合"是指大观园的女儿情事，特别是宝、黛、钗的爱情、婚姻的故事；而"兴衰际遇"当指贾府的兴衰荣枯，两者相辅相成，互为表里，构成《红楼梦》的故事主体和基本情节模式。

（一）爱情悲剧：从"木石前盟"始，到"金玉良缘"终

宝玉与黛玉的爱情悲剧和宝玉与宝钗的婚姻悲剧，是《红楼梦》故事情节的主线。作者自称小说为"怀金悼玉"的《红楼梦》，即悲念宝钗，伤悼黛玉。《红楼梦》写爱情与过去的言情小说有极大的不同。过去的言情小说多为才子佳人，一见钟情，私订终身，历尽磨难，但"有情人终成眷属"，是以喜剧的形式为结局的。曹雪芹则完全不同，用爱情与婚姻的错位，写人性的善恶美丑。小说第一回交代了自己创作的宗旨，说：

历来野史，或讪谤君相，或贬人妻女，奸淫凶恶，不可胜数。更有一种风月笔墨，其淫秽污臭，涂毒笔墨，坏人子弟，又不可胜数。至若佳人才子等书，则又千部共出一套，且其中终不能不涉于淫滥，以致满纸潘安、子建、西子、文君，不过作者要写出自己的那两首

情诗艳赋来，故假拟出男女二人名姓，又必傍出一小人其间拨乱，亦如剧中之小丑然。

作者言明他写的爱情故事与众不同，不落俗套。"虽其中大旨谈情，亦不过实录其事"。这就是说这个故事是来自现实生活的，并不是凭空编造的离奇故事。

小说的爱情故事是以"木石前盟"开始的。小说的主线围绕贾宝玉和林黛玉二人的情感走向展开叙述，作者没有从现实生活开始讲述宝黛二人的故事，而是通过一僧一道偶遇一颗奇石方才引出绛珠仙草与神瑛侍者的前世今生。二人的相遇是命运注定的因果轮回，"只因西方灵河岸上三生石畔，有绛珠草一株，时有赤瑕宫神瑛侍者，日以甘露灌溉，这绛珠草便得久延岁月"。绛珠草感恩神瑛侍者的"灌溉之德"，意欲下凡将"一生所有的眼泪还他"，以"还泪"之说结下宝黛爱情的因缘，给这段风花雪月的儿女情长增添了梦幻色彩。

作者采用层层递进的写法阐述了宝黛二人从初遇、相知到相爱，最终迫于现实酿成爱情悲剧的过程，这个过程大致可以分为四个阶段——即宝黛相见到共读《西厢记》，到宝玉挨打再到黛玉魂归，构建起了全文中的主要线索与主要矛盾。

　　二人的相遇从第三回黛玉进贾府开始，这个设定将两个孩子聚到一起，作者用了极为精致的空间视角与人物神态描写了黛玉进府的整个过程，用绘画"工"的笔法描绘宝玉与黛玉二人相遇的画面：相见恨晚。小说写道，一路上婆子丫头拥簇着黛玉，一片热情，展现出贾府上下对黛玉的期待，给读者以黛玉入府后将会过上幸福安稳生活的美好想象。然后，描写宝黛虽未见面，却似曾相识。宝黛二人虽为表亲，却从未谋面，黛玉见宝玉是"吃一大惊"，觉得"好生奇怪，倒像在那里见过一般，何等眼熟到如此"，相较于黛玉的惊讶，宝玉却"看罢，因笑道：'这个妹妹我曾见过的。'"两人相见面善的反应，暗示了他们前世的因缘，给读者更多的想象空间，二人的相遇是充满浪漫气息的，使人不得不相信缘分真的妙不可言。而后在日常生活中，宝玉喜于林妹妹的陪伴，林妹妹惜之宝玉的包容，宝黛二人的点滴情感也在慢慢积累，青梅竹马的情谊让他们的相处更加默契。

　　第十八回元妃省亲是宝黛爱情的一个重要节点，虽然表面上该情节与宝黛二人毫无联系，但就是因为元妃省亲才建造了宝黛的爱情基地——大观园。到了第二十三回，元妃下令让宝黛等人搬进大观园居住，自此，宝黛爱情进入了完全自觉发展的阶段。他们开始离开封建大家长的监管与禁锢，进入了感情发展的自由恋爱时光，有了属于他们自己的新的天地，共读《西厢记》便是他们爱情幼苗成长的契机。

爱情总归不是一帆风顺的，宝玉时时刻刻呵护着自己与黛玉的关系，而黛玉也在战战兢兢中生怕宝玉弃自己而去。宝玉与黛玉二人有着同样的叛逆心，这是作者对两位主人公所寄予的盼望。宝玉不甘于封建传统的束缚，虽为宝钗、袭人等轮番劝诫，但其内心终究是叛逆的，埋下了对封建大家族中传统礼法桎梏的反叛之心。第三十三回中宝玉挨打，尽管事情的起因似乎与宝黛恋爱无关，但我们也可以看到贾政在棒打宝玉之时的所言所语，都是在对宝玉的种种不肖做出清算，也是在对宝黛的私下恋爱做出一种警告，宝玉这一番皮肉之苦虽明确了黛玉的真心，却也给他们之间的爱情埋下了更大的危机。

志趣、感情、性格是宝玉感情天平的一颗重要的砝码。他与黛玉志向投合，情意相投。他与黛玉的爱情，是建立在共同的志向的基础上，心灵的契合和志趣的相投，与以往小说戏剧中的才子佳人、郎才女貌的结合有着根本的区别。

但是不幸的是婚姻的结局不是"木石前盟"，而是"金玉良缘"。小说第八回已埋下了伏笔。小说第二十八回，薛姨妈对王夫人说："金锁是个和尚给的，等日后有玉的方可结为婚姻。"从此，"金玉良缘"便成为贾母、王夫人等为宝玉择偶的主要候选方案。宝钗虽然如愿以偿得到了婚姻，但宝玉却对人生感到无聊、无功、无望。"哀，莫大于心死"，他希望以遁入空门找到心灵的安顿，于是，只好出家了，宝钗落得独守空房的结局。

小说所写的爱情悲剧，表现了"情"与"利"的冲突。在封建社会，婚姻是巩固家族利益的纽带，是利益的结合，或者说也是利益的交换。"四大家族"一损俱损，一荣俱荣，爱情在贾府家长的眼中是不值一提的，甚至为了利益可以牺牲爱情。宝、黛就成了"牺牲品"。这个悲剧，也表现了"情"与"礼"的冲突，在封建社会里，青年男女对婚姻的选择没有自主权，是"父母之命，媒妁之言"，宝钗时时处处以"礼法"作为行为规范，获得了贾府的好印象、好评价，说她"贤淑、端庄",成为贾府的主宰者的选择对象,即使宝钗无心"金玉良缘",社会环境和时代也会选择她,这是对自主、自由地选择婚姻的权利的剥夺。为此,他们三个的婚姻悲剧,也是时代的悲剧。

"木石前盟"是没有婚姻的爱情,可惜可叹。"金玉良缘"是没有爱情的婚姻,更觉可悲。黛玉毕竟得到了宝玉的心,虽然死了,内心却得到了安慰。宝钗虽然得到了"宝二奶奶"的名分,但却失了爱情,"空对着山中高士晶莹雪"。这是独守空房"活受罪"。一部《红楼梦》写了许多大大小小的悲剧,宝黛钗三人的爱情悲剧是最大的悲剧。

(二)家族悲剧:从"钟鸣鼎食之家"到"树倒猢狲散"

家族悲剧作为一条副线,揭示了更为深刻的社会背景。小说第二回,用冷子兴的口说出了衰败的征兆,说:

> 如今虽说不及先年那样兴盛,较之平常仕宦之家,到底气象不同。如今生齿日繁,事务日盛,主仆上下,安富尊荣者尽多,运筹谋画者无一;其日用排场费用,又不能将就省俭,如今外面的架子虽未甚倒,内囊却也尽

贾雨村遇游智通寺，冷子兴演说荣国府　〔清〕孙温

上来了。这还是小事，更有一件大事。谁知这样钟鸣鼎食之家，翰墨诗书之族，如今的儿孙竟一代不如一代了！

冷子兴在这里讲到了四大家族衰败的原因：养尊处优，贪图安乐，奢侈浮华，铺张浪费，儿孙无能，后继无人。这就无可奈何地走向了日暮途穷的"末世"，造成了"树倒猢狲散"的家族悲剧。

小说写四大家族的兴衰，突出以贾府的衰落过程作为重要的一条副线，贯穿起史、王、薛等各大家族的没落，描写了上至官宦、下至平民的广阔历史画卷，广泛而又深刻地反映了封建末世出现的矛盾冲突，揭示了宗法社会必然走向崩溃的历史趋势。

作者曹雪芹年少时也是贵族子弟，亲历了家族的兴衰，对于其刻画的四大家族的衰败有深刻的体会。在小说开篇即交代四大家族的背景、人员结构、家族关系与社会地位。第二回"冷子兴演说荣国府"，从冷子兴与贾雨村的对话情态中可以知道二人对于兴旺时的四大家族充满敬畏，对于已"萧疏"的四大家族感到惋惜。

四大家族的关系是以姻亲为纽带构成的一张"关系网"，其根本联系则是利益。四大家族为王侯官爵之后，再加上商业贸易的利益往来，官商相护成了最简单的发展方式。在四大家族中，作者描写得最细致的莫过于贾府，其他三个家族都是以跟贾府中的成员沾亲带故而出现的。史家的小姐嫁给了贾代善成了史太君，侄孙女史湘云来贾府做客与小辈们成为朋友；王家的王夫人嫁给了贾政，内侄女王熙凤嫁给了贾琏；王夫人胞妹嫁进了薛家后带着儿女上京投奔姐姐进了贾府，引出薛蟠与薛宝钗的故事。

　　在作者笔下，贾家的地位无疑是最高的。贾家是功勋之家、国公之后，祖上战功赫赫，就像焦大所说是"（贾家）祖宗九死一生挣下这家业"，才有了贾府的"荣华富贵"。贾府家大业大，"贾不假，白玉为堂金作马"，其尊贵豪富代代相承，政治上依赖当权的支撑，经济上靠地租的收入，但权势却慢慢江河日下，贾府中的支出有增无减。而当元妃这个"靠山"失去以后，贾政之流的权位岌岌可危。贾府中的公子哥儿，如贾珍、贾赦、贾琏、贾蓉等，都是无法撑起家族复兴大业的纨绔子弟，只顾安于现状、贪图享乐，主人公贾宝玉虽超脱世俗，天性纯良，但其优柔寡断、唯诺柔弱，依然难堪大任。俗语所说"富不过三代"，在贾府上的演绎是贴切的，贾家的败落早已注定。

贾家之后，史家、王家、薛家也都存在着类似的家族问题。撇开家族勾连的亲缘关系不说，它们都有自己的家族实力，但终究也逃不过衰败之势。

在四大家族中，史家的结局应当是最好的，但也逐渐边缘化。史家自与贾代善结亲之后，其实贾史两家的互动并不多，就只有一个史湘云尚有来往，从小说的叙述中看，史家已经渐渐边缘化，甚至于在慢慢地远离四大家族。与其他小姐不同，史湘云在十一二岁时便定了亲，结亲的对象也是与四大家族毫无关系的李家，而史家也被外派任职，渐渐远离朝局，史太君的离世既结束了贾史两家的亲缘关系，也暗示了史家从此脱离了四大家族的头衔，势头几尽消磨。

"东海缺少白玉床，龙王来请金陵王"，王家是最有野心最有冲劲的一家，一直保持着稳步上升的发展趋势，其富贵显赫一目了然，王熙凤也时常为其有这样富强的娘家做靠山而津津乐道。王夫人和王熙凤在贾府中呼风唤雨，为所欲为，为贾府的衰败埋下了祸根。王家因王子腾赴任期间一命呜呼而走向了衰落。

薛家为"紫薇舍人薛公之后"，在官爵上，薛家并不如其他三个家族显赫，但论经济实力，薛家不比任何一家差，薛家开了很多当铺，而且生意做得很大。薛家凭借着强大的经济实力，与其他显赫家族进行联姻，从薛家的家族构造来看，与贾家、王家都有所亲连，而到了薛蟠、薛宝钗这一代，因薛蟠送妹上京待选而与各家的联系更为密切。然而薛家与同为皇商的"桂花夏家"联姻，夏金桂的到来非但没有带来多少助益，反而加速了薛家的衰败，薛蟠、夏金桂夫妇二人同样的骄奢淫逸，造就了悲惨结局，给薛家带来了极其沉重的打击。

作者曹雪芹将四大家族的兴衰勾连在一起，与宝黛爱情这一主线齐头并进，表面上都是光鲜亮丽，其内里却早已腐败不堪，在那样封建专制的社会背景下，"盛极必衰"是封建大家族发展的必然趋势。作者将几个家族的人物放在同一个大背景下，通过不同家族背景而将人物重新组合串联起故事，从而将其联系在一起，逻辑严密而结构明朗。

小说正是通过爱情悲剧这一主线和家族悲剧这一副线，表达了一个深刻的思想主题：婚姻应当尊重个人自主的选择，人生应当追求平等、公平、正义的社会理想，人类应当过有尊严、有意义、有诗意的生活。但是，这种有价值的生存、生活、生命状态，是可望而不可即的太虚幻境。作者虽然"无力去补天",但却不甘于沉沦、不甘于绝望,相反,始终希望人类不要放弃伟大的梦想和追求,这就是这部小说的思想力、感召力和影响力的来源。

二、叙事结构：三重世界

《红楼梦》之所以能够构建整个宏大叙事结构,关键在于构建了一个三重世界融合交错的布局,使故事穿梭于多维空间,交相辉映,精彩纷呈。作者通过对多个空间维度,把浪漫主义与现实主义结合起来,通过对神话世界、理想世界与现实世界三个空间描绘了不同的观感,以三个世界的糅合交错,推进整个故事的发展节奏,给读者留下丰富的想象空间。

这三重世界从时空看,是分开的,但其内涵是一致的,都是围绕一个"情"字进行,可以说是"形散神聚","情"成为联结这"三重世界"的主线,使小说与读者发生同频共振,引起情感的共鸣,这正是艺术创作的高明之处。

（一）神话世界：自由的神思

小说的开头和结尾运用了神话的表现手法，给人神奇、梦幻的感觉。神话是一种想象，表现了作者的想象力和创造力，具有丰富的隐喻，蕴藏着深刻的象征意义。小说用男神与女神之恋，象征姻缘是前生今世的"未了情"。小说中的故事开篇便告知读者，主人公只是"女娲补天"时所遗落弃用的一颗石头，通过长年的修炼而颇具灵性，故而欲游走人间。宝玉游走于大荒山、无稽崖、青埂峰、太虚幻境和结尾的激流津、觉迷渡口，归于鸿蒙太空等，是文中所创造的隔离于尘俗之外的神仙之境。主人公贾宝玉为"神瑛侍者"，黛玉为"绛珠仙草"，皆来自神境，宝玉与黛玉的"木石前盟"，穿越了前世今生，宝黛之间从来不只是人世间的俗世悲欢，是凌驾于世俗之上的灵魂相交，两个人的一段仙缘，命中注定二人要有情感上的纠葛不清与恩怨难消。他们之间不需要轰轰烈烈的山盟海誓，却也有争长论短的缠绵悱恻，他们之间是天上神仙之恋，历劫之后又回到了仙界。而宝钗的"金玉良缘"则是人神之恋，终归离散，其中缘由也有宝钗比黛玉少了些仙缘。虽然金与玉是匹配的，但终归姻缘不长。贾宝玉所佩戴之玉与薛宝钗的金项圈上所镌刻的内容都有神性的存在，一为"莫失莫忘，仙寿恒昌"，一为"不离不弃，芳龄永继"，可以看出都取长寿安康之意。另外，金和玉一直被认为是难得的仙药，吃玉髓、吞金丹都是信道者的修炼之法，小说中也有以"金门玉户"来命名神仙府邸之举，试图说明"千里姻缘一线牵"的神秘，但人神之恋终归与"牛郎织女"一样，在水一方，远隔天涯。

石头记大观园全景图　〔清〕孙温

（二）理想世界：幸福的向往

"太虚幻境"在作者笔下是所有尘世之人都心驰神往的地方，但它终究脱离于人类真实的世界之外，于是在人间，作者构筑了一个真实社会中的理想世界——大观园。

大观园是一个逃离尘俗之外而附于人俗中的理想国，这里充满平等与自由的气息，充满着青春气息，充满着高雅的文化的气息，充满着友爱、真情、温情的气息。一句话，大观园是一个"有情世界"，这是作者希望和向往的世界。

大观园是人间仙境。如果说《红楼梦》只是作者所做的一场繁华凄美的幽梦，那么大观园就是其中最大的造梦空间。"园内各处，帐舞蟠龙，帘飞彩凤，金银焕彩，珠宝争辉，鼎焚百合之香，瓶插长春之蕊"，"香烟缭绕，花彩缤纷，处处灯光相映，时时细乐声喧"，梦中的大观园处处是有着理想中的美感。大观园耗费了巨大的人力物力财力，在贾元妃归省之时为内里庭院题上"省亲别墅"之名更显雅致，其中怡红院、潇湘馆、蘅芜苑、稻香村等院落都有其居住者所相对应的环境特色。大观园中，无论是一进门的"开门见山"，还是

"曲径通幽"，抑或是观水的沁芳亭、赏月的凹晶馆，无不体现着游山乐水、亲近自然的乐趣。大观园是人间乐土。园中玩景乐事不断，赋诗作词行酒令，唱戏绘画读《西厢》，饮酒吟诗雅集不断，庆生设宴琴歌不绝，都为平淡的生活增添了许多意趣、乐趣、情趣，悠哉游哉的生活体现了当时的时代背景下对桃花源般的心仪与向往，园中之人皆可脱离于封建束缚，悠游在洒脱自在之间，是"说不尽这太平气象，富贵风流"。

大观园是人间的精神家园。大观园充满人间纯真真挚的情感。有情窦初开，少男少女纯洁的爱情，有朴实无华，纯真友谊的友情，有血浓于水，相依相伴的亲情。当然，大观园不能独立于现实世界，也抵御不了外来的侵袭，终于人去园空，一派凋敝，大观园这个理想国终究冷清、衰落而失去了生机。

（三）现实世界：美好的破灭

理想的世界是一个"有情天下"，而现实的世界则是"无情的社会"，美好与丑陋形成了强烈的对比。

跳脱出红楼中的风花雪月、儿女情长的世界，其真实的现实世界却是残酷冰冷、冷漠无情的，作者既为读者呈现了一个拥有柴米油盐的人间烟火宴，也呈现了一个充满尔虞我诈的现实社会。在含情脉脉的面纱下，潜藏着赤裸裸的金钱关系和等价交换。如官场上的尔虞我诈，钱权交易在道德上的堕落，吃喝嫖赌在生活上的腐化；家族里的钩心斗角，生活上的骄奢淫逸、铺张浪费等。有钱有势之人相拥而护，无钱无势之人只能卑微附势，一旦涉及利益的得失，一切最丑恶的面目便显露出来。蛮横霸道的夏金桂、吝啬虚伪的卜世仁、朝三暮四的贾琏，等等，都是现实世界丑陋的写照。晴雯、香菱、鸳鸯等奴婢只不过是封建专制道统下最卑微而无奈的存在。宝黛的爱情、宝薛的婚姻、妙玉、香菱等，全都成为在封建势力压制下的牺牲品，而最后贾家的败落也都是他们共同的葬礼。

现实世界于《红楼梦》中表达出来是残忍的，是满眼繁华雍容背后骨感可悲的现实，作者运用空间上的虚幻、时间上的模糊来掩盖故事所发生的社会背景与真实反映，这是小说情节上与思想上发展的隐晦建构。

三、情节结构：有序流畅

一部优美的小说都有一个故事情节结构与总体结构

互相配合。这个情节结构有张弛起伏的节奏感，有低潮和高潮的冲突感，有循环回应的圆满感。

《红楼梦》运用"草蛇灰线，伏脉千里"等手法，把故事讲得娓娓动听，有节有序，流畅、完整。

《红楼梦》情节结构的有序、流转表现为精心地安排了起、承、转、合，即把情节发展划分为起因、过程、高潮与结局四个阶段。今天我们读后"四十回"的续集觉得没有前八十回的文笔华美，觉得有很大遗憾，正如张爱玲所说："人生有三恨：一恨海棠无香，二恨鲥鱼多刺，三恨《红楼梦》未完。"曹雪芹至《红楼梦》第八十回绝笔，此间后人来去续作，大多被现行红学学者视作狗尾续貂，再无原作光景。但现通行本所续，在结构上大体完整，虽无法字字珠玑，但其情节结构尚能回应原作之伏笔，将起承转合四阶段进行到底。

清代乾、嘉年间有一位自号"痴道人"的红学家，曾以"四时气象"来概括《红楼梦》的情节结构，他说：

《红楼梦》四时气象：前数卷铺叙王谢门庭，安常处顺，梦之春也。省亲一事，备极奢华，如树之繁阴葱茏可悦，梦之夏也。及至通灵失玉，两府查抄，如一夜严霜，万木摧落，秋之为梦，岂不悲哉！贾媪终养，宝玉逃禅，其家之瑟缩，直如冬暮光景，是《红楼梦》之残梦耳！

他还说：

小说家之结构，大抵由悲而欢，由离而合，引人入胜。红楼梦则由欢而悲，由合而离也。

用"春发、夏长、秋收、冬藏"来概括《红楼梦》的结构是比较准确的，它打破了传统小说家的写法，由悲剧变为喜剧，而是由喜剧到悲剧，隐含着"乐极生悲"的思想，反映了作者的创新写法。下面，对这四个结构做一个粗略的介绍。

（一）起：春之梦

小说第一至第五回，这是小说的"楔子""序幕"。

首先，交代了作者的创作意图。《红楼梦》一开篇，便引导读者探寻该书的缘来，以甄士隐为"真事隐"，以贾雨村为"假语存"，将整个红楼故事铺叙展开。作者以"起因"为开篇：

列位看官：你道此书从何而来？说起根由虽近荒唐，细按则深有趣味。……原来那女娲氏炼石补天之时，于大荒山无稽崖炼成高经十二丈、方经二十四丈顽石三万六千五百零一块。娲皇氏只用了三万六千五百块，单单剩了一块未用，便弃在此山青埂峰下。谁知此石自经煅炼之后，灵性已通，因见众石俱得补天，独自己无材不堪入选，遂自怨自叹，日夜悲号惭愧。

《红楼梦》原有《石头记》之名，作者开篇即采用石头的神话叙事，为整个故事情节蒙上一层神幻色彩的面纱，是一出新颖有趣但又令人倍感熟悉的女娲补天的神话，勾起了"列位看官"观阅本书的兴趣，也从而构建起了本书的立意基础，明确了《红楼梦》一书中的结构主体与结构意义。

其次，安排主要人物的登场，介绍贾府的概况。作者以第三人物视角去讲述故事，专挑了冷子兴这一跳脱于贾府之外的人物，以他的"冷眼"观察描述人物关系与人员结构，将贾史王薛四大家族的相互勾连娓娓道来，由贾雨村引出林黛玉，由林黛玉引出贾宝玉，由贾宝玉引出贾府，再从贾府辐射开来，渐渐构筑起整个宏大红楼的结构基础。这一"起"，将小说的整体故事情节组合在一起，明朗了角色间的亲缘关系与利益关联，埋下人物发展的线索脉络，将角色串联起来，环环相扣，回回呼应，既是总起，也是根基。

再次，预示了贾府和主要人物的结局。小说第五回，初读不得要领，不知所云。但很重要。这一回写宝玉神游太虚幻境，看到了金陵十二钗正副册的判词，听到《红楼梦》十四支曲，预示了大观园的女性的悲惨结局。其实，读完整部小说，再回头读第五回就能明白其人物的归宿。这一回是小说的"伏笔"，也是小说的"悬念"，吸引读者去阅读和追寻。

小说第六回说："且说荣府中合算起来，从上至下，也有三百余口人，一天也有一二十件事，竟如乱麻一般，没个头绪可作纲领。正思从那一件事那一个人写起方妙。"这几句话很清楚地划出了前五回与后面的界限。前五回也可以看作是小说的总纲，提纲挈领，为故事的讲述做了很好的铺垫和安排，使之井然有序，好像有意给读者留下一张绝妙的导读图。

（二）承：夏之梦

小说第六回至七十四回，这是贾府昌盛的阶段。这个阶段也可以分为几个小阶段：第一阶段：第六回至第十八回，描写了贾府的荣华奢侈和赫赫势力。这个阶段，写了两个重大事件——可卿之死和元妃省亲。小说先是写秦可卿出殡的排场，后写元妃省亲这场"烈火烹

坐龙舟游玩大观园（局部） 〔清〕孙温

油、鲜花着锦"的喜事。元妃省亲，既是表现贾府兴盛的最高潮，又暗指潜伏的危机，展开了矛盾的冲突。

第二阶段：第十九回至第三十五回，全面铺写贾府内部各种矛盾冲突。在这里，荣国府里嫡庶之间为了"这一份家产"展开了一次你死我活的斗争，演出了"恶魔法"的丑剧。另一方面，"古今不肖无双"的逆子宝玉，其异端行为已全面表现出来，他谈情说爱，偷读禁书，参禅作倡，结交优伶，饮宴弹唱，挑逗母婢……结果引发了封建卫道士与叛逆者之间的正面冲突，而"宝玉挨打"形成了小说的第二个高潮。

第三阶段：第三十六回至第五十六回，这是宝、黛、钗三人情感发展的集中展示。突出写了"金玉良缘"与"木石前盟"的冲突，反映了大观园乃至整个贾府中两种思想、两种势力的不可调和，林黛玉和薛宝钗的人物形象得到了展示。这一阶段的特点：一是旧的矛盾继续发展。宝玉挨打后并没有依照宝钗的愿望"早听人一句话"而"改邪归正"，相反，叛逆之志更加坚定："便是为了这些人死了，也是情愿的。""木石前盟"与"金玉良缘"的冲突表面化了。同时，奴婢们也敢于公开反抗了，玉钏对于姐姐金钏之死怒形于色，鸳鸯以死抗婚。二是新的矛盾不断涌现。我们看到，矛头指向掌权的王氏姑侄，不仅有赵姨娘母子，还有贾赦夫妇，出现了赵姨娘与探春母女之间的矛盾，贾琏与凤姐夫妇之间的矛盾，怡红院众丫头与袭人之间的矛盾，于是，写了凤姐病了，探春出来协理宁国府。

第四阶段：第五十七回至七十三回，爆发了更为广泛的矛盾和危机。这个阶段写了探春的"兴"利除弊，茯苓霜事件，贾琏偷娶尤二姐以及凤姐"借剑杀人"，贾母八旬大寿。在这个阶段，不仅主子如探春、宝玉等都预感到必将败落崩溃，就是"下人"如柳家的也感到"连草根都没了的日子"，贾府内部的各种矛盾更加表面化了。

（三）转：秋之梦

转，也即从盛到衰的转折点。小说从第七十回"林黛玉重建桃花社"之后就已露出贾府由盛转衰的明显趋势，桃花社虽重建，但到底不如从前，仿佛所有的欢声笑语都是在为锦绣繁华做最后的祭奠。此间黛玉所作《唐多令》："粉堕百花洲，香残燕子楼。一团团逐队成毬。飘泊亦如人命薄，空缱绻，说风流。"用"粉堕""香残"暗指柳絮飘落的晚秋季节，借西施和关盼盼的故事来表达黛玉心中的孤寂惆怅心绪，也是暗示了黛玉最终会落得个孤苦离去的凄凉结局。

小说的大转折是以七十四回"惑奸谗抄检大观园"和一百〇五回"锦衣军查抄宁国府"为主要标志的。这个转折首先来自内部的打击，然后是来自外部的打击。"抄检大观园"是小说的高潮之一，按照探春的说法是"自生自灭"，抄检的结果受害最惨的当然还是底层的奴仆，晴雯、司棋被迫害致死，芳官、蕊官、藕官三人被逼出家……这是贾府内部的矛盾大爆发，是内耗的结果，是一种自杀行为。

在抄检大观园这一回中，就集中写了妯娌之间、嫡庶之间、婆媳之间、主奴之间、半主半奴与主子和奴才之间、卫道者和叛逆者之间的种种矛盾，运用对比、衬托等手法使得人物的性格特点、形象类型更加立体鲜明，让结构服从于人物性格的发展，又将人物性格融入结构进行推进，使得情节更加完善。作者在转折的这一阶段已然很少运用诗文镶嵌其中了，诗文在小说中不仅仅代表的是文学水平与人物的博学才华，更是对繁华景象的反映，证明其中人物还是有心情、有能力去吟诵风雅的，而至此局面，多为悲谶寂语，往日风雅已然不比家族命运重要了。

而随着元妃病逝，贾府失去了"靠山"，贾府受到朝廷的查抄，这是来自外部的又一次打击，贾赦、贾政被罢官。从此宁国府没了依傍，荣国府失了气机，夜间开宴也早已没了当时的盛荣景象，出现的是"异兆"，唱的是"悲音"。作者选在八月十五中秋佳节这一大团圆的日子将人物的发展推向离散。之后，走的走、离的离、病的病、死的死，一切构筑的理想世界在这一阶段

开夜宴异兆发悲音 〔清〕孙温

凌迟刑般的断块滑落，而后轰然倒塌。作者紧锣密鼓地写了一系列的"末世光景"，大有"山雨欲来风满楼"之势。宁国府中秋夜宴，遇上了"异兆发悲音"。"贾迎春误嫁中山狼"，开始了"三春去后诸芳尽"的历程，妙玉坐禅走火入魔，元妃薨逝，黛玉魂归离恨天，鸳鸯殉主自杀，凤姐病逝，等等，所有的衰败犹如秋风扫落叶，排山倒海，无法阻挡。最令人悲痛的是一个个青春的生命的逝去。这是秋天的萧条和寒冷的冬天的来临。在这里我们看到了小说中主要人物的归宿。"宝玉出走"是小说的故事情节设计得最有美感的手笔，宝玉准备去参加科举考试了，原以为是"改邪归正"了，其实不然，他是了却父母的心愿，他的心已如枯木，选择了出家。这个结局"出人意料"又"合乎情理"，读者读到此，心中充满着悲伤、怜惜的情感，这就是审美的力量！

（四）合：冬之梦

小说结构的"合"即为"收"，表现为头尾的遥相呼应，表现为曲终人散，表现为画上句号，而使整个结构完整和圆满。《红楼梦》写"合"的手法也相当高超。不仅前后故事情节的发展吻合，而且富有思想意味。这个"合"集中体现在最后的第一百二十回里。

小说一开头就交代"绛珠仙草"因还泪而追随"神瑛侍者"下凡历劫，而引出一干风流冤家的情事，小说的主角回到太虚幻境警幻仙姑那里去记名返回仙位，与开篇相照应，回笔勾勒，结尾呼应了开头的"伏笔"。这是给苦难的心灵留下一点慰藉，天上没有争斗，没有功利，没有情仇，也没有离恨，这表达了作者美好的憧憬和愿望，给读者留下了希望的曙光。

小说的第一回和第一百二十回，用甄士隐和贾雨村这两个人物，串联起整部小说的结构，这两个人物穿梭于太虚幻境与尘世之间，强化了仙凡两个世界的联系。脂砚斋说贾雨村有"穿针引线的作用"。而最后他与甄士隐的一番交谈，完结了整部红楼故事。甄士隐和贾雨村作为开头和结尾的人物，不但起了一个神妙的开头，也留下了一个意味深长的结尾，其寓意表现在：佛家、道家和儒家，隐与仕，出世与入世的和合。甄士隐代表了佛、道家，以出世为人生价值取向，贾雨村代表了儒家，以入世为人生价值取向，仅仅以儒、佛、道的一家做人生价值取向为坐标都是不可取的，正确的态度当是相互融合，用出世的心志去做入世的事业，这是最为正确的选择。儒、佛、道三家的合流、和合，这是中华思想文化留给我们的宝贵精神财富。

总之，在《红楼梦》的结构中，元妃省亲、宝玉挨打、探春理家、抄检大观园，是《红楼梦》最具特殊地位的重大事件和故事情节，都具有标志性的意义，是"脂批"中说的"乃通部书之大过节、大关键"的地方。从思想内容来看，它是贾府由盛到衰的历程中的四个主要的节点，是人物形象淋漓尽致的表现。从艺术结构来看，它是故事发展承上启下的重要环节。首先，它是小说的高潮，这四个高潮的出现而使小说跌宕起伏，节奏明快；其次，它是承前启后的枢纽。每一环既是前一段的终结，又是后一段的开始，使小说行文如行云流水，生动流畅；再次，它又起着归纳融合的作用。它把分散的人物，故事汇合成整体。正因为如此，整部作品就像一个浩瀚的大海，能容纳无比丰富广阔的内容。《红楼梦》主题、叙事和情节的完美结构，使全书成为一部浑然一体的艺术珍品。

第六讲

情景交融

《红楼梦》叙事手法之美

　　"情景交融"是中国美学的一个重要命题，有着三个层次的含义：一是体现为"物我为一"，体现了物人的相互感应，表达了景物与人的情感抒发的关系，如触景生情，都是一种常见的现象，这是一种物质感应；二是体现为"心我为一"，即人通过味觉、视觉、嗅觉、听觉、触觉上升为"心觉"，通过一种具体生动的艺术形象表达出抽象的思想感情，构成了特定的意境，这是一种心理感应；三是"心灵为一"，这就是用心灵去感悟情景，而实现心灵的感应，也即第六感，而进入神妙的境界，给人以象征性、震撼性的审美体验，这也就是"意象""意境"之美，是一种精神感应、审美感应。

　　"情景交融"是小说常见的叙事方式，是作者体现创作思想，塑造人物性格、形象，推动故事发展的常见的手法。王夫之在《薑斋诗话》中对"情景交融"有一个精湛的论述，他认为"情景交融"就是"情景互生""情景融通""情景放收"，这对小说的创作和审美具有启发意义。

　　曹雪芹在《红楼梦》中之所以能把故事讲得跌宕起伏，把人物形象塑造得栩栩如生，就是善于运用"情景交融"的表现手法，用"情景交融"传递作者的思想、理念，塑造人物的性格，预示人物未来的命运。概括起来就是用"情景交融"表"情"、表"意"、表"象"，给人们感动和审美体验。下面，结合《红楼梦》的故事情节，分别对这三个方面做一些介绍。

一、用"情景交融"以表"情"

"情景交融"是"情"与"景"的水乳交融，情景合一，在小说的叙述和人物性格的描写中，往往是"寓情于景""借景写情"，景是为情服务的，写"景"是为了表达一种"情"，也即心情、性情、感情，从物景上升为情景。下面，选择《红楼梦》描写的几个场景做一些介绍。

（一）用"宝玉纺纱"的场景，表现了宝玉的好奇心、同情心、平等心

小说第十五回，宝玉在参加送殡的途中，在一家农户处歇息。小说写道：

宝玉等会意，因同秦钟出来，带着小厮们各处游顽。凡庄农动用之物，皆不曾见过。宝玉一见了锹、

镢、锄、犁等物，皆以为奇，不知何项所使，其名为何。小厮在旁——的告诉了名色，说明原委。宝玉听了，因点头叹道："怪道古人诗上说，'谁知盘中餐，粒粒皆辛苦'，正为此也。"一面说，一面又至一间房前，只见炕上有个纺车，宝玉又问小厮们："这又是什么？"小厮们又告诉他原委。宝玉听说，便上来拧转作耍，自为有趣。只见一个约有十七八岁的村庄丫头跑了来乱嚷："别动坏了！"众小厮忙断喝拦阻。宝玉忙丢开手，陪笑说道："我因为没见过这个，所以试他一试。"那丫头道："你们那里会弄这个，站开了，我纺与你瞧。"

宝玉是贾府里的一个公子哥儿，过着饭来张口、衣来伸手的生活，是一个"四体不勤，五谷不分"的人，但他对大观园外面的世界充满着好奇，有着少年天真烂漫的性格。首先，他看到农具，不知叫什么，也不知有什么用途，当小厮一一告知后，他感叹劳动大众的辛勤和粮食的珍贵，真切地体会"粒粒皆辛苦"，表现了他对劳动大众的理解和同情心。当他把纱车用来玩耍时，屋主的丫头跑出来喝住他，这时，小说描写了宝玉的神态，先是"忙丢开手"，然后是"陪笑"。在封建等级社会里，丫头的动作和话语有点不礼貌，但宝玉却乖乖遵从，甚至"陪笑"。这一情景，可以看到宝玉没有尊卑观念，没有盛气凌人，表现了宝玉对下层人的悲悯之心、谦恭之心和慈悲的情怀。

（二）用"黛玉悲秋"的场景，表现黛玉的悲愁之情

小说第四十五回，"风雨夕闷制风雨词"。秋天是最让人悲愁的季节，而且加上秋日连绵的秋雨，其心情可以说是悲加上愁。小说写道：

这里黛玉喝了两口稀粥，仍歪在床上。不想日未落时天就变了，渐渐沥沥下起雨来。秋霖脉脉，阴晴不定，那天渐渐的黄昏，且阴的沉黑，兼着那雨滴竹梢，更觉凄凉。……便在灯下随便拿了一本书，却是《乐府杂稿》，有《秋闺怨》《别离怨》等词。黛玉不觉心有所感，不禁发于章句，遂成《代别离》一首，拟《春江花月夜》之格，乃名其词为《秋窗风雨夕》。

小说写宝钗上门探望黛玉，对黛玉嘘寒问暖，又送来了燕窝。黛玉大为感动，她过去把宝钗当作"情敌"，把她当作虚伪小人。这次在与宝钗交谈后，觉得错怪了宝钗。脂砚斋点评说："宝钗此一戏"。

"此是大关节，大章法，非细心看不出。"宝钗是很会演戏的人，而黛玉是一个没有城府的人，朴实、单纯，只要他人给她一点温暖，她便捧出一颗心来。此时，宝钗走了，留下她孤独一人，她开始自怜起来，想到自己仰人鼻息，接受他人的施舍，心中倍感孤独凄凉。而此时的场景是什么呢？秋日、秋雨、黄昏，且"雨滴竹梢"，黛玉"仍歪在床上"，又看了《秋闺怨》《别离怨》，触景生情，抒情成诗。作者借这个场景写黛玉之"悲苦"的心情，"悲"自己无依无靠的身世，"悲"自己体弱多病的身体，"悲"自己无法把握的命运。秋雨淅沥，也如她的泪珠脉脉一样，不停地流淌直至流干，生命也就枯萎了。于是，黛玉借秋雨写秋愁，借秋愁写悲愁，正如词的最后两句所说的："不知风雨几时休，已教泪洒窗纱湿。"

（三）用"宝钗扑蝶"表现宝钗的天真烂漫的情怀

小说写宝钗是一个知书达理、端庄矜持的人，在封建礼法的禁锢下，是刻板、守拙、安静的。但这个场景表现了宝钗的另一面，写得生动、有趣、精彩。小说第二十七回"滴翠亭杨妃戏彩蝶"。杨妃是指杨贵妃，古代有"环肥燕瘦"之说，即杨贵妃是胖美，赵飞燕是瘦美。由于宝钗长得比较丰腴，故作者喻为"杨妃戏彩蝶"，这个描写极具画面感，有声有色，有动有静，小说写道：

　　想毕，抽身回来，刚要寻别的姐妹去，忽见面前一双玉色蝴蝶，大如团扇，一上一下的迎风翩跹，十分有趣。宝钗急欲扑了来顽耍，遂向袖中取出扇子来，向草地下来扑。只见那一双蝴蝶忽起忽落，来来往往，穿花度柳，将欲过河。倒引的宝钗蹑手蹑脚的一直跟到池中的滴翠亭，香汗淋漓，娇喘细细，也无心扑了。

从这段描写的景象中，可以看到绿草如茵，玉色蝴蝶翩跹起舞，穿花度柳，宝钗追逐着蝴蝶，"香汗淋漓，娇喘细细"，无法追逐下去。这个场景的描写所创造的情感也是很丰富的。一是表现了宝钗的另一面——天真的少女之情。其实，在宝钗严守礼法端庄的表面，还有她本真的一面，也有好玩、寻趣的玩心，展现了青春少女充满生命活力的状态；二是表现了对未来美好婚姻的向往和憧憬。她追逐的是一双蝴蝶，而且是一双"玉"蝴蝶。蝴蝶是成双成对的，蝴蝶也象征着幸福、圆满。追逐蝴蝶表现着她的梦想是"彩蝶双飞"。三是预示着希望的落空。宝钗扑蝶的结果是蝴蝶忽起忽落地飞走了，她追逐得很辛苦，体力不支，不得不放弃，这也预示着这个追逐的结果是"竹篮打水一场空"，最后落得一个独守空房的悲惨结局。

（四）用"晴雯补裘"表达晴雯的侠骨柔情讲义气

第五十二回"勇晴雯病补雀金裘"，这个场景写出了晴雯重感情、讲义气的性格。这个性格回目中用一个"勇"字来概括。小说写了宝玉外出给舅舅王子腾拜寿，临行前贾母特意给了一件"金翠辉煌，碧彩闪闪"的"乌云豹的氅衣"。这是无比珍贵的"雀金裘"。可是，当天宝玉穿上就不小心烧了一块，当晚拿到外面去找能工巧匠均无人敢接。宝玉为此十分焦虑，小说写道：

宝玉道："明儿是正日子，老太太、太太说了，还叫穿这个去呢。偏头一日就烧了，岂不扫兴！"晴雯听了半日，忍不住翻身说道："拿来我瞧瞧罢！没那个福气穿就罢了，这会子又着急。"宝玉笑道："这话倒说的是。"说着，便递与晴雯，又移过灯来，细看了一会。晴雯道："这是孔雀金线织的。如今咱们也拿孔雀金线就像界线似的界密了，只怕还可混得过去。"麝月笑道："孔雀线现成的，但这里除了你，还有谁会界线？"晴雯道："说不得，我挣命罢了。"宝玉道："这如何使得！才好了些，如何做得活？"晴雯道："不用你蝎蝎螫螫的，我自知道。"一面说，一面坐起来，挽了一挽头发，披了衣裳。只觉头重身轻，满眼金星乱迸，实实撑不住。若不做，又怕宝玉着急，少不得狠命咬牙捱着。便命麝月帮着拈线。晴雯先拿了一根比一比，笑道："这虽不很像，若补上，也不很显。"宝玉道："这就很好，那里又找俄罗斯国的裁缝去。"晴雯先将里子拆开，用茶杯口大的一个竹弓钉牢在背面，再将破口四边用金刀刮的散松松的，然后用针纫了两条，分出经纬，亦如界线之法，先界出地子后，依本衣之纹来回织补。织补两针，又看看；织补双针，又端详端详。无奈头晕眼黑，气喘神虚，补不上三五针，伏在枕上歇一会。……一时只听自鸣钟已敲了四下。……好容易补完了，说了一声："补虽补了，到底不像。我也再不能了！"嗳哟了一声，便身不由主倒下了。

从这段描写中，我们可以看到晴雯的性格、性情：首先，晴雯心灵手巧，"女工"的水平高超，就连织补匠人都不敢接的活，她很自信地接过来做了。她织补的刺绣技艺是娴熟的，如选线、披线、界法，都是很专业的。从这个描写中可以看到作者对刺绣技艺也很熟悉。其次，表现了晴雯勇敢和刚强的性格。晴雯患了重感冒，正发高烧，连坐都坐不稳，但仍坚持着，小说写她挽头发，披衣裳，"狠命咬牙捱着"，一直做到凌晨四点才完成，一直至"嗳哟"一声倒下了。可见，晴雯之刚强。再次，晴雯对宝玉的一片赤诚之心。晴雯为了替宝玉分忧，拼了命去承担，这是出自纯洁的友情，是为朋友分忧不惜两肋插刀的担当，显示了晴雯的侠义之心。这个场景也为晴雯后来的悲剧埋下了伏笔。晴雯心性这么高傲，这么自负，却被"慈善人"王夫人枉屈、侮辱，赶出了贾府，这不但引起读者对晴雯的同情，也引起了对封建卫道士之流的痛恨。

二、用"情景交融"以表"意"

用"情景交融"去表达作者的内心情感，这是比较直接的，而用"情景交融"去表达作者的"意识""意念""意境"，也即思想、观点，则比较委婉，需要对比、联想和思考，才能理解"景"中之"意"。《红楼梦》在"情景交融"的描写中，借助反衬、对比的情景，告诉了读者一个深刻的道理，从而展示了意境之美。下面，以三个例子做说明：

（一）用王熙凤对刘姥姥的"施舍"和"托孤"的情景描写，劝人行善

小说第六回"刘姥姥一进荣国府"，刘姥姥去见凤姐是怎样的情景呢？刘姥姥是贾府的远房亲戚，是乡下的老太太。凤姐是贾府的大管家，威风、威严。一个战战兢兢，一个居高临下。刘姥姥等待凤姐的接见，"屏声侧耳默候"。刘姥姥上来了，先是看到一大堆高档的家具，然后看到一个"贵妇人"：

那凤姐儿家常戴着秋板貂鼠昭君套，围着攒珠勒子，穿着桃红撒花袄，石青刻丝灰鼠披风，大红洋绉银鼠皮裙，粉光脂艳，端端正正坐在那里，手内拿着小铜火箸儿拨手炉内的灰。

你看凤姐是什么样的派头、架势，有"客人"来了，她手捧暖手炉，拿着铜火箸慢慢地拨炉内的灰。这是轻慢的第一个表现。接着描写平儿站在炕沿边，捧着一个小小的填漆茶盘，盘内一个小盖钟。凤姐也不接茶，也不抬头，只管拨炉内的灰，慢慢地问道："怎么还不请进来？"凤姐对平儿递茶，既不看，也不接，这是轻慢的第二个表现。刘姥姥进见，"在地下已是拜了数拜"，向凤姐请安。凤姐端坐着不动，又说："亲戚们不大走动，都疏远了。知道的呢，说你们弃厌我们，不肯常来，不知道的那起小人，还只当我们眼里没人似的。"凤姐正话反说，把穷亲戚不敢攀亲说成是别人的责任。又说贾府是"穷官儿罢了"，让刘姥姥说不出要点好处的话。这时，贾蓉来了，凤姐把刘姥姥晾在一边，与贾蓉打情骂俏。最后，刘姥姥硬着头皮讨点好处。凤姐听了，笑而不睬，只命平儿把昨儿那包银子拿来，再拿一串钱来，都送至刘姥姥跟前。凤姐乃道："这是二十两银子，暂且给这孩子做件冬衣罢。……天也晚了，也不虚留你们了。"一面说，一面就站起来。刘姥姥只管千恩万谢。凤姐口气和动作是很轻蔑的，说这二十两银子本来是给丫头做衣裳的，一面站起来下了"逐客令"。从这段描写中可以看到凤姐傲慢的姿态和刘姥姥卑恭的姿态构成了强烈的对比。这二十两银子在凤姐眼里微不足道，但在刘姥姥眼里却是天大的事情。凤姐不值一提的施舍却为她今后获得"善报"播下了种子。刘姥姥这个乡下的老太太，为感恩也还了凤姐这一

"人情"。

小说第一百一十三回"忏宿冤凤姐托村妪"，写了凤姐"托孤"的一个场景。后来贾家被抄了，凤姐病重了，快死了，可巧刘姥姥来看她。凤姐的女儿巧姐是刘姥姥起的名字，凤姐要巧姐把她当干妈，凤姐道："你的名字还是她起的呢，就和干娘一样，你给她请个安。"刘姥姥又说给巧姐做媒，凤姐表示赞成。凤姐临终前最不放心的是巧姐的未来。她风光一辈子，吝啬一辈子，可惜身边没有可以信任的朋友。最后多亏刘姥姥救了巧姐，凤姐去世后，凤姐的哥哥准备把她卖到妓院，刘姥姥把她救到了乡下。

这两个场景的描写形成鲜明的对比，先前写了凤姐的高傲、轻蔑，后来写凤姐的哀求、恳求，这两个场景的描写，说明世事难料，"三十年河东，三十年河西"，做人有势不要使尽，得意不要猖狂，失意不必自卑。这个对比要讲的意思是"善有善报，恶有恶报"。凤姐不经意间的施舍，是一个善因，收获的是一个善果。这个描写也表明，穷人往往懂得感恩，"滴水之恩，涌泉相报"，刘姥姥是一个社会底层的人，但却是一个善良的人，是一个人情练达，懂得感恩的人。这正是作者所要表达的"弦外之意"。

（二）用宝钗、黛玉两人对"宝玉挨打"表现出来的反差态度，表达宝钗、黛玉不同的人生观和爱情观

"宝玉挨打"是小说的一个高潮，写得轰轰烈烈，富有戏剧性。宝玉挨打了，大观园的女孩们都真情流露了。小说第三十四回"错里错以错劝哥哥"。小说写第一个探望宝玉的是宝钗。宝钗带来了治伤的药，叫袭人给宝玉敷上。小说写道：

> 宝钗见他睁开眼说话，不像先时，心中也宽慰了些，便点头叹道："早听人一句话，也不至今日。"

脂砚斋点评说宝钗的口吻"同袭人语"。宝钗把挨打归结为不听贾政的话，后又写宝钗心里暗想道："你既这样用心，何不在外头大事上做工夫，老爷也欢喜了，也不能吃这样亏。""宝玉又听宝钗这番话，一半是堂皇正大，一半是去己疑心，更觉比先畅快了。"宝钗是一个实在又会办事的人，不但带了疗伤的药，又给予劝慰。这是小说写宝钗对宝玉露出真情的一次，也是唯一的一次，表现她真的关心、真的心疼。

那么，黛玉来了，情景可就不一样了。小说写道：

> 这里宝玉昏昏默默，只见蒋玉菡走了进来，诉说忠

顺府拿他之事；一时又见金钏儿进来，哭说为他投井之情。宝玉半梦半醒，都不在意。忽又觉有人推他，恍恍忽忽听得有人悲泣之声。宝玉从梦中惊醒，睁眼一看，不是别人，却是黛玉。宝玉犹恐是梦，忙又将身子欠起来，向脸上细细一认，只见她两个眼睛肿的桃儿一般，满面泪光，不是黛玉，却是那个？宝玉还欲看时，怎奈下半截疼痛难忍，支持不住，便"嗳哟"一声，仍旧倒下。

这时，写宝玉责怪黛玉不该在酷热的天气过来，并宽慰黛玉不觉疼痛。

此时林黛玉虽不是嚎啕大哭，然越是这等无声之泣，气噎喉堵，更觉利害。……半日，方抽抽噎噎的说道："你从此可都改了罢！"宝玉听说，便长叹一声，道："你放心，别说这样话。我便为这些人死了，也是情愿的！"

我们读了前后两人的态度，可以看到两个人的不一样：一是可以看到谁更具有真情，谁更关心。宝钗虽然心疼，但自始至终没有流过一滴眼泪。而黛玉则是情真意切，先是说，两个眼睛都肿起来了，后来哽噎说不出话来，宝玉犹如处于梦境之中，后来惊醒细看，见黛玉，此时是无声胜有声，黛玉是如此伤心、悲痛。二是可以看到两人更情投意合。宝钗借此机会，劝诫宝玉听贾政的话，走所谓正道、做正事，"早听人一句话，也不至有今日！"有教训、责怪的意味！黛玉只说了一句话："你从此可都改了罢！"宝玉则表示至死不会改，他是心甘情愿的，他只不过关心她们而已。后来，宝玉又打发晴雯送手帕给黛玉，黛玉对宝玉的行为是同情、理解的，又表示了无奈、无助，他们的心灵是相通的；三是可以从中看到不同的人生态度，宝钗认为挨打未必是坏事，如果宝玉因此悔改，从此能走仕途的道路，也是好事；黛玉却刚好相反，因此，宝玉说林妹妹从来不说这些"混账话"。从这个事件的描写中，宝钗极具理性，黛玉极具感性，气质完全不同，情感不同，这也就难怪在宝玉心中始终忘不掉林妹妹。

（三）用"龄官画蔷"写"戏中人"和"人中戏"的不同感受

小说第三十回"龄官划蔷痴及局外"，"回前墨"说："银钗画'蔷'字，是痴女梦中说梦。"小说先是交代故事发生的时间、地点。小说写道：

且说那宝玉见王夫人醒来，自己没趣，忙进大观园来。只见赤日当空，树阴合地，满耳蝉声，静无人语。刚到了蔷薇花架，只听有人哽噎之声。宝玉心中疑惑，便站住细听，果然架下那边有人。

接着小说描写了"人"和"景"。

再留神细看，只见这女孩子眉蹙春山，眼颦秋水，面薄腰纤，袅袅婷婷，大有林黛玉之态。……只见他虽然用金簪划地，并不是掘土埋花，竟是向土上画字。宝玉用眼随着簪子的起落，一直一画一点一勾的看了去，数一数，十八笔。自己又在手心里用指头按着他方才下笔的规矩写了，猜是什么字。写成一想，原来就是个蔷薇花的"蔷"字。

这个女孩不停地划来划去，画完一个又画一个，已经画了有几千个"蔷"字。小说道"里面的原是早已痴了""外面的不觉也看得痴了"。这段"情景交融"的描写，表达了深刻的意味：

一是"戏中人"和"戏外人"同样痴情。写字的龄官是贾府买来学戏的女孩子，情窦初开，暗恋着贾府戏班的"帮主"贾蔷，但二人之间的地位天差地远，绝望的龄官只能于无人处，通过在地上勾画贾蔷的名字来表达自己的相思，宣泄自己的情绪，以至达到了"痴"的程度，对周围的动静浑然不觉。一个写得"痴"，一个看得"痴"，两个"痴情"人甚至达到了"忘我"的地步，下雨了还不知道。

二是用蔷薇花象征贾蔷的名字和龄官的青春妙龄。蔷薇花，是成片生长的，正值盛夏，正是花开得灿烂的时节。在这花丛中，有一位美丽的少女在写字，人与花交相辉映，这是一幅美女花下写字图，表达了少女对美好爱情的向往。

三是"戏中人"和"观戏人"引起了情感的同频共振。龄官在蔷薇花架下写"蔷"字，伤心流泪，宝玉不明白其中之意。但是，情感是相通的。花架内阴凉，龄官为情伤心绝望，花架外炎热，宝玉为少女的伤心而怜惜。花架内外形成了两个对比的世界。龄官是"戏中人"，宝玉是"观戏人"，但他们都沉浸在自己的情感世界中。

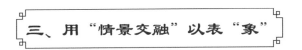

三、用"情景交融"以表"象"

魏晋玄学大师王弼曾对《庄子》关于"得意而忘言"的论点做了发挥，他在《周易略例·明象》中说：

"夫象者，出意者也。言者，明象者也。尽意莫若象，尽象莫若言。言出于象，故可寻言以观象；象出于意，故可寻象以观意。意以象尽，象以言著。"《周易》六十四卦，都有卦象、象辞，它包含着丰富的象征意义。小说"情景交融"的最高境界是用"情景"去表达更为神妙的感受，表达富有象征意义的东西，也表达具有感染力的艺术美感。下面，举三个例子加以说明：

（一）中秋夜贾母听笛

小说第七十六回"凸碧堂品笛感凄清"，小说写了中秋之夜，贾母率领贾府中的老小一起赏月，贾母笑道：

常日倒还不觉人少，今日看来，还是咱们的人也甚少，算不得甚么。想当年过的日子，到今夜男女三四十个，何等热闹。今日就这样，太少了。

脂砚斋在此批语："未饮先感人丁，总是将散之兆。"

赏月未开始，贾母先感叹人丁稀落。赏月开始，贾母忽然说："如此好月，不可不闻笛。"贾母道："音乐多了，反失雅致，只用吹笛的远远的吹起来就够了。"贾母要求笛是独奏，且要远远地吹。小说道：

"正说着闲话，猛不防只听那壁厢桂花树下，呜呜咽咽，悠悠扬扬，吹出笛声来。"可是贾母还说："这还不大好，须得拣那曲谱越慢的吹来越好。"这时，"只听桂花阴里，呜呜咽咽，袅袅悠悠，又发出一缕笛音来，果真比先越发凄凉。大家都寂然而坐。夜静月明，且笛声悲怨，贾母年老带酒之人，听此声音，不免有触于心，禁不住堕下泪来。众人此时都不禁有凄凉寂寞之意。"

在中秋夜里，贾府一家赏月，发生在大观园内部的大抄检，这是内部矛盾，内耗的爆发之际。探春说："咱们倒是一家子亲骨肉呢，一个个不像乌眼鸡，恨不得你吃了我，我吃了你。"邢大舅子借着酒气也说："就为钱这件混账东西，利害、利害？"说的是"为利所害"。这时月明清风，桂花阴里，远处孤笛悠扬，如诉如怨，凄惨垂泪，这个情景凄凉无比，夜深月明，风清、树阴、笛音远远地飘来且节奏缓慢，音律很低，表现了内心的凄楚。这幅图景有着丰富的象征意义，夜深了，这是生命尽头的来临，是没落的时刻，笛声，是一个衰音，预兆着贾府家族走向衰落，具有暗示的意义。

（二）林黛玉和史湘云中秋夜联诗

也是第七十六回，贾母及家人赏月结束后，黛玉和湘云却无睡意。湘云说赏月应找一处有山水之处方更妙。于是,两人来到凹晶溪馆,坐在两个湘妃竹墩上。只见天上一轮皓月,池中一轮水月,上下争辉,如置身于晶宫鲛室之内,开始联起诗来:

三五中秋夕,(黛玉)

清游拟上元。撒天箕斗灿,(湘云)

匝地管弦繁。几处狂飞盏,(黛玉)

谁家不启轩。轻寒风剪剪,(湘云)

……

寒塘渡鹤影,(湘云)

冷月葬花魂。(黛玉)

湘云拍手赞道:"果然好极!非此不能对。好个'葬花魂'!"因又叹道:"诗固新奇,只是太颓丧了些。"

这段即景联句的描写,是在寂寞的中秋夜中进行的。情调凄清,犹如寒虫悲鸣。这个联句的情景象征着贾府走向衰败的悲叹,也是湘云和黛玉对未来不幸的命运的叹息。湘云的"庭烟敛夕楂""虚盈轮莫定"等象征着她远嫁他乡,家庭不幸的命运。一百零九回写道:"史湘云哭的了不得,说是姑爷得了暴病,大夫都瞧了，说这病只怕不能好，若是变了痨病，还可捱过四五年。"到一百一十回说："虽配了一个才貌双全的男人，性情又好，偏偏的得了冤孽症候，不过捱日子罢了。"湘云也落得个"守活寡"的下场。黛玉的"阶露团朝菌""壶漏声将涸"预兆着她的生命将走到尽头。而"冷月葬花魂"，正是她的最富有诗意的写照。"花"是绚烂的，但也会枯萎，凋谢。"葬花魂"是埋葬了大观园里女儿们的美好青春，美好的希望，美好的生命！

（三）宝玉出家的场景

这是小说第一角色的结局，也是小说的一个高潮。小说续的四十回，从总体上来说，文字不如前八十回华丽、细腻、精细，但这个场景的描写是相当不错的，不但写得悲恻缠绵，而且表示了意象之美，我们能感到亲情脉脉难以割舍，听到禅音在庙宇间回荡，内心充满无限的惆怅。

小说第一百二十回，贾政料理贾母等人的后事以后，在返家的船上看到宝玉告别的场景，这是一个令人心酸的"生离死别"的场景。小说写道："抬头忽见船头上微微的雪影里面一个人，光着头，赤着脚，身上披着一领大红猩猩毡的斗篷，向贾政倒身下拜。"

这里写了白茫茫的雪景，船停靠在岸边，有一个和尚模样的人走过来，向贾政下拜。这里交代了告别的时间、地点和人物。白茫茫的雪景说明了告别的场面是凄惨的。

贾政尚未认清，急忙出船，欲待扶住问他是谁。那人已拜了四拜，站起来打了个问讯。贾政才要还揖，迎面一看，不是别人，却是宝玉。贾政吃一大惊，忙问道："可是宝玉么？"那人只不言语，似喜似悲。贾政又问道："你若是宝玉，如何这样打扮，跑到这里？"宝玉未及回言，只见舡头上来了两人，一僧一道，夹住宝玉说道："俗缘已毕，还不快走？"说着，三个人飘然登岸而去。贾政不顾地滑，疾忙来赶。见那三人在前，那里赶得上。只听见他们三人口中不知是那个作歌曰：

我所居兮，青埂之峰。我所游兮，鸿蒙太空。谁与我逝兮，吾谁与从？渺渺茫茫兮，归彼大荒。

这段情景的描写非常动人，富有意象，它用雪地、禅音和宝玉的形象，揭示了动人心魄的意象：一是一个渴望"有情世界"的人走向了"无情世界"，在经历了世俗的各种历劫之后，宝玉感到无功、无奈、无望，心于"寂静"，智已"觉悟"，终于要回到"鸿蒙太空"；二是儒家和佛家、道家走向了对话、和解、谅解。作为儒家形象代表的贾政，主张入世，对宝玉是责骂、鄙视，甚至棍打，当下一切释然了；三是写了人性和亲情是多么美好。小说写贾政追不上宝玉之后，掉下泪来。尽管他们父子的关系是猫鼠关系，但是，亲情是割舍不断的血脉相连。宝玉要出家了，他还是要感恩父母十九年的养育之恩，还是按照父母的意愿获得了功名，他没有让父母失望，他还记得向父亲告别，宝玉向贾政"拜了四拜"，这是道别、道谢、道爱、道歉，这是还了父母的恩情，充满着感恩的真情和血浓于水的亲情。这个描写非常有人性的力量，也富有美的力量！

第七讲

隐喻含蓄

《红楼梦》小说表达风格之美

含蓄与外露是两种不同的表达风格,中国人的审美风格偏爱含蓄,如"犹抱琵琶半遮面",给人留下好奇的探求和丰富的想象空间。

含蓄是一种婉转,是一种"言外之意""意外之象",是含而不露的表达,是只可意会,不可言传,给人留下思考、猜想的余地,这是对人的智慧的检验。

含蓄是一种暗示,是一种说不清道不明的事情,是一种不方便言说而借助他物的提示,它是以形寓意,以形表神,在小说中是一种"暗示",表达故事、情节的走向和人物的命运。

含蓄也是一种代指,用一种代指使之更加生动、形象,使小说中的人物形象更加丰满和鲜活。

《红楼梦》艺术表达的含蓄超过了以前的小说,成为一种独特的艺术风格,增强了艺术的吸引力,使读者在阅读的过程中"初极狭,才通人,复行数十步,豁然开朗",使人感到曲折有趣。《红楼梦》艺术风格的含蓄之美,激发了人们细细品味其意蕴的欲望,引起"欲知后事如何"的好奇,产生"未卜先知"替书中人物命运担心的急切,继而产生感慨人世与命运无常的唏嘘,为小说增加了神秘、有趣、高远的色彩。下面,对隐喻含蓄这个艺术风格做一些介绍。

一、用"谶语"暗示人物的个性和命运

"谶语"是巫师或方士制作一种隐语或预言，作为吉凶的符验和征兆。后来用于指未来能得以应验的预言或隐语。中国历史上有不少著名的谶语，如楚怀王客死于秦国时，南公就预言"楚虽三户，亡秦必楚"。又如六祖惠能得五祖弘忍传授衣钵和袈裟以后，五祖弘忍要他往南方避难，并告诉他"逢怀则止，遇会则藏"，惠能记住祖师的话，逃难到了怀集、四会，混杂在猎人中间，经历了"怀会止藏十五年"隐姓埋名的修炼。

文学作品为了增加神秘感，为给人物命运增添一些戏剧效果，常常运用谶语作为"伏线"和"铺垫"。如《牡丹亭》中，女主人公杜丽娘在画像上题的诗——"他年得傍蟾宫客，不在梅边在柳边"，这就预言了自己日后的丈夫是成为状元的柳梦梅；《水浒传》中，鲁智深离开五台山去往大相国寺时，智真长老送他四句偈语："遇林而起，遇山而富，遇水而兴，遇江而止。"后来的发展果然如此，他遇到了林冲，在二龙山落草，

投奔梁山泊而成为宋江的兄弟；《三国演义》则是以童谣的形式说谶语，如"千里草，何青青！十日卜，不得生"，这是运用了汉字的组合和分拆，即"拆字法"表达了意义，"千里草"为"董"字，"十日卜"为"卓"字，这个童谣预示了董卓灭亡的结局。

《红楼梦》采用的谶语可以说是五花八门，随处可见。但这些谶语都与人物形象、故事发展、情节描写有机地融为一体。这些谶语也与场合和气氛相吻合，如伤感悲凉之时多用诗谶、梦谶、语谶，在欢乐的场合则多用戏谶、谜谶；这些谶语也与人物的身份、性格特征相吻合，宝、黛、钗等贵族少男少女用的大多是诗谶、戏谶，而小红、金钏等奴仆说出的谶语则为白话、歇后语，这不但使小说富有意趣，也起到了塑造人物形象的作用。

《红楼梦》写到的"谶语"有"图谶"，第五回里，"金陵十二钗"都印有图谶，也有"曲谶"，第五回红楼十四支曲，这与图谶一样都暗示了四大家族的衰败和女儿们的人生结局。除此之外，还有谜谶、戏谶、梦谶、语谶。把这些谶语做详细的分析和介绍，可以写成一本书，这里只选取"谜谶"作为例子，对其所暗示的内容做一些介绍。

"谜谶"集中在小说第二十二回"制灯谜贾政悲谶语",点明谶语的实质是写"悲",也即悲哀的人物命运。"谜语"是一种智力运动,也是一种民间的娱乐方式,谜语有谜格、谜面、谜底,每个人制的灯谜反映了各自的性格和命运。

小说写了元春做了灯谜叫大家猜,并要大家也做了送过去。小说写道:"宝钗等听了,近前一看,是一首七言绝句,并无甚新奇,口中少不得称赞,只说难猜,故意寻思,其实一见就猜着了。"这里先写了猜谜的背景,特别写了宝钗与众不同,这就是心机很深,善于奉承,口不对心,本来是很平淡却啧啧称赞。下面,对每一个人的"谜谶"做一些分析。

(一)贾环谜语

谜面:大哥有角只八个,二哥有角只两根。

大哥只在床上坐,二哥爱在房上蹲。

谜底:枕头,兽头。

大观园里宝玉和小姐们都猜中了元春所作的谜语,只有迎春和贾环二人猜不中,没有得到礼物。贾环所作的谜语,元春说不通,也没猜,叫太监带回去问三爷是个什么。贾环说，他这首谜语的谜底，一个是枕头，一个是房脊上的兽头。贾环是宝玉的同父异母弟弟、赵姨娘的亲生子。因为是"庶出"，在家中地位不高；加上他形象猥琐，心术不正，行为顽劣，一向被人鄙视。这首谜语正好表现了这位三少爷的草包本色。首先是语言粗鄙，什么"大哥""二哥"之类，完全是市井无赖的口吻，毫无读书人的文雅；二是生拉硬扯，床上的枕头和房上的兽头有什么联系？硬把它们排成"兄弟"，毫无道理；三是语言不伦不类，有角"八个"，够多了，他却说"只八个"，令人费解。贾环是个小丑式的人物，作者通过这首谜语又让他出了一次丑，暗示他是一个"低能儿""恶货"，用以作为宝玉的形象的反衬。

（二）贾母谜语

谜面：猴子身轻站树梢。

谜底：荔枝

猴子身轻站树梢，很容易令人联想起秦可卿托梦给凤姐说的"树倒猢狲散"那句俗话。大树，其实象征着朝廷的庇护，贾府正是依仗这一关系而拥有特权和地位，但其实已经危机四伏。此时此刻，贾家大大小小、老老少少的"猴子"们还都在树梢上无忧无虑地嬉闹，丝毫没有"树倒"的危机感。这句谜语暗示了"老祖宗"贾母是处于最高地位的家长,犹如站在树梢头上的老猢狲,同时暗示了贾府的命运。

(三)贾政谜语

谜面:身自端方,体自坚硬。

虽不能言,有言必应。

谜底:砚台

这首谜语与贾政的身份性格特征十分贴切。从封建阶级的标准看,他还算是"有德之人",与大恶棍之兄贾赦品格不同,不嫖不赌,恪守"忠孝"之道,俨然是位道学先生,这就是"身自端方"。在维护封建阶级利益和贵族家庭传统上,他是死硬派,对宝玉的"叛逆"行为深恶痛绝,把宝玉打得死去活来,够得上"体自坚硬"了。他虽然并无才学,还硬撑着一副读书人的架子,仿佛和笔、砚结下了多么深的情缘,其实是一个道貌岸然、顽固不化的人,这则谜语颇具讽刺意味。

(四)元春谜语

谜面:能使妖魔胆尽摧,身如束帛气如雷。

一声震得人方恐,回首相看已化灰。

谜底:爆竹

"妖魔"象征贾家的政敌。贾家鼎盛时便如爆竹一般威震四方。然而否极泰来，烈火烹油的盛举之后，接着就是烟消火灭之时，一响而散的爆竹，恰好是元春"昙花一现"和贾府富贵荣华转瞬即逝的命运的写照。

（五）迎春谜语

谜面：天运无功理不穷，有功无运也难逢。

因何镇日纷纷乱，因为阴阳数不通。

谜底：算盘

这是用任人摆布的算盘珠，暗喻迎春嫁给"中山狼"孙绍祖，挨打受骂，折磨摧残，不到一年的时间就死了。"有功无运"是贾府祖上对孙家仁至义尽，却得不到报答的写照。贾家曾资助过孙家，有恩于孙家，是"有功"，但迎春却是"无运"，过的生活是"镇日纷纷乱"，宝玉甚至与王夫人说要把迎春接回来。王夫人说，嫁出的女儿泼出去的水，哪里能回娘家。这就是迎春成为算盘珠子的可悲结局。脂砚斋批语："此迎春一生遭际，惜不得其夫何！"

（六）探春谜语

谜面：阶下儿童仰面时，清明妆点最堪宜。

游丝一断浑无力，莫向东风怨别离。

谜底：风筝

探春的命运犹如断线风筝，将要远嫁他乡。脂砚斋批语说："此探春远适之谶也。使此人不远去，将来事败，诸子孙不致流散也，悲哉伤哉！""清明"是离家出嫁之时，"妆点"的隐义是新娘的梳妆打扮。"游丝一断浑无力"，暗指庶出的探春凭借着投靠王夫人，在贾府中一度代理管家，这就和风筝一样借动东风的吹送而飞高，但一旦风筝断线，也就无所作为了。最后的结果是"怨别离"，远嫁他乡。这在遭遇不幸的众姐妹中，结局算是比较好的了。

（七）惜春谜语

谜面：前身色相总无成，不听菱歌听佛经。

莫道此身沉黑海，性中自有大光明。

谜底：佛前海灯

海灯是点在寺庙里佛像前的长明灯，隐喻惜春出家为尼。脂砚斋批语："此惜春为尼之谶也。公府千金，至缁衣乞食，宁不悲夫！"此谜语运用了许多佛教的用语，如"前身""色相""听佛经""大光明"，说明惜春是熟读佛经的，脱离"黑海"，走向"光明"，表示了她出家的愿望，后来也确实如此。

小说写到这里，说了贾政的感想。小说写道：

贾政心内沉思道："娘娘所作爆竹，此乃一响而散之物。迎春所作算盘，是打动乱如麻。探春所作风筝，乃飘飘浮荡之物。惜春所作海灯，一发清净孤独。今乃上元佳节，如何皆作此不祥之物为戏耶？"贾府的四个小姐所作的谜语皆不吉祥，贾政感到不是好兆头。"只得仍勉强往下看去。"

（八）宝钗谜语

谜面：朝罢谁携两袖烟，琴边衾里总无缘。

晓筹不用鸡人报，五夜无烦侍女添。

焦首朝朝还暮暮，煎心日日复年年。

光阴荏苒须当惜，风雨阴晴任变迁。

谜底：更香

这首谜语的谜底是更香。更香用于计时，即在香上标出刻度，以燃烧的长短计算时间。这是在暗示宝钗的结局。宝钗在宝玉出家以后，将过着冷落孤凄的生活，"焦首朝朝还暮暮，煎心日日复年年。"更香同风雨阴晴的变化无关，却随着时光的流逝，慢慢地消耗着自身，直至燃烧完，这说明红颜易老，青春堪怜，世事变幻莫测，自己早已心灰意冷，只能听任命运的安排，表现了一种无奈。

二、用"谐音"隐喻人物的品格和性格

中国汉字博大精深，既是"形声相生"，又是"音义相转"，许多谐音字，意义是相通的。《红楼梦》把"谐音"作为隐喻，这种表现手法也是含蓄的运用。《红楼梦》写了很多人名、地名、物名，其谐音都有特殊的意义，表现了作者对所刻画的人物的调侃，亦趣亦谐，表达作者爱憎分明的情感，有爱有恨，也刻画了人物的形象，亦美亦丑。下面，分别做一些分析。

（一）人名谐音

《红楼梦》人名的谐音用得最多，脂砚斋对此所作的点评很多，这里只选主要的，并略作介绍。

甄士隐和贾雨村是贯穿小说头尾的两个人物。甄士隐是"将真事隐去"。小说是来源于生活，而又高于生活，提示读者此书是虚构的小说。小说中的甄士隐，是一个家境小康的乡宦，后来，遭受了一连串的打击，先是独生女丢失，接着房舍被烧，然后又遭到丈人的厌嫌，在诸祸交加中，听到僧人高吟《好了歌》，既觉世

间万事皆空，大彻大悟遁入空门。他的人生结局正如他的名字一样，"士隐"，名士隐逸"真是隐"去。与甄士隐相关的人是他的女儿英莲，谐音"应怜"，甄英莲——真应怜，三岁被拐卖，受苦受难，实在可怜。"英莲"后又改为"香菱"，被薛蟠娶为妾，又受到正房夏金桂的欺辱，好在宝钗出面保护，避免了大难，"香菱"的谐音为"相怜"，宝钗与香菱其实是"同病相怜"。

贾雨村（言）——假雨村（言），假语存（焉）。脂砚斋批语道："雨村者，村言粗语也。言以村粗之言演出一段假话也。"贾雨村，出身于诗书仕宦之族的落魄书生，经过自己的勤奋努力和投机钻营，升登显爵，又因贪赃枉法被降职治罪，最后削职为民。这是一个集狂傲豁达与贪图名利于一体的人，是一个有抱负而又有机心的"穷儒"，由于"穷"，他自卑好强，求遇闻达，又因内心的名利之念导致堕落。这与当今有些腐败的官员走过的人生道路差不多，奋斗、立功、堕落、犯罪。与贾雨村相关连的人是"娇杏"，谐音是"侥幸"，娇杏是甄家的丫鬟，因回头多看了雨村两眼便成了雨村的正室夫人，何等侥幸，该是"偶因一回顾，便为人上人"。

小说用"玉"字来作为小说的主人公，也是颇有深意的。"玉石"是中国人善爱的珍宝，"黄金有价玉无价"，玉比黄金还珍贵。玉不但成为饰品，也用于表现权威和等级，如"玉玺"。"玉"还被赋予了人格化的"德"，在《礼记》中，孔子赋予玉"十一德"，即"仁、义、礼、知、信、天、地、道、德、忠、乐"。孔子认为君子应"比德于玉"，玉佩光洁温润，可谓之"仁"；不易折断，且断后不会割伤肌肤，可谓之"义"；佩挂起来整齐有序，可谓之"礼"；击其声音清越优美，可谓之"乐"；瑕不掩瑜，瑜不掩瑕，可谓之"忠"；人皆珍之爱之，可谓之"道"等。这些美德作为君子的必备条件，因而佩玉以洁身明志，"君子无故玉不去身"，要"守身如玉"。东汉许慎在《说文解字》中提出玉有五德："玉，石之美者，有五德，润泽以温，仁之方也；鰓理自外，可以知中，义之方也；其声舒扬，专以远闻，智之方也；不桡而折，勇之方也；锐廉而不忮，洁之方也。"许慎从玉的色泽、纹理、质地、硬度、韧性概括了五个特征。德也如玉。玉其形玲珑剔透，润泽多彩，象征着美貌如玉骨冰肌，玉貌花容；玉其质洁白无瑕，象征着纯洁、忠贞，如"玉汝于成"；玉其性刚强，象征着正直，有"宁为玉碎，不为瓦全"的风骨。《红楼梦》用"玉"字命名的宝玉、黛玉、妙玉，在他们身上都带有"玉"的品质性格和风范。

　　贾宝玉——出自唐代诗人岑参《送张子尉南海》"此乡多宝玉，慎勿厌清贫"。《山海经》："玉石珍瑰之器，金膏烛银之宝。"宝者，珍也，象征着世俗眼里的财富、地位、美德、幸福，等等。宝玉含玉而降生，"玉"给他带来了尊贵、聪慧、灵性。《红楼梦》写贾宝玉出生的时候，便带来了一块宝玉，那宝玉上面有字："莫失莫忘，仙寿恒昌。"而薛宝钗有一个金锁，金锁上还刻着两行字："不离不弃，芳龄永继。"据薛姨妈说，"金锁是个和尚给的，等日后有玉的方可结为婚姻"，意思是说"金"与"玉"本来就是天生一对，而金锁和宝玉上的文字，更是凑成了一副工整的对联。于是，便有了"金玉良缘"的说法。后来，宝玉失玉隐喻着他已经失去玉的品质、"玉"的憧憬，在"宝"和"玉"之间被逼选择了"宝"而失去了"玉"，所以宝玉失玉之后，就像掉了"魂"一样，之后林黛玉就病了，宝玉娶宝钗之夜，亦是黛玉夭亡之时。

贾宝玉与薛宝钗组成的"金玉良缘"，与林黛玉组成的"木石前盟"，一个是有分无缘，宝钗得到了名义的婚姻，但没有得到真情，只能守着名义上的婚姻；一个是有缘无分，有缘相识、相知、相爱，但不能得到名分。这是封建的婚姻制度造成的人生悲剧。

林黛玉——意为林中结玉（宝玉）。出自《题画诗》"连光林黛结深翠"，取意于晏几道《虞美人》词中"楼中翠黛含春怨，闲倚阑干见。远弹双泪惜香红，暗恨玉颜光景，与花同"。暗喻黛玉一生还泪，红颜薄命。玉之五德，黛玉之"玉"具有"仁""义""智""洁""勇"的品性，才华横溢，遗世独立，刚正不阿，实现了她"质本洁来还洁去"的誓言。

黛玉的判词："玉带林中挂"，倒过来是指"林黛玉"，一条美丽的玉带，沦落到挂在枯木上，是黛玉才情被忽视、命运悲惨的写照。

妙玉——庙玉，喻为庙中之玉，暗指妙玉终归为寺庙中人。妙玉和宝玉，在思想性格上有极其相似之处，故两人都有一个"玉"字，妙玉成了宝玉的一面镜子。妙玉的性格也如"玉"一般，率直、孤傲。即使对贾母说话也不客气，只有宝玉能向她讨来梅花。判词说她："可怜金玉质，终陷淖泥中。"妙玉后来为贼人所掳而不屈，终于遇害。小说第十八回，写到元春省亲，王夫人叫妙玉接待，妙玉说："侯门公府必以贵势压人，我再不去的。"王夫人笑道："她既是官宦小姐，自然骄傲些。"可见妙玉的傲骨。

小说还有一个女主角叫王熙凤——希凤，凤为神鸟，有雌雄之分，雄为凤，雌为凰。是作者希望凤姐成为男性，比喻凤姐的才干。也谐音"枉是凤"，虽然才能出众，但也免不了香消玉殒，一领草席裹尸丢旷野，女儿差点被卖的下场。

下面，我们把姓名的"谐音"的寓意归纳如下：

1. 王家

（1）王子腾——望子腾达。

（2）王子胜——望子孙后代一代胜一代。

（3）王仁——忘人，忘了自己是人。或为"忘仁"。

2. 史家

史鼎——忠靖侯时，史家最为鼎盛。

3. 贾家

（1）贾演——假演。

（2）贾源——假源头。

（3）贾赦、贾政——贾赦，假设，隐喻他在贾府就是个摆设，不被贾母看好。贾政，假正，暗喻其过于迂腐，假正经。

（4）贾敬——假静，喜好搬到郊外居住，作者讽刺他假喜清静。

（5）贾琏——假廉，不知廉耻，假廉洁。

（6）贾宝玉——假宝玉。

（7）贾瑞——假瑞。瑞者，谓天欲赐之福，先示以喜兆也，所以贾瑞号天祥。书中贾瑞第一个死了，接着群芳一个个香消玉殒，可见这是个假的吉兆，故称之为贾瑞。

（8）贾蓉——假容，能容其妻与其父通奸，容其妻勾引小叔。

4. 甄家

（1）甄费——真废。

（2）封氏——风势。

（3）封肃——风俗。

（4）霍启——祸起，英莲即因为霍启看管不力而走失酿成其人生悲剧。

5. 金陵十二钗

（1）元春、迎春、探春、惜春——原应叹息。

（2）史湘云——湘江水逝楚云飞。

（3）李纨——李完，完结之意，暗指李纨孤零守寡的人生。

（4）秦可卿——情可轻/倾，暗指秦可卿的一生情感纠葛不明，其与公公通奸与小叔勾搭，情意可轻也可倾。

6. 丫鬟

（1）花袭人——花喜人，花有香气，能让人失去警觉，然后背后袭击别人，给你温柔的一刀，让人防不胜防。

（2）晴雯——日边霞云，可恨是"彩云易散"，亦即"情文"。

（3）抱琴、司棋、侍书和入画——四春的侍女，烘托贾府四位千金小姐的多才多艺，琴棋书画俱佳。抱琴谐音暴寝，暗示元春暴毙；司棋谐音死奇，暗示迎春惨死；侍书谐音事殊，暗示探春远嫁；入画谐音入化，暗示惜春出家。

（4）紫鹃——黛玉的侍女。喻啼血的杜鹃，反衬黛玉"抛珠滚玉只偷潸"的悲苦心境。

（5）雪雁——黛玉的侍女。喻雪地上的孤雁，隐喻黛玉寄人篱下、孤独无依的悲惨身世与命运。

（6）莺儿——宝钗的侍女。喻黄莺有着取悦主人的本性，暗示莺儿最终会陪伴宝钗青云直上。

（7）茜雪——欠雪。

（8）四儿——死儿。

（9）五儿——误儿。

（10）坠儿——赘儿、罪儿。

（11）靛儿——垫儿。

（12）得到湘云绛纹石戒指的四个大丫鬟：袭人、鸳鸯、金钏儿、平儿——谐音"昔怨今平"或"昔冤今平"。

7. 其他人名

（1）冷子兴——"冷中出热，无中生有"，"冷"就是指冷眼，"兴"就是指兴起、开头，是曹雪芹以冷眼旁观之态开始说贾府兴衰史作为全书进入正文的引子。

（2）卜世仁——不是人。

（3）石呆子——实呆子。

（4）单聘仁——擅骗人。

（5）来旺——来往。

（6）茗烟——明言。

（7）焙茗——背明。

（8）冯紫英——逢知音。

（9）蒋玉菡——将玉含。

（10）柳湘莲——留相怜。

（11）傅试——附势。

（12）戴权——大权，带权，代权。

（13）张有士——张有事，张有示。

（14）乌进孝——无进孝。

（15）戴良——袋粮。

（16）夏秉忠——瞎秉忠。

（17）秦钟——情种。

（18）秦业——情孽。

（19）郑华——真滑。

（20）余信——愚性。

（21）钱华——花钱。

（22）王柱——忘主。

（二）地名谐音

《红楼梦》里所起的地名，也是有讲究的、有含意的，它象征着人物的性格、气质和趣味，代表着事件发生的意义。

怡红院——遗红怨。这是宝玉住处的名字。"红"象征着热烈、热情、温暖。"红"代表着女性，如"女红""红妆"。宝玉从小就爱"女红"，也爱清纯的姑娘。宝玉素喜红色，故住在怡红院。最后，大观园的女儿们有的逝世了，有的出嫁了，"怡红院"变成"遗红怨"，留下了黛玉、宝钗等女儿的怨恨。

贾政游大观园　〔清〕孙温

潇湘馆——消香馆。潇湘馆的主人是林黛玉，又取名为潇湘妃子，潇湘馆种有湘妃竹，也叫斑竹。"千百竿翠竹遮映"，黛玉说："我爱那几竿竹子。"女主人黛玉爱竹，有竹的品格和风韵，清高，超逸，刚直。斑竹的斑点，传说是妃子的眼泪滴下形成的，象征女主人爱哭流泪，多愁善感。潇湘，暗喻着"玉陨香消"，最终和娥皇女英一样，泪洒湘竹，泪尽而亡。小说第九十八回写："黛玉两眼一翻，呜呼！"这时小说有一段关于"竹"的描写："只听得远远一阵音乐之声，侧耳一听，却又没有了。探春、李纨走出院外再听时，惟有竹梢风动，月影移墙，好不凄凉冷淡！"这时传来时有时无的音乐声，月光如注，风吹着竹梢作响，是一派凄冷的景象。小说用隐喻的手法，比直接用语言来表述要蕴藏有致。

蘅芜苑——恨无缘。这里的主人是薛宝钗。这里与大观园的院落有一个明显的不同。它"一株花木也无。只见许多异草：或有牵藤的，或有引蔓的，或垂山巅，或穿石隙，甚至垂檐绕柱，萦砌盘阶……"蘅芜是一种发出香味的花草，这里种的是花草，而且是牵藤引蔓的异草，是攀缘植物。这是隐喻着宝钗的性格和志向。一是攀缘向上，宝钗有着青云之志，梦想飞黄腾达，她是有心机之人，懂得攀附，对元妃、贾母、王夫人都想方设法奉承。二是暗示守活寡的凄凉境地。"芜"字，有荒芜之意。蘅芜苑又如雪洞一般，晶莹、冷冰、毫无生气。这既体现了宝钗性格的"冷"，又暗示了结局的冷落。三是暗示着宝钗表里不一，蘅芜是香草杜衡的简称，本来是高洁质朴，素雅清香，但事实上却是善于投机钻营，充满着世俗的浊味。宝钗命名为蘅芜君——恨无君，隐喻宝钗得不到贾宝玉的心，婚后独守空房。

地名还有很多，如：无稽崖——荒诞无稽；青埂峰——情根峰；十里街——势利街；仁清巷——人情巷；葫芦庙——糊涂庙；湖州——胡诌；大如洲——大概如此；梨香院——离乡怨，等等。这里就不一一细说了。

（三）风物谐音

1. 枫露茶——逢怒茶；2. 群芳髓——群芳碎；3. 万艳同杯——万艳同悲；4. 千红一窟——千红一哭；5. 蜜青果——觅情果。这些物名既让小说显得俏皮有趣，又充满着深刻的含意，丰富了人物形象和主题。

三、用"绰号"形象地表达人物的个性

一部小说，假如人物众多，往往让人不容易记住，这就必须塑造出鲜明的个性来。《红楼梦》塑造的人物都不会雷同，每一个人物都很鲜活，跃然于纸。小说第六十五回："回前墨"说：

文有双管齐下法，此文是也。事在宁府，却把凤姐之尖酸刻薄，平儿之任侠直鲠，李纨之号菩萨，探春之号玫瑰，林姑娘之怕倒，薛姑娘之怕化，一时齐现，何等妙文！

小说借兴儿的口，给小说中的人物起了一个"绰号"，而使人物形象非常鲜明和生动。下面，我们可以从每个人物的"绰号"看出人物的个性。

（一）王熙凤——"凤辣子"

这是贾母给她起的绰号，其特征是"毒辣"，兴儿评价她是如何辣的呢？"嘴甜心苦，两面三刀；上头一脸笑，脚下使绊子；明是一盆火，暗是一把刀；都占全了。"凤姐"毒设相思局""弄权铁槛寺"，都体现了心狠手辣。对于暗恋自己的贾瑞，没有必要把人弄死。为了区区三千两银子可以断送两条人命。用一个"凤辣

子"这个"绰号"再贴切不过了。

（二）李纨——"大菩萨"

兴儿说："第一个善德人。我们家的规矩又大，寡妇奶奶们不管事，只宜清净守节。妙在姑娘又多，只把姑娘们交给他，看书写字，学针线，学道理，这是他的责任。除此问事不知，说事不管。"李纨别号"稻香老农"，是贾政和王夫人长子贾珠的遗孀，是一个拥有完美妇德的人，具有清白雅德的人品和熟练的女工。她最大的特征是"善人"，心地善良。贾府中人都评价她是一个厚道、多恩、少罚的主。连凤姐也说"大奶奶是个佛爷"。（第五十回）在贾府的主子中，她是唯一一个从来没有利用主子身份和权力对付过别人的人，即使对"胡闹"的行为也不忍伤和气。当赵姨娘怪罪探春不拉扯她和贾环时，李纨菩萨心肠既想顺赵姨娘的心意，又想为探春开脱："姨娘别生气，也怨不得姑娘，他满心里要拉扯，口里怎么说的出来。"结果挨了探春一顿抢白。最让人感动的是，黛玉临终之前，是李纨陪伴和送终的。小说第九十七回写"黛玉病危紫鹃束手无策，只是痛哭"。小说写道："李纨一面也哭，一面着急，一面拭泪，一面拍着紫鹃的肩膀说：'好孩子，你把我的心都哭乱了。'"可见，李纨是富有同情心、慈悲心的人，称得上"大菩萨"。

（三）贾迎春——"二木头"

兴儿说："二姑娘的诨名是'二木头'，戳一针也不知嗳哟一声。"迎春是贾府里的二小姐。小说第三回在她出场时写道："肌肤微丰，合中身材，腮凝新荔，鼻腻鹅脂，温柔沉默，观之可亲。"可见，她美丽善良，但是，天性懦弱，更乏才情，对周围的一切，不闻不问，木然处之，所以称为"二木头"。"木头"形容古板、刻板、缺乏灵性。

《十二金钗图》之"迎春理妆" 〔清〕费丹旭

（四）贾探春——"玫瑰花"

兴儿说："三姑娘的诨名是'玫瑰花'。"尤氏姊妹忙笑问何意。兴儿笑道："玫瑰花又红又香，无人不爱的，只是刺戳手。也是一位神道，可惜不是太太养的，老鸹窝里出凤凰。"探春是小说中一个活跃人物，个性突出，她是一个正直、有才干的人，协理宁国府时，关注家族的命运，做了一些"改革"，也取得一些成效。但是，"改革"关键在于"自我革命"，探春的改革是针对下人，贾府的上层利益和既得利益者是动不得的，改革的力度也就大打折扣。探春的诨号"玫瑰花"，主要是讲她富有正义感、刚直、泼辣，敢于抗争。兴儿说她也是一位神道，指的是有能耐的厉害角色。小说第七十四回写抄检大观园时，只有探春表示强烈的抗议。其中写的一个场面，表现了探春的个性。小说写凤姐带着王善保家的，抄完探春处，正准备离开。小说写道：

他便要趁势作脸献好，因越众向前拉起探春的衣襟，故意一掀，嘻嘻笑道："连姑娘身上我都翻了，果然没有什么。"凤姐见他这样，忙说："妈妈走罢，别疯疯颠颠的。"一语未了，只听啪的一声，王家的脸上

早着了探春一掌。探春登时大怒,指着王家的问道:
"你是什么东西,敢来拉扯我的衣裳!我不过看着太
太的面上,你又有年纪,叫你一声妈妈,你就狗仗人
势,天天作耗,专管生事……"说着,便亲自解衣卸
裙,拉着凤姐儿细细的翻。又说:"省得叫奴才来翻我
身上。"

从这段描写可以看到,探春的抗议,她的激愤,一
记响亮的耳光,打出了探春的个性,让人感到解气,也
让人对探春的无畏、刚正和敢于维护自己的尊严感到可
敬、可爱!

兴儿还给黛玉起了一个绰号叫"病西施",宝钗是
"雪美人",这个比喻都很"逼真"。小说把贾母称为
"老祖宗",显示了贾母在贾府中的地位。还给柳湘莲
起了一个外号叫"冷二郎",薛蟠称为"呆霸王""醉
金刚",等等,所有这些使人物形象鲜明,生动有趣,
给人以含蓄之美的体验。

第八讲

雅俗共赏

《红楼梦》的格调之美

　　"雅俗"在中国美学中是一个古老而又弥新的概念。"雅"一般来说，属于精英文化的层面，是和雅、清雅、高雅、典雅、古雅，通常称之为"阳春白雪"。"雅"是中国古代审美体系中与"俗"相对的一个审美范畴，我们常常把"阳春白雪"的作品称为高雅的艺术；"俗"一般来说，属于大众文化层面，是世俗、通俗、浅俗，甚至是粗俗，通常称之为"下里巴人"。从审美的境界、格调上看，有高雅别致、超凡脱俗的艺术境界与通俗浅显、质朴粗犷的，自然本色的区别。但"雅俗"之间又不是绝对分野的，两者既是矛盾的，又是可以互相转化的。追求过于"雅"，如堆砌一大堆空洞的、华丽的词藻，则会变得"俗"不可耐。同样，通俗的语言如果与高雅的艺术形式结合，也会变得高雅起来，这就是"化俗为雅"。我们知道艺术作品太雅了会"曲高和寡"，但太俗了则会低级下流，最好的作品文艺应是要"雅俗共赏"。

　　《红楼梦》这部小说，从总体上看，是一部高雅的书，也是一部雅俗共赏的书。小说所写的"雅"，是"大雅"，有"雅人"，即有高贵的精神、高尚的道德、高雅的艺术修养的人，如宝玉、黛玉、宝钗、宝琴、湘云、妙玉、元春、迎春、探春、惜春等；有"雅事"，小说中写到的"结社""题匾""联诗"等雅集，都是具有高雅情趣的艺术活动；有"雅文"，全书大致还有以下18种文学形式，包括对联、匾额、骈文、曲、歌、灯谜、谜语、酒令、酒筹、偈语、牙牌令、赋、小说、诔文、民谣、信函、乩书和其他形式。真正称得上是"文体皆备"，这些文体千姿万态，气象万千，且都达到较高的水平，与小说的人物、情节水乳交融，充分显示了作者深厚的文学底蕴和卓越的文学才华，使人物形象更加丰满，故事更加有趣。小说所写的"俗"，是"真俗"，有粗俗、低俗、庸俗、鄙俗、媚俗等，这些"俗"与"雅"相映成趣，大大地彰显了"雅"。更为难得的是，小说把高雅的文学艺术注入日常生活的风俗之中，"化俗为雅"，从而实现了"雅俗共赏"的格调，使不同层次、不同爱好的人，都能找到自己的需要，从中享受审美的乐趣。下面，以三个方面做一些介绍。

一、高雅：含英咀华

中国美学把雅正作为最高审美追求，主张崇雅、重雅，以雅为美。"高雅"的内涵包括人生美学和艺术美学，从人生美学方面看，是指高贵的心灵，高远的精神境界，高尚的道德品德；从艺术审美看，则意味着要有高远、高洁、高妙、高古的风貌，体现了人生审美境界与艺术境界的融合，追求艺术的神思和人心灵的超越与升华。

《红楼梦》的格调是高雅，它运用了各种艺术文本，写了上层社会琴棋书画、风花雪月的生活，小说还写了许多雅人、雅事、雅趣，其实都是在倡导一种审美精神、理想、风格。《红楼梦》写"高雅"，基本上以"雅事"为载体去表现"雅人"和"雅趣"。下面，列举一些典型例子。

（一）宝、黛、钗论"禅"

《红楼梦》的作者受佛、道的思想影响很深，就人生美学来看，追求"清雅"，这就是超尘脱俗，雅如清韵，他们认为人生的最大乐趣就是清心寡欲，迥绝尘世。所谓功名利禄，是非利害，荣辱得失，都不过是过

听曲文宝玉悟禅机，荣国府宝钗做生辰 〔清〕孙温

眼云烟。只有无忧无虑，只有率性而为，不做作，不骄奢，天真烂漫，才是人生应当追求的最高理想境界。小说写了宝玉读《南华经》，写他听了《寄生草》时拍膝叫绝，这说明他认可了道家的观点。而小说第二十二回："听曲文宝玉悟禅机"，讲述了宝黛论"禅"的故事，这是一个清雅的故事。小说写道：

宝玉道："什么是'大家彼此'！他们有'大家彼

此'，我是'赤条条来去无牵挂'。"谈及此句，不觉泪下。袭人见此光景，不肯再说。宝玉细想这句趣味，不禁大哭起来，翻身起来至案，遂提笔立占一偈云：

你证我证，心证意证。

是无有证，斯可云证。

无可云证，是立足境。

写毕，自虽解悟，又恐人看此不解，因此亦填一支《寄生草》……宝钗看其词曰：

无我原非你，从他不解伊。

肆行无碍凭来去，茫茫着甚悲愁喜，纷纷说甚亲疏密。

从前碌碌却因何，到如今回头试想真无趣！

看毕，又看那偈语，又笑道："这个人悟了。都是我的不是，都是我昨儿一支曲子惹出来的。这些道书禅机最能移性。"……说着，便撕了个粉碎，递与丫头们说："快烧了罢。"黛玉笑道："不该撕，等我问他。你们跟我来，包管叫他收了这个痴心邪话。"三人果然都往宝玉屋里来。一进来，黛玉便笑道："宝玉，我问你：至贵者是'宝'，至坚者是'玉'。尔有何贵？尔有何坚？"宝玉竟不能答。三人拍手笑道："这样钝愚，还参禅呢。"黛玉又道："你那偈末云，'无可云证，是立足境'，固然好了，只是据我看，还未尽善。我再续两句在后。"因念云：

"无立足境，是方干净。"

宝钗道："实在这方悟彻。当日南宗六祖惠能，初寻师至韶州，闻五祖弘忍在黄梅，他便充役火头僧。五祖欲求法嗣，令徒弟诸僧各出一偈。上座神秀说道：'身是菩提树，心如明镜台，时时勤拂拭，莫使有尘埃。'彼时惠能在厨房碓米，听了这偈，说道：'美则美矣，了则未了。'因自念一偈曰：'菩提本非树，明镜亦非台，本来无一物，何处染尘埃？'五祖便将衣钵传他。今儿这偈语，亦同此意了。"

这段论"禅"有一个背景，宝钗过生日，请戏班到贾府唱戏。听完戏后，一班人在闲聊，凤姐说唱戏的有一个小旦活像一个人。宝钗心里明白，但她世故，只是一笑不说。宝玉也猜着了，也不敢说。偏偏史湘云心直口快地说："倒像林妹妹的模样儿。"宝玉听了，忙向湘云使眼色。结果得罪了史湘云。宝玉又找黛玉解释，又得罪了黛玉，黛玉向宝玉发脾气。宝玉两头受气，心里十分颓丧，便参究禅理。

对这一偈语，脂批说："已悟已觉，是好偈矣。宝玉悟禅亦由情，读书亦由情，读《庄》亦由情。可笑。"

宝玉的这一偈语用意双关，意为，彼此都要从对方身上得到感情的印证而生烦恼。只有彼此放手无须证验时才是上乘之证。而到万境归空无可证验之时，才能到立足之境。黛玉的续句是说："连立足境都没有时才算真正的干净。"宝玉和黛玉之间在恋爱的磨合阶段，相互试探，黛玉对宝玉撒娇含嗔，忽冷忽热，宝玉陷入苦恼之中。他们之间你证我证，彼此都想从对方的身上得到感情的印证，在内心寻找证明。真实，真正的感情

语言中起笑林黛玉，黛玉批偈语解宝玉 〔清〕孙温

是无须证验的，是自然而然的，是存在于每个人的心里的，到了万境为空无须证验时，才算找到了安身立命之境，宝玉的这一偈是对黛玉而言的，无非是要她放心，不必"你证我证"。"是无有证，斯可云证"，意为无求于身外，不要证验，才谈得上参悟禅机，证得上乘。"无可云证，是立足境。"意为处于虚无的状态，无可证验，才是立足的境界。黛玉的悟性更高，认为要破除"我执"，连"立境"都不必要，只要顿悟内心本自清净，这就是"觉悟"了。这个偈语说明宝黛两人都有"慧根""佛性"，黛玉其实比宝玉更高一层；同时，也预示着他们的归宿是遁入空门。这既是禅机，又是谶语，后来，宝玉跟着道士走了，杳无音讯，应了"无可云证"的话，而黛玉所说的"无立足境"，则是为她泪尽失之作谶。

宝钗对宝玉参禅是反对的，想阻止他，说："这些道书禅机最能移性。"要把宝玉的偈语烧掉。后来，她还讲了惠能的偈语，把宝玉比为神秀，说他没有慧根别费工夫。其实，宝钗的了悟，停留在神秀的层次，远未达到彻悟的层面。

偈语，是佛教梵语"偈佗"的略称，意译是

"颂"，是佛经中的唱词，后指佛家的诗歌。《六祖坛经》中的偈语很多，往往有双关的意义，有的还有神妙性、预示性，也是谶语的一种。《红楼梦》第一回就有《石头偈》："无才可去补苍天，枉入红尘若许年，此系身前身后事，倩谁记去作奇传？"作者依神话表明了创作缘由。小说的最后也用一偈——《红楼梦梦偈》作为结尾："说到辛酸处，荒唐愈可悲。由来同一梦，休笑世人痴！"这是对开头一偈的回应，告诉人们人生如梦，梦如人生，要"更转一竿头"，就是要尽快地觉悟。而在宝玉、黛玉的这一偈中，核心的精神是"无立足境"，这是要"守心"。《六祖坛经》说："外离相为禅，内不乱即定。"外禅内定，是为禅定。这就是要有"主心骨"，不要为外境所左右、所干扰，坚定地走好自己的人生路。要有无私无畏、无我的精神境界，选择超逸、清雅的人生追求，这就是作者所倡导的审美意趣！

论"禅"往往要讲"禅机"，论"机锋"，在"机锋"中灵光闪现，刹那间就觉悟、顿悟了。第九十一回"布疑阵宝玉妄谈禅"，写宝钗病了，黛玉劝宝玉应当去探望她，宝玉瞪眼呆了半晌。小说写道：

黛玉看见宝玉这样光景，也不睬他，只是自己叫人添了香，又翻出书来，细看了一会。只见宝玉把眉一皱，把脚一跺道："我想这个人生他做什么！天地间没有了我，倒也干净！"黛玉道："原是有了我，便有了人；有了人，便有无数的烦恼生出来，恐怖，颠倒，梦想，更有许多缠碍。……"宝玉豁然开朗，笑道："狠是，狠是，你的性灵比我竟强远了，怨不得前年我生气的时候，你和我说过几句禅语，我实在对不上来。我虽丈六金身，还借你一茎所化。"黛玉乘此机会说道："我便问你一句话，你如何回答？"宝玉盘着腿，合着手，闭着眼，撅着嘴，道："讲来。"黛玉道："宝姐姐和你好你怎么样？宝姐姐不和你好你怎么样？宝姐姐前儿和你好，如今不和你好你怎么样？今儿和你好，后来不和你好你怎么样？你和他好，他偏不和你好，你怎么样？你不和他好，他偏要和你好你怎么样？"宝玉呆了半晌，忽然大笑道："任凭弱水三千，我只取一瓢饮。"黛玉道："瓢之漂水，奈何？"宝玉道："非瓢漂水：水自流，瓢自漂耳！"黛玉道："水止珠沉，奈何？"宝玉道："禅心已作沾泥絮，莫向春风舞鹧鸪。"黛玉道："禅门第一戒是不打诳语的。"宝玉道："有如三宝。"黛玉低头不语。

宝、黛这次表面上是谈"禅"，实际上是在"说爱"。黛玉大概读过一些佛经，也算是有佛性和慧根，她对宝玉提出的问题，实际上是要宝玉做出一个明确的态度。她问宝玉对宝钗的态度，用你好，我爱，后不好等提出了一串的问题，宝玉笑道："任凭弱水三千，我只取一瓢饮。"意思是说只和你一个人好。黛玉又问道："瓢之漂水，奈何？"意思是说，好不成，又怎么办？宝玉说："不是好不成，而是心不坚。"黛玉又说："水止珠沉，奈何？"意思是说：我死了，你怎么办？宝玉说：禅定之心像被泥沾住的飞絮一样，静止不动，表示爱情的坚贞不渝。正如他前面所说的："你死了，我做和尚去。"黛玉说："禅门第一戒是不打诳语的。"意思是说，你说话可要算数。宝玉发誓说："有如三宝。""三宝"是佛、法、僧。宝玉对天发誓，所说的都是"金科玉律"决不食言。黛玉明白了他的心。后来，宝玉兑现了他的誓言，出家做和尚去了。

（二）黛玉论"诗"

小说中的林黛玉给人的第一印象是一个才女，她对诗、词、联、赋、匾额、对联、酒令等样样精通，尤其是诗才更出众。在《红楼梦》中，她写的诗不但数量最多，而且质量上乘，《葬花吟》是其代表作。她对诗歌的创作尤其见解深刻，在这里以她论"诗"为例讲讲黛玉的诗雅。

小说第四十八回写了黛玉教香菱如何做诗，小说写道：

黛玉道："什么难事，也值得去学！不过是起承转合，当中承转是两副对子，平声对仄声，虚的对实的，实的对虚的，若是果有了奇句，连平仄虚实不对都使得的。"香菱笑道："难怪我常弄一本旧诗偷空儿看一两首，又有对的极工的，又有不对的，又听说'一三五不论，二四六分明'。看古人的诗上亦有顺的，亦有二四六上错了的，所以天天疑惑。如今听你一说，原来这些格调规矩竟是末事，只要词句新奇为上。"黛玉道："正是这个道理，词句究竟还是末事，第一立意要紧。若意趣真了，连词句不用修饰，自是好的，这叫做'不以词害意'。"香菱笑道："我只爱陆放翁的诗'重帘不卷留香久，古砚微凹聚墨多'，说的真有趣！"黛玉道："断不可学这样的诗。你们因不知诗，所以见了这浅近的就爱，一入了这个格局，再学不出来的。你只听我说，你若真心要学，我这里有《王摩诘全集》，你且把他的五言律读一百首，细心揣摩透熟了，然后再读一二百首老杜的七言律，次再李青莲的七言绝句读一二百首。肚子里先有了这三个人作了底子，然后再把陶渊明、应玚、谢、阮、庾、鲍等人的一看。你又是一个极聪敏伶俐的人，不用一年的工夫，不愁不是诗翁了！"

香菱把黛玉给的书读完了，要借书继续读。黛玉与她交流学习心得。

黛玉笑道："正要讲究讨论，方能长进。你且说来我听。"香菱笑道："据我看来，诗的好处，有口里说不出来的意思，想去却是逼真的。有似乎无理的，想去竟是有理有情的。"黛玉笑道："这话有了些意思，但不知你从何处见得？"香菱笑道："我看他《塞上》一首，那一联云：'大漠孤烟直，长河落日圆。'想来烟如何直？日自然是圆的：这'直'字似无理，'圆'字似太俗。合上书一想，倒像是见了这景的。若说再找两个字换这两个，竟再找不出两个字来。再还有'日落江湖白，潮来天地青'：这'白''青'两个字也似无理。想来，必得这两个字才形容得尽，念在嘴里倒像有几千斤重的一个橄榄。还有'渡头馀落日，墟里上孤烟'：这'馀'字和'上'字，难为他怎么想来！我们那年上京来，那日下晚便湾住船，岸上又没有人，只有几棵树，远远的几家人家做晚饭，那个烟竟是碧青，连云直上。谁知我昨日晚上读了这两句，倒像我又到了那个地方去了。"

黛玉与香菱的对话，是老师与学生的对话，讲的是诗的创作规律和诗的审美。

首先，要明白什么是诗。《说文解字》："诗，志也。从言，寺声。"意思是说，诗，用言语表达心声的一种文学体裁。"诗"是通过精练而有节奏、富于韵律的语言来反映社会生活、抒发个人情感的一种文学体裁。诗是语言的艺术。《尚书·尧典》："诗言志，歌永言。"诗乃文学之祖，艺术之根。"诗者，感其况而述其心，发乎情而施乎艺也。"诗是一种阐述心灵的文学体裁，孔子认为，诗具有兴、观、群、怨四种作用。陆机则认为："诗缘情而绮靡。"在古代，不合乐的称为诗，合乐的称为歌。广义的诗，是自然美、艺术美和人生美的代名词，是人类观照世界的一种方式，是人的灵魂逃逸现实后的栖息方式。可以说一切艺术都是诗：

音乐是在时间坐标上流动的诗，绘画、雕塑是二维或三维空间里的具象的诗，建筑是对空间进行格式化的诗，舞蹈是人的形体语言在时间和空间一同展开的诗，散文、小说是无韵的诗。

如何做出好诗，黛玉在这里强调了几条：

第一，立意要紧。这就是表达诗人的思想和情感。也即"诗言志"就是用诗表达作者的思想、意愿和感情。《离骚》中所说"屈心而抑志""抑志而弭节"，这个"志"的内容虽仍然以屈原的政治理想抱负为主，但显然也包括了因政治理想抱负不能实现而产生的愤激之情及对谗佞小人的痛恨之情在内。到汉代，人们对"诗言志"的认识趋于明确，即"诗是抒发人的思想感情的，是人的心灵世界的呈现"。《毛诗序》说："诗者，志之所之也，在心为志，发言为诗，情动于中而形于言。"情志并提，两相联系，比较中肯而客观。

第二，起承转合的结构。一般来说，律诗八句，两句一联，共四联，分为首联、颔联、颈联、尾联。四联分别是起、承、转、合。"起"，就是起头，缘起；"承"就是承接；"转"就是交互，转出别的意思来。转在诗中最重要，由景转为抒情，叙事转为议论，往往要出转意，出境界；"合"就是归结，点明作者的思想、观点。既是由开头的回应，又是题意的开拓。这个结构规律已成为律诗的格式，懂得这个格式，也就大体上写出了诗的风貌。

第三，平仄押韵。律诗要讲平仄，每句之中平声与仄声互换，每联两句之间平仄声相反。中间两联（承、转）必须对仗，应"虚"对"实"，"实"对"虚"。但如果有了奇句，即好的句子，可以破格成拗，以散代偶。如唐代崔颢《黄鹤楼》："昔人已乘黄鹤去，此地空余黄鹤楼。黄鹤一去不复返，白云千载空悠悠。"这就是一个例子。第一、三句不合平仄，第三、四句不对仗。作品不为格律所束缚，以意境和韵味取胜。当格律与诗意发生矛盾时，形式服从于内容，韵律是可以改变的。这就是要追随思想和文体的变化，灵活地运用。

第四，善用好"诗眼"。这就是要注重诗的意境。"诗眼"是诗中最为传神的一个字，这个字用好了，就有生动的传神的意境。文中讲了王维《使至塞上》诗："大漠孤烟直"的"直"字，和《辋川闲居赠裴秀才迪》诗："渡头馀落日"的"馀"字，用得太好了，用好这个字境界全出。王国维在《人间词话》中认为"字出境界"，他说："红杏枝头春意闹。"着一"闹"字，而境界全出。"闹"字，使繁盛喧闹的春景跃然于纸上，将人心中的期待描绘出来，让整首诗的意境变得灵动起来，"诗眼"是诗歌的艺术表现最关键、最有分量的字，不能从逻辑思维去做出判断，而应从形象思维去做判断，初看是不合理的，细细地揣摩却是恰当的，有点同感的。为此，诗人严沧浪说："诗有别趣，非关理也。"香菱读王维的诗发表的心得，是对"诗眼"运用的通俗化表述。明代朱承爵说："作诗之妙。全在意境融彻，出音声之外，乃得真味。"当然，好的"诗眼"来自诗人敏锐的艺术感觉、活跃的艺术想象和丰富的艺术经验，来自诗人的生活体验、思想和艺术修养，不能生搬硬套，不能胡编乱造。

第五，学习、借鉴、创新前人的诗作。要作出好诗，必须阅读大量的优秀诗作，打好基础。为此黛玉开列了一个书单，有李白、杜甫、王维、陶渊明、应玚、谢灵运、阮籍、鲍照等人做底子，认真地练习，"不愁不是诗翁"了。

黛玉对香菱的指导是具体的、到位的，香菱作诗也大有长进。我们可以对照她三首"咏月"的诗，看她写诗的进步。

《吟月三首》第一首：

月挂中天夜色寒，清光皎皎影团团。

诗人助兴常思玩，野客添愁不忍观。

翡翠楼边悬玉镜，珍珠帘外挂冰盘。

良宵何用烧银烛，晴彩辉煌映画栏。

香菱是在写月亮，写了月亮很亮。但单纯地写景，除了月还是月，除了亮还是亮，没有人的主观情感在里面。所以，诗要有景有情，既要做到客观与主观的统一，更要达到感性到理性的升华，没有情感就没有好诗！

第二首：

非银非水映窗寒，试看晴空护玉盘。

淡淡梅花香欲染，丝丝柳带露初干。

只疑残粉涂金砌，恍若轻霜抹玉栏。

梦醒西楼人迹绝，余容犹可隔帘看。

这一首有点进步，有了诗的意象，诗中有人的影子在里边了，有了人，诗活起来了，物象、意象都有体现，因为人是最鲜活的东西。但这首立意不高，缺乏"意"，诗韵得到遵循，诗心没有提炼！

第三首：

精华欲掩料应难，影自娟娟魄自寒。

一片砧敲千里白，半轮鸡唱五更残。

绿蓑江上秋闻笛，红袖楼头夜倚栏。

博得嫦娥应借问，缘何不使永团圆。

从律诗角度看：颈联和颔联这两联，四句对仗是非常工整的："一片"对"半轮"，"千里白"对"五更残"。下一句："绿蓑江上"对"红袖楼头"，"秋闻笛"对"夜倚栏"，对仗很工稳。首句："精华欲掩料应难"，月亮的精华，乌云是盖不住的，隐喻自己一定会冲破乌云，才华是埋没不了。第二句讲"影自娟娟魄自寒"，一个魄字很传神，月亮叫月魄，而寒字把前句承得非常完美。其收句与乐府民歌结尾是很相似的。就很像《迢迢牵牛星》的结尾："盈盈一水间，脉脉不得语。"都是写月亮，写银河，然后质问为什么造成了人间这种永久的别离？还如东坡名句"但愿人长久，千里共婵娟"，也有这些意味。"缘何不使永团圆"这个意蕴，是站在了前人"肩上"，对古诗意蕴的化用是很好的。一首佳作便完成了；它是不断学习与借鉴而取得成功的，达到了格律与意境的统一，是客观与主观的统一，感性与理性的统一，是诗心与诗艺的统一。

《红楼梦》所创作的诗词很多，黛玉以咏花诗见长，她写的《葬花吟》《桃花行》、咏白海棠、菊花诗都写得很美；宝玉以叙事诗见长，如《姽婳词》；宝琴以怀古诗见长，如《怀古绝句》十首，这里不一一点评了。

（三）黛玉论"琴"

在古代，文人的雅致是用琴、棋、书、画四方面的才能来表现的，弹琴为四大才能之首，琴是许多文人雅士所喜欢的乐器。晋陶渊明在《归去来兮辞》中说："乐琴书以消忧。"文人雅士用弹琴修身养性，教化天下。明代蒋克谦在《琴书大全》中记载刘向所说："凡鼓琴有七例：一曰明道德，二曰感鬼神，三曰美风俗，四曰妙心察，五曰制声调，六曰流文雅，七曰善传授。"这七个方面基本概括了琴道的内涵。抚琴是一种精神享受，讲究琴心、琴风、琴韵、琴音的和谐统一。《红楼梦》写黛玉弹琴，虽然琴技达不到琴师的地步，但对抚琴是颇有心得的。小说第八十六回，写了黛玉给宝玉讲琴，其实是讲音乐之道，这对于培养人们的雅趣和音乐素养是大有启发的。小说写了宝玉过来探望黛玉：宝玉没有见过琴谱，不知黛玉看的是什么书。小说写道：

一面瞧着黛玉看的那本书。书上的字一个也不认得。有的像"芍"字；有的像"茫"字；也有一个"大"字旁边"九"字加上一勾，中间又添个"五"字；也有上头"五"字、"六"字又添一个"木"字，底下又是一个"五"字。看着又奇怪，又纳闷，便说："妹妹近日越发进了，看起天书来了。"黛玉嗤的一声笑道："好个念书的人，连个琴谱都没有见过？"宝玉道："琴谱怎么不知道？为什么上头的字一个也不认得？妹妹你认得么？"黛玉道："不认得瞧他做什么？"宝玉道："我不信，从没有听见你会抚琴。我们书房里挂着好几张，前年来了一个清客先生，叫作什么嵇好古，老爷烦他抚了一曲。他取下琴来，说都使不得，还说：'老先生若高兴，改日携琴来请教。'想是我们老爷也不懂，他便不来了。怎么你有本事藏着？"黛玉道："我何尝真会呢。前日身上略觉舒服，在大书架上翻书，看有一套琴谱，甚有雅趣，上头讲的琴理甚通，手法说的也明白，真是古人静心养性的工夫。我在扬州，也听得讲究过，也曾学过，只是不弄了，就没有了。这果真是'三日不弹，手生荆棘'。前日看这几篇没有曲文，只有操名，我又到别处找了一本有曲文的来看着，才有意思。究竟怎么弹的好，实在也难。书上说的师旷鼓琴能来风雷龙凤；孔圣人尚学琴于师襄，一操便知其为文王；高山流水，得遇知音。"说到这里，眼皮儿微微一动，慢慢的低下头去。宝玉正听得高兴，便道："好妹妹，你才说的实在有趣。只是我才见上头的字都不认得，你教我几个呢。"黛玉道："不用教的，一说便可以知道的。"宝玉道："我是个糊涂人，得教我那个'大'字加一勾，中间一个'五'字的。"黛玉笑道："这'大'字'九'字是用左手大拇指按琴上的'九徽'，这一勾加'五'字是右手钩'五弦'，并不是一个字，乃是一声，是极容易的。还有吟、揉、绰、注、撞、走、飞、推等法，是讲究手法的。"宝玉乐得手舞足蹈的说："好妹妹你既明琴理，我们何不学起来？"黛玉道："琴者，禁也。古人制下，原以治身，涵养性情，抑其淫荡，去其奢侈。若要抚琴，必择静室高斋，或在层楼的上头，在林石的里面，或是山巅上，或是水涯上。再遇着那天地清和的时候，风清月朗，焚香静坐，心不外想，气血和平，才能与神合灵，与道合妙。所以古人说'知音难遇'。若无知音，宁可独对着那清风明月苍松怪石野猿老鹤，抚弄一番，以寄兴趣，方为不负了这琴。还有一层，又要指法好，取音好。若必要抚琴，先须衣冠整齐，或鹤氅，或深衣，要如古人的像表，那才能称圣人之器，然后盥了手，焚上香，方才将身就在榻边，把琴放在案上，坐在第五徽的地方儿，对着自己的当心，两手方从容抬起，这才心身俱正。还要知道轻重疾徐、卷舒自若、体态尊重方好。"宝玉道："我们学着顽，若这么讲究起来，那就难了。"

第八十九回，还写了黛玉与宝玉关于"琴"的对话：

宝玉因问道："妹妹这两日弹琴来着没有？"黛玉道："两日没弹了。因为写字已经觉得手冷，那里还去弹琴？"宝玉道："不弹也罢了。我想琴虽是清高之品，却不是好东西，从没有弹琴里弹出富贵寿考来的，只有弹出忧思怨乱来的。再者，弹琴也得心里记谱，未免费心。依我说，妹妹身子又单弱，不操这心也罢了。"黛玉抿着嘴儿笑。宝玉指着壁上道："这张琴可就是么？怎么这么短？"黛玉笑道："这张琴不是短，因我小时学抚的时候，别的琴都够不着，因此特地做起来的。虽不是焦尾枯桐，这鹤仙凤尾还配得齐整，龙池雁足高下还相宜。你看这断纹，不是牛旄似的么？所以音韵也还清越。"宝玉道："妹妹这几天来做诗没有？"黛玉道："自结社以后，没大做。"宝玉笑道："你别瞒我。我听见你吟的，什么'不可惬，素心如何天上月'，你搁在琴里，觉得音响分外的响亮。有的没的？"黛玉道："你怎么听见了？"宝玉道："我那一天从蓼风轩来听见的，又恐怕打断你的清韵，所以静听了一会，就走了。我正要问你：前路是平韵，到末了儿忽转了仄韵，是个什么意思？"黛玉道："这是人心自然之音，做到那里就到那里，原没有一定的。"宝玉道："原来如此。可惜我不知音，枉听了一会子。"黛玉道："古来知音人能有几个！"宝玉听了，又觉得出言冒失了，又怕寒了黛玉的心。坐了一坐，心里像有许多话，却再无可讲的。

黛玉给宝玉讲"琴"是从"琴谱"讲起的。古今中外音乐谱分为两大类：一种是以表达音阶高低，节奏快慢为主的"音阶谱"，如岭南音乐的工尺谱、西洋的五线谱等；另一种是以表达乐器的演奏技巧为上的"手法谱"，被宝玉称之为"天书"的古琴谱就属于这一类。

古琴谱，又叫减字谱，相传为唐末曹柔发明，减字谱为四部分，上方记录左手指法，下方记录右手指法，左上为左手按弦用指，右上为所按徽位，下方外部却为右手指法，内部为所弹、按弦。黛玉给宝玉讲的琴道，可以概括为如下几个方面：

第一，要以雅正为琴心。黛玉讲琴的功能是"原以治身，涵养性情，抑其淫荡，去其奢侈"。这里指出了琴（音乐）的主要功能是修身养性，陶冶性情。《说文解字》："琴，禁也。神农所作。洞越，练朱五弦，周加二弦。象形。"意思是说，琴是用来禁止淫邪，以端正人心的乐器，由神农制作。有五根弦，即宫、商、角、徵、羽，文王增二弦，曰少宫、少商。琴的本义是指一种用梧桐木制作的带宫腔的五弦或七弦弹拨乐器。好的琴曲是"雅正"，正如孔子所说的："尽善尽美。"抚琴者要有"雅正"的心境，才能调出好的乐曲。《史记·乐书》中说："凡音由于人心，天之与人有以相通，如景之象形，响之应声。故为善者天报之以福，为恶者天与之以殃，其自然者也。故舜弹五弦之琴，歌南风之诗而天下治。"抚琴者要用正心、正念来弹琴，调音要将音调成五正音，是心弦为主，琴弦为辅，在调音中，将琴音自然调到正调，并从五正音的相互共振间，调整身心的状况，做到"身心俱正"琴与音和，指与琴和，意与指和。只有正德、正心、正念，方可在弹琴时达到人神相和的境界。也只有清正，才能专心，弹琴如此，做人、治国亦然。

第二，要以清雅为琴景。黛玉在这里讲抚琴对环境的要求很高，这就是清静，雅致。要"风清月朗，焚香静坐，心不外想，气血和平，才能与神合灵，与道合妙"。这就是说，抚琴要心静，心平气和；要境静，天地清和，风清气爽，通常还选用香道。清淡是古琴之风，琴乐融合了儒道两家的思想和审美追求，反映出一种清和淡雅、温柔敦厚、优雅恬静的风格，恬逸、闲适、虚静、幽远的境界。因为能虚、能静，故能深、能远，这就是"弦外之音、韵外之致、味外之旨"。古往今来，许多文人雅士爱琴、弹琴，追求的就是这样一种人生境界。

第三，要以知音为琴缘。黛玉在这里说"知音难遇"，讲了"高山流水，得遇知音"的故事。琴的演奏必须是演奏者与聆听者的感情共鸣，"高山流水会知音"说明知音难求。琴的演奏最可怕的是"对牛弹琴"。第八十九回，黛玉感叹"古来知音能有几个？"，这是暗示着知音难求，宝玉心里好像有许多话，却不知如何说好。

第四，要有娴熟的琴技。黛玉在这里讲了揉、绰、注、撞、走、飞、推等手法，同时要配上吟唱。小说第八十七回，黛玉弹琴和吟唱，听来令人悲伤。假如有音乐家对这三段唱词配上乐曲，相信是令人感动的。

（四）宝钗论"画"

绘画，是文人四技之一，是文人的一大雅兴。刘姥姥进大观园的时候，觉得大观园简直就是人间仙境，说如果把这个自然风景画下来就好了。贾母说，我们四丫头惜春会画画，要她画大观园，还要把人都画上，惜春感到为难，说"我又不会这工细楼台，又不会画人物"，这时宝钗对绘画发表了一通长篇大论，谈了她对绘画的看法。小说第四十二回写道：

宝钗道："我有一句公道话，你们听听。藕丫头虽会画，不过是几笔写意。如今画这园子，非离了肚子里头有几幅丘壑的如何成画？这园子却是像画儿一般，山石树木，楼阁房屋，远近疏密，也不多，也不少，恰恰的是这样。你就照样儿往纸上一画，是必不能讨好的。这要看纸的地步远近，该多该少，分主分宾，该添的要添，该减的要减，该藏的要藏，该露的要露。这一起了稿子，再端详斟酌，方成一幅图样。第二件，这些楼台房舍，是必要用界划的。一点不留神，栏杆也歪了，柱子也塌了，门窗也倒竖过来，阶矶也离了缝，甚至于桌子挤到墙里去，花盆放在帘子上来，岂不倒成了一张笑'话'儿了。第三，要插人物，也要有疏密，有高低。衣折裙带，手指足步，最是要紧；一笔不细，不是肿了手就是瘸了腿，染脸撕发倒是小事。依我看来竟难的狠。如今一年的假也太多，一月的假也太少，竟给他半年的假，再派了宝兄弟帮着他。并不是为宝兄弟知道教着他画，那就更误了事，为的是有不知道的，或难安插的，宝兄弟好拿出去问问那会画的相公，就容易了。"宝玉听了，先喜的说："这话极是。詹子亮的工细楼台就极好，程日兴的美人是绝技，如今就问他们去。"宝钗道："我说你是无事忙，说了一声你就问去。等着商议定了再去。如今且拿什么画？"宝玉道："家里有雪浪纸，又大又托墨。"宝钗冷笑道："我说你不中用！那雪浪纸写字画写意画儿，或是会山水的画南宗山水，托墨，禁得皴披。拿了画这个，又不托色，又难漤，画也不好，纸也可惜。我教你一个法子。原先盖这园子，就有一张细致图样，虽是匠人描的，那地步、方向是不错的。你和太太要了出来，也比着那纸大小，和凤丫头要一块重绢，叫相公矾了，叫他照着这图样删补着立了稿子，添了人物就是了。就是配这些青绿颜色并泥金泥银，也得他们配去。你们也得另烧上风炉子，预备化胶、出胶、洗笔。还得一张粉油大案，铺上毡子。你们那些碟子也不全，笔也不全，都得从新再置一分儿才好。"惜春道："我何曾有这些画器？不过随手的笔画画罢了。就是颜色，只有赭石、广花、藤黄、胭脂这四样。再有，不过是两支着色笔就完了。"宝钗道："你不该早说？这些东西我却还有，只是你也用不着，给你也白放着。如今我且替你收着，等你用着这个时候我送你些，也只可留着画扇子，若画这大幅的也就可惜了的。今儿替你开个单子，照着单子和老太太要去。"

宝钗讲的这套绘画理论，主要讲的画工笔画。讲述了绘画的要诀和技巧，总的来说还是很内行的。概括起来，画工笔画要注意如下的几个问题：

第一，要意在笔先，胸有成竹。宝钗在这里讲作画重在构想，立意在先，这正如写文章一样，要打好"腹稿"。她说："如今画这园子了，非离了肚子里头有几幅丘壑的才能成画。"这就是指心中的艺术形象酝酿成熟以后，才能运笔有致，得心应手。艺术创作来自自然、又高于自然，妙于自然，要进行艺术的再造、升华。故宝钗又说："你只照样儿往纸上一画，是必不能讨好的。"绘画只有对现实生活进行高度概括，才能揭示事物的本质，表达画家的思想、情感，描绘出美的形象。

第二，画面的布局要主次分明，疏密恰当。每一张画都有一个主体画面，放在中心位置，切忌平均用力，画面密密麻麻，不能给人家视觉留下深刻印象。宝钗说要"分主分宾，该添的要添，该减的要减，该藏的要藏，该露的要露"。一个大观园大大小小的景观很多，不必全部画进去。同时，要有层次感和对比度，"山石树木，楼阁房屋，远近疏密，也不多，也不少，恰恰的是这样"。这就是安排好远近之景，把园林中的植物、山水、建筑安排得井然有序，都有一个合理的比例，和谐、协调。

第三，要有精准、精细的技法。工笔画，顾名思义，在于"工"，在于"用工写意"，因此以"细"见长，宝钗在这里讲画楼台房舍要以界笔直尺划线的技法，不能把栏杆也画歪了。人物也应如此，"衣摺裙带，手指足步，最是要紧"。

第四，要选好适当的材料。工笔画要有好的材料，包括绢和颜料。宝钗说不能用一般的宣纸，而应当用重绢，即厚重的好绢，这种绢厚重细密，配青绿颜色弄泥金泥银，即青绿颜色和金粉、银粉。惜春说，没有这些画器，宝钗开了一张单子，找了凤姐要。这个单子确实很多，也很复杂。所以，黛玉打趣地说她"把嫁妆单子也写上了"。

其实，绘画是画家对人、物、事的加工和创造，不是简单的临摹。唐代张彦远在《历代名画记》中说，"外师造化，中得心源"，意思说向外体察自然万物，向内挖掘自己的内心感情。绘画是画家以绘画的语言，高超、巧妙的技巧，创造出神入化的意境，产生惊人的艺术效果。南朝画家张僧繇可以说就是一位出神入化的画家，他的创作留下许多传说，他在佛寺壁上画鹰、鹞栩栩如生，致使鸠、鸽见之惊飞而去。而流传最广的是"画龙点睛，点则飞去"的传说。一幅优秀的绘画作品，必须形神兼备，神就是作品的灵魂。神、形、意、韵是评估一幅佳作的标准。明代董其昌说："画皮画骨难画神。"宋代沈括说："书画之妙，当以神会，难可以形器求之。"清代刘岩说："画竹不如真竹真，枝叶易似难得神。"以上的名家所言，讲了作画要追求出神入化的道理，但神形兼备不容易做到。总之，凡画山水，意在笔先，立身画外，存心画中。

贾宝玉品茶栊翠庵（局部）　〔清〕孙温

（五）妙玉论"茶"

"琴棋书画诗酒茶"是中国古代上层社会，文人雅士、僧侣道士生活中不可缺少的内容，喝茶不但是他们养生、保健之道，也是修心、审美之道。《红楼梦》其实是一本"茶书"，讲品茶的场面是很多的。

第一回，甄士隐命小童献茶，招待贾雨村；第三回，王夫人命丫鬟捧茶招待刚来贾府的林黛玉；第二十六回，贾芸进见宝玉，袭人端来了茶，贾芸忙站了起来，笑道："姐姐怎么替我倒起茶来？"第四十一回，贾母、宝玉等人到栊翠庵，妙玉以各种名茶招待。最为隆重的以茶待客之礼是元妃省亲的时候。这位皇妃娘娘回归贾府时，那礼仪太监请元妃升座受礼，举行"茶三献"隆盛礼仪。每一次献茶都要叩头礼拜，三献之后，元妃随即降座，奏乐方止。《红楼梦》把品茶上升为礼仪之道、艺术之道、审美之道。在许多茶事的描写中，最为集中的是妙玉论"茶"。

小说第四十一回"贾宝玉品茶栊翠庵"讲述了妙玉论茶的故事。妙玉是一位嗜茶如命、孤寂清高的女子，对煮茶、品茶的讲究达到了无以复加的地步。小说写道：

当下贾母等吃过茶，又带了刘姥姥至栊翠庵来。妙玉忙接了进去。至院中见花木繁盛，贾母笑道："到底是他们修行的人，没事常常修理，比别处越发好看。"一面说一面便往东禅堂来。妙玉笑往里让，贾母道："我们才都吃了酒肉，你这里头有菩萨，冲了罪过。我们这里坐坐，把你的好茶拿来，我们吃一杯就去了。"妙玉听了忙去烹了茶来。宝玉留神看他是怎么行事。只见妙玉亲自捧了一个海棠花式雕漆填金云龙献寿的小茶盘，里面放一个成窑五彩小盖钟，捧与贾母。贾母道："我不吃六安茶。"妙玉笑说："知道，这是老君眉。"贾母接了，又问："是什么水？"妙玉道："是旧年蠲的雨水。"贾母便吃了半盏，便笑着递与刘姥姥说："你尝尝这个茶。"刘姥姥便一口吃尽，笑道："好是好，就是淡些，再熬浓些更好了。"贾母众人都笑起来。然后众人都是一色官窑脱胎填白盖碗。

在这里，妙玉招待贾母用的茶具精致，茶叶也讲究，"六安茶"是绿茶，"老君眉"是黄茶，绿茶性偏寒，"老君眉"性平醇和，用的水是"蠲的雨水"，"蠲"古同"涓"，指清洁，即洁净的雨水。

之后，妙玉又招待宝玉、黛玉、宝钗三人喝体己茶。

又见妙玉另拿出两只杯来。一个旁边有一耳，杯上镌着"𤩥匏斝"三个隶字，后有一行小真字是"晋王恺珍玩"，又有"宋元丰五年四月眉山苏轼见于秘府"一行小字。妙玉便斟了一斝递与宝钗。那一只形似钵而小，也有三个垂珠篆字，镌着"点犀盉"。妙玉斟了一盉与黛玉。仍将前番自己常日吃茶的那只绿玉斗来斟与宝玉。宝玉笑道："常言'世法平等'，他两个就用那样古玩奇珍，我就是个俗器了。"妙玉道："这是俗器？不是我说狂话，只怕你家里未必找的出这么一个俗器来呢？"宝玉笑道："俗说'随乡入乡'，到了你这里，自然把那金玉珠宝一概贬为俗器了。"妙玉听如此说，十分欢喜，遂又寻出一只九曲十环一百二十节蟠虬整雕竹根的一个大盉出来，笑道："就剩了这一个，你可吃的了这一海？"宝玉喜的忙道："吃的了。"妙玉笑道："你虽吃的了，也没这些茶糟踏。岂不闻'一杯为品，二杯即是解渴的蠢物，三杯便是饮牛饮骡了。'你吃这一海便成什么？"说的宝钗、黛玉、宝玉都笑了……黛玉因问："这也是旧年的雨水？"妙玉冷笑道："你这么个人，竟是大俗人，连水也尝不出来！这是五年前我在玄墓蟠香寺住着，收的梅花上的雪，共得了那一鬼脸青的花瓮一瓮，总舍不得吃，埋在地下，今年夏天才开了。我只吃过一回，这是第二回了。你怎么尝不出来？隔年蠲的雨水那有这样清淳？如何吃得？"黛玉知他天性怪僻，不好多话，亦不好多坐，吃过茶，便约着宝钗、宝玉走了出来。

　　从以上的记载中可以看到妙玉品茶的功夫很深，不但讲究好茶、好茶具，还要有好水。雨水、雪水、朝露水，在古代都被称为"天泉"，尤其是雪水更为古人所推崇。所谓采明前茶，煮梅上雪，品茶听韵，是文人雅士的追求，讲究好茶、好器、好水。《红楼梦》所写的茶事，体现了中国茶道的内容：

　　一是"物我一体"天地人和。饮什么茶，要因人而宜，根据每个人的身体状况、兴趣爱好选择茶叶。中国茶叶有红、绿、乌龙茶，其性各不相同，这就要因人制宜，妙玉给贾母选了"老君眉"，一语双关，既是选合适贾母的茶，又把贾母称为"老太君"，也是对长辈的尊称。

　　二是茶、器、水三者的和谐统一。煮出一壶好茶，首先要有好茶。好的茶是"色、香、味、韵"俱全。

"色"，是指干茶的色泽和茶汤的颜色。一般来说，绿茶的茶汤黄绿而明亮，红茶的茶汤红艳明亮，乌龙茶的茶汤黄亮浓艳。"香"是指香气清雅幽香，纯正鲜美。"味"是指茶有甜、酸、苦、鲜、涩多种滋味，啜一口茶，细细品味，可以感觉绿茶的鲜爽、红茶的甘浓、乌龙茶的醇厚；一般来说，要入口轻，触舌软，过喉嫩，口角滑，流舌厚，后味甘。"韵"，是指茶的真味，韵存在于甘苦一线间，若能由苦转甘者为佳。鉴别茶的优劣，不仅要观其色、闻其味、品其香，还要体其韵，如铁观音品的是音韵，大红袍品的是岩韵，冻顶乌龙品的是喉韵，这才是品茶的最高境界。

煮一壶好茶，要有好器。这不但要有煮茶的炉壶，而且要有精美的盛器，妙玉的茶具，都是"官窑脱胎填白盖碗"，而与宝、黛、钗几个人用的茶具就更高档了，已经都是古珍奇珍，可见妙玉饮茶之讲究。煮出一盏好茶，还要有好水。妙玉给宝玉等人煮茶用的水，是"梅花上的雪"化成的水，那是非常珍贵的。

煮一盏好茶，要茶、器、水俱佳才能做到。上好之茶，如无水佐之，则如没有得到辅助。茶、水俱佳，如无好壶，同样无功。正如中药的方剂一样，君臣佐使要相配合，才能获得真味。有好茶、好水、好壶而无好器，同样未能体悟茶的韵味。

三是调动视觉、嗅觉、味觉和心觉。品茶之时，首先要观茶色，如茶色金贵透亮，说明这是好茶；然后要闻茶味，茶水透出淡淡的清香，再次要慢慢地品茶，一小口一小口地喝，体会茶入口后的味道；如苦、甘、醇、厚，不能"牛饮"，正如妙玉所说的："一杯为品，二杯即是解渴的蠢物，三杯便是饮牛饮骡了。"宝玉照妙玉的指引，"细细吃了，果觉轻浮无比，赏赞不绝。"这就是用"心"去感觉、回味的，品茶成为一种心理体验、精神体验和审美体验。

二、大俗：鄙陋丑劣

汉字的"俗"字，从人，谷声。《说文解字》："俗，习也。"本义为风俗、习惯。造字本义是指有七情六欲的凡人。人皆有欲，不能免俗。"俗"字有"人"，有"谷"，人要生存就要吃粮食，就要填饱肚子，有七情六欲，均是尘世之人，人都不能免俗。"生死根本，欲为第一"，欲望是人性的组成部分，是人类与生俱来的。它是本能的一种释放形式，构成了人类行为最内在与最基本的要素。但欲望不能无限的、过度的膨胀。

弗洛伊德说："本能是历史地被决定的。"作为一种本能结构的欲望，无论是生理性或心理性的，不可能超出历史的结构，它的功能作用是随着历史条件的变化而变化的。因此欲望的有效性与必要性是有限度的，满足不是绝对的，总有新的欲望会无休止地产生出来，由于欲望这种不知餍足的特性，欲望的过度释放会造成破坏的力量。叔本华认为，欲望过于剧烈和强烈，就不再仅仅是对自己存在的肯定，相反会否定或取消别人的生存。欲望不是纯粹的、绝对的东西，它需要理智的调控与节制，欲望似火，调控似冰。人不能做欲望的奴隶，人是精神支配下的人，而不是器官支配下的人。"庸俗"的人具有两个主要的特征：一是沉溺于财、色、名、食、睡的这种欲望之中，特别是停留在食、色的层次性；二是毫无节制，欲望膨胀，具有很强的占有欲，永不知足，不断地摄取。

作为审美范畴，"雅"与"俗"是相对而言的，但却蕴含着极为浓重的褒贬意味，表现出价值体系和社会群体的差异，表现了作家的审美取向。"俗"在中国古代一直被用来指平民百姓的审美取向和审美情趣。《春秋公羊传解诂·宣公十五年》就有"饥者歌其食，劳者歌其事"的说法。"俗"存在于普罗大众"柴米油盐酱醋茶"的日常生活之中，他们首先要解决生存问题，他们没有条件去过"琴棋书画诗酒花"的"雅"的生活。可见，"俗"首先是由人们所处的物质条件决定的。虽免不了会"俗"，但是，富足并不等于"雅"，有些人虽然衣食无忧，但仍然"俗"不可耐，如趋炎附势，追名逐利，庸俗陋劣，同流合污，一味媚俗，一身俗气。

《红楼梦》写到了"俗"，虽然有"穷人"之"俗"，但更为突出的是"富人"之"俗"，他们的"俗"才是真正的"俗"。作者正是用他们的这些"俗"衬托了"真、善、美的雅"，用正反的强烈对比给人们以美的启示。

（一）贾雨村之俗

贾雨村是贯穿小说全过程的一个人物，是一个按照儒家文化的要求而塑造出来的人物，他的人生是从"雅"走向"俗"的典型代表。在未入仕之前，贾雨村是一个有志青年，有着雄心高举的理想，也是一个勤奋

贾雨村风尘怀闺秀（局部）　〔清〕孙温

努力之人。可是，入仕之后，他受到了封建官场这个"大染缸"的浸染，慢慢地变了，变得越来越俗。这个"俗"表现为：

一是忘恩负义。贾雨村由一个穷儒一变而成新科进士，新任知府，他第一件要处理的公事就是薛蟠打死冯渊案。他为了保官位，讨好贾家，竟然乱判葫芦案。即使他知道凶案中受害者就是被拐卖的英莲，仍然乱判。他赴京考试的盘缠是英莲的父亲甄士隐资助的，眼见恩人的女儿受害，仍然无动于衷，可见是一个忘恩负义、没有良心之人。小说写贾雨村徇情枉法后，急忙作书两封，向贾政及王子腾讨好，"乱判葫芦案"是贾雨村放弃士大夫的核心价值、人格和灵魂，从"雅"走向"俗"的标志。

二是贪赃枉法。小说写了他为讨好贾赦而制造冤狱，害得石呆子家破人亡。贾雨村已经完全堕落为投机钻营、贪赃枉法甚至陷害无辜的卑鄙小人。早年那个"相貌魁伟，言语不俗""剑眉星眼，直鼻方腮"的人，已经变成了"名利之徒、奸诈小人"。

三是心高气傲。他为官一年，却让其他官员侧目而视，被上司"寻了个空隙"参劾，原因是他才干优长，恃才辱上并有些贪酷之弊。贾雨村初入官场，自以为才高八斗，目空一切，大有李谪仙"仰天长啸出门去，我辈岂是蓬蒿人"的傲气，但狂妄、骄傲的性格得罪了上司，不守官场的"潜规则"，很快落得个"革职"的下场。

四是执迷不悟。小说第一百二十回，写贾雨村因贪婪犯案定罪，被革职为民，在急流津觉迷渡口，再遇甄士隐，士隐告诫他："福善祸淫，古今定理。现今荣、宁两府，善者修缘，恶者悔祸。"希望贾雨村改恶从善，然而，他却在草庵中沉睡不醒，小说写道："那知那人再叫不醒。"也许这是一个装睡的人，是怎么叫也叫不醒的。贾雨村这回从身份到心灵成了一个彻底的"俗人"。

（二）王熙凤之俗

王熙凤是《红楼梦》中地位十分重要的人物，全书有一半以上的章回写到她。小说写她长得标致，也颇有风韵，可是因为读书少，文化水平不高，她自己说："我又不作诗作文，只不过是个俗人罢了。"（第四十五回）识字读书少应是导致她"俗"气的一个原因，但更主要的是精神境界、个人品质决定了她的"俗"。凤姐之"俗"，可以用如下"五"个字来概括：

一是"媚"，即"媚上"。凤姐是一个善于投机取巧、见风使舵的人。凤姐为了取得贾府的管理权，千方百计地巴结、奉承贾府的两个当权人物：贾母和王夫人。凤姐处处揣摩贾母的意向，每次都投其所好，拍马逢迎。第二十二回，贾母要凑份子钱给宝钗过生日，也即今天的AA制，凤姐凑趣笑道：

一个老祖宗给孩子们作生日，不拘怎样，谁还敢争！又办什么酒戏？既高兴要热闹，就说不得自己花上几两。巴巴的找出这霉烂的二十两银子来做东道，这意思还叫我赔上。果然拿不出来也罢了，金的银的、圆的扁的，压塌了箱子底，只是勒掯我们。举眼看看，谁不是儿女？难道将来只有宝兄弟顶了你老人家上五台山不成？那些梯己只留与他？我们如今虽不配使，也别苦了我们。这个够酒的？够戏的？

凤姐见是贾母的倡议，便大力赞赏，表示翻箱倒柜出钱，还说二十两太少了，结果不仅说得满屋里都笑起来，连贾母都"十分喜悦"。可见，凤姐是善于拍马逢迎的，凤姐处处讨贾母的欢心，贾府最后一次中秋赏月，凤姐病了不能赴会，贾母感叹少了凤姐"少了许多乐儿"。

二是"狠"，即狠毒。"媚上"与"欺下"往往是联系在一起的。"媚上"是为了取得权力，"欺下"则是为了显示其权威、威严。凤姐是一个心狠手辣的人。第十四回宁国府中都总管赖升曾对众仆人说王熙凤"是个有名的烈货，脸酸心硬，一时恼了，不认人的"。凤姐对待下人是凶、狠、毒。第四十四回，凤姐看见替贾琏望凤的小丫头见到自己就跑，便把那小丫头喊住，喝命平儿："叫二门上的小厮来，拿绳子鞭子，把那眼睛里没主子的小蹄子打烂了！"小丫头苦苦哀求，凤姐"说着便扬手一掌打在脸上，打的那丫头一栽，这边脸上又一下，登时小丫头子两腮紫胀起来"。平儿连忙劝解，凤姐却又要烧了红烙铁来烙小丫头的嘴，并在审问的过程中，"回头向头上拔下一根簪子来，向那丫头嘴上乱戳"。对于另一个小丫头，"也扬手一下打了一个趔趄"。听到鲍二家的与贾琏的对话后，不仅撕打鲍二家的，还一再毒打无辜的平儿，并强迫平儿撕打鲍家的。其骄悍跋扈，可见一斑。

三是"贪"，即贪婪。凤姐的人生追求可以用一个字来概括，那就是"钱"。为了"钱"她可以不择手段，连众奴仆的月钱也拿去放高利贷；为了"钱"，她可以草菅人命；为了"钱"不惜出卖良心。第三十六回，金钏儿死后，几家仆人为了让自己的女儿得到大丫鬟的位置，向凤姐送礼，凤姐为了得到更多的好处，"所以自管迁延着，等那些人把东西送足了，然后乘空方回王夫人"。

凤姐也是一个"痴人"，她痴迷于钱，满脑子都是

"钱"的思维，这种"痴钱"渗透在她的日常生活中，渗透在她不自觉的言谈笑语中。第二十九回，在清虚观，王熙凤向张道士索取巧姐的寄名符，张道士用一个盘子托了出来。小说写道：

只见凤姐笑道："你就手里拿出来罢了，又用个盘子托着。"张道士道："手里不干不净的，怎么拿，用盘子洁净些。"凤姐儿笑道："你只顾拿出盘子来，倒唬我一跳。我不说你是为送符，倒像是和我们化布施来了。"众人听说，哄然一笑，连贾珍也撑不住笑了。

小说的这个描写写了凤姐的诙谐，但只有在凤姐对金钱的特殊感情所形成的潜意识里，才能触发出这种诙谐来。凤姐对金钱的强烈追求，使她把什么道德良心、律法规矩通通抛到脑后。

四是"酸"，即"吃醋"。有一点嫉妒之心是人的天性，但凤姐却是嫉妒成性的人，是一个"大醋缸"。第六十五回小厮兴儿说：凤姐"是醋缸醋瓮，凡丫头们二爷多看一眼，他有本事当着爷打个烂羊头。虽然平姑娘在屋里，大约一年二年之间两个有一次到一处，他还要口里掂十个过子呢，气的平姑娘性子发了，哭闹一阵，说：'又不是我自己寻来的，你又浪着劝我，我原不依，你反说我反了，这会子又这样。'他一般的也罢了，倒央告平姑娘。"平儿是贾琏的姜，但凤姐像防贼一样防着她。

第二十一回，贾琏对平儿说："他防我像防贼似的，只许他同男人说话，不许我和女人说话。我和女人略近些，他就疑惑，他不论小叔子、侄儿，大的小的，说说笑笑，就不怕我吃醋了？"

凤姐得知贾琏偷娶尤二姐以后，先是上演了一出"一哭二闹三上吊"的好戏，然后把尤二姐骗进府里，然后利用秋桐，用"借剑杀人"之计害死尤二姐，小说生动地刻画了一个"嘴甜心苦，两面三刀"的妒妇形象。

五是"粗"，即粗野。凤姐的语言与她的性格十分吻合，可以说是"野味十足"，经常满嘴粗口，把丫鬟骂为"小蹄子"。第四十二回，宝钗评论凤姐说的粗俗："世上的话，到了凤丫头嘴里也就尽了。幸而凤丫头不识得字，不大通，不过一概是世俗取笑。"凤姐的语言，表现了她粗野、泼辣强势的个性。第十六回，凤姐向贾琏吹嘘她协理宁国府的功绩，同时又抱怨下人们，说：

"你是知道的，咱们家所有的这些管家奶奶们，那一位是好缠的？错一点儿他们就笑话打趣，偏一点儿他们就指桑说槐的抱怨。'坐山观虎''借剑杀人''引风吹火''站干岸儿''推倒油瓶不扶'，都是全挂子的武艺。"

凤姐日常生活的口语是很粗俗的。第七回，凤姐道："凭他什么样儿的，我也要见一见！别放你娘的屁了。再不带我看看，给你一顿好嘴巴。"

第四十四回写凤姐又怕贾琏走出去，便堵着门站着骂道："好淫妇！你偷主子汉子，还要治死主子老婆！平儿，过来！你们淫妇忘八一条藤儿，多嫌着我，外面儿你哄我！"

凤姐骂人的粗野更是比比皆是。第十一回，贾瑞对凤姐有非分之想，凤姐"哼"了一声，说道："这畜生合该作死，看他来了怎么样！"她骂贾瑞为"畜生"。第十四回，贾琏外出，凤姐交代昭儿说："时时劝他少吃酒，别勾引他认得浑账女人，我知道了回来打折了你的腿。"又骂别的女人是"浑账女人"，又威胁打断他的腿，又泼又狠。第十六回，贾蓉想巴结凤姐，给凤姐送礼，凤姐道："别放你娘的屁！我的东西还没处撂呢，稀罕你们鬼鬼祟祟的？"可见对贾蓉之不齿和鄙视。凤姐虽然长得标致，但一开口就显得俗气。

（三）贾琏之俗

贾琏是贾府的公子哥儿，是著名的浪荡子。贾琏之俗可以概括为两个字"好色"。《红楼梦》中对他"皮肤淫滥"着墨最多，与宝玉形成鲜明对比。宝玉风雅，贾琏低俗；宝玉呵护女性，贾琏害死女性；贾琏身边放着凤姐、平儿两个花枝招展的妻妾，还不知足，一有机会便拈花惹草。贾琏的"好色"集中在三桩风流韵事上。

第一桩是二十一回"俏平儿软语救贾琏"。小说写道："那个贾琏，只离了凤姐便要寻事，独寝了两夜，便十分难熬，便暂将小厮们内有清俊的选来出火。"这里写了贾琏性功能特别强，连好看点的下人也不放过。这还不算，又勾搭上了府里一个极不成器破烂酒头厨子多浑虫的老婆，名叫多姑娘儿的。小说描写了他们两人缠绵的场面，贾琏丑态百出。

是夜二鼓人定，多浑虫醉昏在炕，贾琏便溜了来相会。进门一见其态，早已魄飞魂散，也不用情谈款叙，便宽衣动作起来。……那贾琏恨不得连身子化在他身上。那媳妇故作浪语，在下说道："你家女儿出花儿，供着娘娘，你也该忌两日，倒为我脏了身子。快离了我这里罢。"贾琏一面大动，一面喘吁吁答道："你就是娘娘！我那里管什么娘娘！"那媳妇越浪，贾琏越丑态毕露。一时事毕，两个又海誓山盟，难分难舍。

"脂批"说："一部书中，只有此一段丑极太露之文，写于贾琏身上，恰极当极！"

第二桩是四十四回"变生不测凤姐泼醋"。写了贾琏趁凤姐庆祝生日之机，跟家仆鲍二的老婆私通，被凤姐捉奸在床，鲍二家说凤姐是"阎王老婆"，贾琏称凤姐是"母夜叉"。夫妻为此大闹一场，鲍二家的畏惧自杀。贾母训斥贾琏道："那凤丫头和平儿还不是个美人胎子？你还不足！成日家偷鸡摸狗，脏的臭的，都拉了你屋里去。为这起淫妇打老婆，又打屋里的人，你还亏是大家子的公子出身，活打了嘴了。"贾母的话可以说是为贾琏画了一副好色之脸谱，这是一个淫荡下流、只讲性不讲情之人。第五回警幻仙姑曾说："如世之好淫者，不过悦容貌，喜歌舞，调笑无厌，云雨无时，恨不能尽天下之美女供我片时之趣兴：此皆皮肤滥淫之蠢物耳。"贾琏是"色中之饿鬼"，是标准的"蠢物""俗物"。

第三桩是六十四回至六十九回偷娶尤二姐之风波

韵事。这次贾琏与前两回勾搭女人有所不同，前两回是一时兴起，这次是养"小三"，想常态地勾搭。小说六十五回，写了贾琏偷娶尤二姐之后，"是夜贾琏同他颠鸾倒凤，百般恩爱，不消细说"。无奈东窗事发，凤姐把尤二姐骗进贾府，设计"借剑杀人"。正当凤姐整治尤二姐的时候，贾赦把秋桐送给了贾琏，六十九回写道："这秋桐便和贾琏有旧，从未来过一次。今日天缘凑巧，竟赏了他，真是一对烈火干柴，如胶投漆，燕尔新婚，连日那里拆的开。那贾琏在二姐身上之心也渐渐淡了，只有秋桐一人是命。"于是，凤姐得以"弄小巧用借剑杀人"，挑动秋桐辱骂二姐，逼死二姐。尤二姐之死，凶手是秋桐，幕后策划者是凤姐，而祸根是贾琏。他是一个见异思迁、喜新厌旧之人，他又害了一个女人。

贾琏确实是一个风流成性的浪荡子。第四十四回写宝玉非常同情平儿的际遇，心中默想："贾琏惟知以淫乐悦己，并不知作养脂粉"，实在是"俗"。贾琏的"俗"是一种自私的"俗"，只知悦己，并不为他人着想，是一种低级的"俗"，只讲"俗"而不必有"情"。当然，他也不是一个坏透了的人，贾赦要霸占石呆子的扇子，他表示反对，还遭到贾赦的殴打，他还曾经实心诚意为尤三姐撮合亲事。这都是贾珍、贾赦、贾蓉所绝不能相比的。

（四）夏金桂之俗

夏金桂之俗与凤姐在"辣""醋"上有共同的地方，但夏金桂与凤姐相比，其格调就低得多了。她是一个无德、无才、无智的人，是一个市井味特别浓厚的人，是一个泼妇、悍妇、怨妇、淫妇，是一个真正庸俗、低俗的人。作者给她起了一个名字叫夏金桂，"夏"谐音为"下"，意为下流、下作，"金"充满着铜臭味，"桂"是桂花香，桂花香味浊，浓得使人受不了。夏金桂可以说是一个"俗不可耐"的人，是《红楼梦》刻画的人物中几乎没有半点善性的人。夏金桂之"俗"，主要表现在如下几个方面：

一是附庸风雅，自作聪明。夏金桂嫁到薛家以后，知道薛蟠小妾叫香菱，她一听这个名字就冷笑道："只这一个名字就不通。"香菱说这个名字是宝钗起的。

金桂听了，将脖项一扭，嘴唇一撇，鼻孔里哧了两声，拍着掌冷笑道："菱角花谁闻见香来着？若说菱角香了，正经那些香花放在那里？可是不通之极！"

于是，她把"香菱"的名字改为"秋菱"。其实，香菱是荷花散发出来的清香，这个名字具有色、香、味，改为秋菱完全没有了荷香的神韵。硬改他人的名字，不但体现了她的心胸狭隘，也反映了她浅陋、无知和不学无术的俗气。

二是自私自我，刁泼凶悍。小说第七十九回，对夏金桂的出身和性格做了详细的介绍。小说道：

原来这夏家小姐今年方十七岁，生得亦颇有姿色，亦颇识得几个字。若论心中的邱壑经纬，颇步熙凤之后尘。只吃亏了一件，从小时父亲去世的早，又无同胞弟兄，寡母独守此女，娇养溺爱，不啻珍宝，凡女儿一举一动，彼母皆百依百随，因此未免娇养太过，竟酿成个盗跖的性气。爱自己尊若菩萨，窥他人秽如粪土，外具花柳之姿，内秉风雷之性。在家中时常就和丫鬟们使性弄气，轻骂重打的。今日出了阁，自为要作当家的奶奶，比不得作女儿时腼腆温柔，须要拿出这威风来，才钤压得住人；况且见薛蟠气质刚硬，举止骄奢，若不趁热灶一气炮制熟烂，将来必不能自竖旗帜矣，又见有香菱这等一个才貌俱全的爱妾在室，越发添了"宋太祖灭南唐"之意，"卧榻之侧岂容他人酣睡"之心。因他家

多桂花,他小名就唤作金桂。他在家时不许人口中带出
"金桂"二字来,凡有不留心误道一字者,他便定要苦
打重罚才罢。他因想"桂花"二字是禁止不住的,须得
另换一名,因想桂花曾有广寒嫦娥之说,便将桂花改为
"嫦娥花",又寓自己身分如此。

这段描写夏金桂从小养成了"骄横"的性格,爱己
烦人,打骂丫鬟。过门之后先是挟制了丈夫薛蟠,使尽
手段,制伏薛蟠,薛蟠这个恶人碰到了难缠的恶人,对
她无计可施。后来又顶撞薛姨妈、宝钗,在家里搞得鸡
飞狗跳,不得安宁。可见,是个悍妇。

三是不知羞耻,下流、放荡。薛蟠因人命官司定了
死罪在监里等候秋决,她忍耐不住寂寞,与丫头宝蟾
设计勾引小叔子薛蝌,全无半点夫妻情分。小说一百回
写道:

若是薛蝌在家,他便抹粉施脂,描眉画鬟,奇情异
致的打扮收拾起来,不时打从薛蝌住房前过,或故意咳
嗽一声,或明知薛蝌在屋,特问房里何人。有时遇见薛
蝌,他便妖妖乔乔、娇娇痴痴的问寒问热,忽喜忽嗔。

她为了引诱薛蝌上钩,又是送东西,又是暗送秋
波,甚至动手动脚,可见,是一个淫妇。

四是诡计多端，阴险毒辣。夏金桂还沾染了赌博的恶习，生活上恣意吃喝玩乐。第八十回写道：

金桂不发作性气，有时欢喜，便纠聚人来斗纸牌、掷骰子作乐。又生平最喜啃骨头，每日务要杀鸡鸭，将肉赏人吃，只单以油炸焦骨头下酒。吃的不耐烦或动了气，便肆行海骂，说："有别的忘八粉头乐的，我为什么不乐！"

夏金桂成了薛家的"搅屎棍"，把宝钗气哭，把薛姨妈气病，把薛蟠气走。后来，她想用下毒的计谋毒死香菱，但阴差阳错，害死了自己。可谓是"恶有恶报"。小说刻画了一个毒妇的形象。

小说在这里塑造了一个集悍、毒、淫于一身的"搅屎棍"。它告诉我们"慈母出败儿"。薛蟠和夏金桂两人都是出于富贵之家，又都是寡母从小娇养溺爱，养成了贪图享乐、任性妄为的个性，真是天生的一对"霸王"。正所谓"恶人自有恶人磨"。我们可以对这两个人做一点比较，薛蟠还有点孝悌之情，还有点义气友情，而夏金桂几乎没有半点德行，凶悍、愚蠢、毒辣、淫荡，不堪至极，确是一个大俗之人。

三、风雅：化俗为雅

我们知道，《诗经》中的内容分为三大类：一是"风"，这些内容大多来自民间，主要是民歌，是通俗的诗歌；二是"雅""颂"，这些内容大多来自上层社会，多与政治、道德、教化相联系。雅、俗之间虽然有不同的表现形式，但两者又是相通的。"俗"不断地向"雅"输送养料，"俗"比起"雅"来，有更为广阔的群众基础，更具创造性，也更具活力。不少文艺样式，最初都是由民间创造的，后来由文人雅士加以丰富和提高。因此，"雅"文艺离开了"俗"文艺的滋养，必定会丧失其充沛的生命力，走向纤弱和僵化，走向象牙塔，而曲高和寡。

"雅"的文艺样式远远地超过"俗"文艺，因为"诗以言志""画以立意""乐以象德""文以载道""书以表情"，文艺样式总是从人们的审美心理出发，含英咀华，用恰如其分的艺术符号和载体表现出来，满足了人们的审美需要。

一部优秀的文艺作品，总是俗中见雅，大俗大雅，雅俗结合，雅俗共赏的。

小说《红楼梦》巧妙地融合了雅俗文化，一方面运用"酒令""牙牌令"等民间娱乐方式，表达高雅的思想和情趣；另一方面，以让"雅人"与"俗人"共同参与活动中，雅俗形成鲜明的对比，相映成趣，相得益彰。下面，选择两个"雅集"作为例子。

（一）女儿"酒令"

小说第二十八回写了，冯紫英、薛蟠邀宝玉喝酒。席间宝玉提出行酒令，并立了"规矩"："如今要说'悲''愁''喜''乐'四字，却要说出女儿来，还要注明这四字原故。说完了，饮门杯，酒面要唱一个新鲜时样的曲子，酒底要席上生风一样东西，或古诗，旧对，《四书》《五经》成语。"这些曲令切合人们的身份、地位、性格和教养，反映出大雅与大俗的分别。

五个人所行酒令是这样的：

第一是宝玉：

女儿悲，青春已大守空闺。

女儿愁，悔教夫婿觅封侯。

女儿喜，对镜晨妆颜色美。

女儿乐，秋千架上春衫薄。

滴不尽相思血泪抛红豆，开不完春柳春花满画楼。

呆霸王庆生行酒令 〔清〕孙温

睡不稳纱窗风雨黄昏后，忘不了新愁与旧愁。咽不下玉粒金莼噎满喉，照不尽菱花镜里形容瘦。展不开的眉头，捱不明的更漏。呀！恰便似遮不住的青山隐隐，流不断的绿水悠悠。（酒面）

雨打梨花深闭门（酒底）

宝玉写的"悲愁"，是"守空闺"，是对宝钗守寡的预言。"悔教夫婿觅封侯"，暗示宝钗后悔劝导宝玉追求仕途经济，暗示了两人的结局。"雨打梨花深闭门"，出自宋代李重元《忆王孙》词"萋萋芳草忆王孙"，王孙不归，青草空绿，门掩黄昏，雨打梨花，境象寂寞凄凉。"梨"在民歌中常作"离"的谐音。这个酒令说的是宝玉与宝钗终将分离的悲剧。

第二首是冯紫英：

女儿悲，儿夫染病在垂危。

女儿愁，大风吹倒梳妆楼。

女儿喜，头胎养了双生子。

女儿乐，私向花园掏蟋蟀。

你是个可人，你是个多情，你是个刁钻古怪鬼灵精，你是个神仙也不灵。我说的话儿你全不信，只叫你去背地里细打听，才知道我疼你不疼！（酒面）

鸡鸣茅店月（酒底）

这一首应该说不雅也不俗。

第三首是云儿：

女儿悲，将来终身指靠谁？

女儿愁，妈妈打骂何时休！

女儿喜，情郎不舍还家里。

女儿乐，住了箫管弄弦索。

豆蔻开花三月三，一个虫儿往里钻。钻了半日不得

进，爬到花儿上打秋千。肉儿小心肝，我不开了你怎么钻？（酒面）

桃之夭夭（酒底）

云儿是一个妓女，前面说出了对未来的忧思和妓院冷酷的生活，常常受到老鸨的打骂，盼望着有人为她赎身，改过从良。后面的词就很低俗了，完全是妓女的语言。

第四首是薛蟠：

女儿悲，嫁了个男人是乌龟。

女儿愁，绣房蹿出个大马猴。

女儿喜，洞房花烛朝慵起。

女儿乐，一根乩耙往里戳。

一个蚊子哼哼哼，两个苍蝇嗡嗡嗡……（酒面）

这首酒令完全是很粗俗的。说的完全是淫俗的性行为。这与薛蟠的放荡、淫乐的生活，无文化修养是一致的。小说写的薛蟠既是一个无道德底线，又无法无天的人，如强占女人，打人杀人，吃喝嫖赌，"五毒俱全"。确实是一个"浪荡公子""败家子"。

第五首是蒋玉菡：

女儿悲，丈夫一去不回归。

女儿愁，无钱去打桂花油。

女儿喜，灯花并头结双蕊。

女儿乐，夫唱妇随真和合。

可喜你天生成百媚娇，恰便似活神仙离碧霄。度青春，年正小；配鸾凤，真也着。呀！看天河正高，听谯楼鼓敲，剔银灯同入鸳帏悄。（酒面）

花气袭人知昼暖（酒底）

蒋玉菡的酒令正好与宝玉说的相反，着实说的是女儿的"喜""乐"，很明显，这是他后来娶袭人为妻的谶言。这个酒令是"雅"的，两雅、两俗形成了鲜明的对比，表现不同修养的人的情趣和格调。

（二）牙牌令

小说第四十回："史太君两宴大观园，金鸳鸯三宣牙牌令。"这次聚会是贾府里最热闹、最开心的一次聚会，贾母提议行酒令，鸳鸯自告奋勇担任了行令官。"牙牌令"是饮酒、赌博、文字游戏三者结合的一种娱乐形式。今天会这种玩法的人已经不多。下面把七个人的酒令罗列一下，然后再做一些分析。

其一　贾母：

左边是张"天"。

——头上有青天。

当中是"五与六"。

——六桥梅花香彻骨。

剩得一张"六与幺"。

——一轮红日出云霄。

凑成便是个"蓬头鬼"。

——这鬼抱住钟馗腿。

其二　薛姨妈：

左边是个"大长五"。

金鸳鸯三宣牙牌令（局部），王凤姐摆饭秋爽斋　〔清〕孙温

——梅花朵朵风前舞。

右边还是个"大五长"。

——十月梅花岭上香。

当中"二五"是杂七。

——织女牛郎会七夕。

凑成"二郎游五岳"。

——世人不及神仙乐。

其三　史湘云：

左边"长幺"两点明。

——双悬日月照乾坤。

右边"长幺"两点明。

——闲花落地听无声。

中间还得"幺四"来。

——日边红杏倚云栽。

凑成"樱桃九熟"。

——御园却被鸟衔出。

其四　薛宝钗：

左边是"长三"。

——双双燕子语梁间。

右边是"三长"。

——水荇牵风翠带长。

当中"三六"九点在。

——三山半落青天外。

凑成"铁锁链孤舟"。

——处处风波处处愁。

其五　林黛玉：

左边一个"天"。

——良辰美景奈何天。

中间"锦屏"颜色俏。

——纱窗也没有红娘报。

剩了"二六"八点齐。

——双瞻御座引朝仪。

凑成"篮子"好采花。

——仙仗香挑芍药花。

其六　贾迎春：

左边"四五"成花九。

——桃花带雨浓。

其七　刘姥姥：

左边"四四"是个人。

——是个庄稼人（罢）。

中间"三四"绿配红。

——大火烧了毛毛虫。

右边"幺四"真好看。

——一个萝卜一头蒜。

凑成便是"一枝花"。

——花儿落了结个大倭瓜。

贾母最有趣的一句是"这鬼抱住钟馗腿"。民间有"钟馗伏鬼"的传说，但这句话的含义是多方面的。或是神鬼抱成一团，同流合污；或者鬼怪扯衣抱腿，与钟馗扭打，或是鬼魅求饶，钟馗心软而放生。薛姨妈酒令最重要的一句是"织女牛郎会七夕"，暗示了她的女儿宝钗和女婿的未来。史湘云的酒令最主要的一句是"御园却被鸟衔出"，说的是成熟的樱桃被鸟衔出，是终于落空的意思，暗示了湘云的未来。薛宝钗的酒令"处处风波处处愁"，预示着了家庭和个人风波不断，忧愁不断。林黛玉的酒令反映了她的悲伤，"良辰美景奈何天，纱窗也没有红娘报"。贾迎春的错了韵，被罚饮酒。以上的人做的酒令总体上是高雅的。只有刘姥姥的非常通俗。刘姥姥满口萝卜、蒜头、倭瓜、毛毛虫，土话俚语，机智诙谐，刻画了一个深通世情，风趣幽默，装疯卖傻的村妪的人物形象。

结　语

　　《红楼梦》是一部百科全书。"横看成岭侧成峰，远近高低各不同。"从不同的角度去读《红楼梦》，会得到不同的收获。在《红楼梦》这个宝库中，每个人都可以找到他所需要的宝贝。

　　这次从美学的角度去解读《红楼梦》犹如开启了一扇"美"的窗户。它给人们以美的发现、美的鉴赏、美的体验、美的享受，也给人们提供了在小说创作中，如何遵循塑造"美"的规律，创造"美"的作品。

　　从小说的主题看，它是那么的高远和深邃。小说把中华传统文化儒、禅、道的思想熔为一炉。不论是贾雨村论善恶，史湘云论阴阳，还是贾宝玉读《南华经》，宝、黛、钗论禅，都蕴含着深刻的思想，作者可贵之处在于并没有把他们对立起来，而是寻找融合、和合、通达的路径，他并没有给读者提供一个简单的结论，而是引导人们去思考人生的意义、生命的价值、人性的本质。从这个意义上看，《红楼梦》充满着深刻的哲学思辨，它希望人们在人生的历程中，从儒、道、佛中吸取精神营养，在青年时代，以儒家入世的思想为指导，建功立业，光宗耀祖；在中年时代，以道家，无为无不为的思想为指导，一切顺其自然；在老年时代，以佛家戒、定、慧、断、舍、离的思想为指导，选择超脱、圆融、无我的人生态度。作者用小说这一形式，描绘了中国人的心灵发展史，将儒、佛、道所涉及的入世与出世的纠结，以最具体、最动人的人生故事呈现出来，这就是《红楼梦》最伟大之处，把哲学之美深刻而又生动地呈现出来。

从小说的人物形象塑造看，《红楼梦》所写的人物多不胜数，但主要人物每一个都是鲜活的、丰富的、有血有肉的、栩栩如生的。小说所刻画的人物都有独特性、唯一性，绝不雷同。而每一个人物都不是绝对的，是复杂的、多面的、立体的，甚至都是有缺陷的。正是由于有"缺陷美",使人物形象变得真实,符合人性的特征。"金无足赤,人无完人",人的品格和性情是存在多重性的。好人不是一好百好,坏人也并不是一无是处。凤姐虽然是贪财刁泼,但也聪明伶俐,对村姬刘姥姥也有同情、怜悯的情感;薛蟠虽然是一个呆霸王,又有讲义气的一面。这些人物在现实生活中,似乎可以看到其影子。《红楼梦》作者在人物的刻画上可以说是一位绘画大师,他刻画的人物形象不仅是有形、有声、有色,而且是有气质、有神韵、有性格、有情感,这就是形神之美。

从小说的基调看,《红楼梦》的作者写了爱情的悲剧、家族的悲剧、社会的悲剧,这是一首青春的圆舞曲,是一首人生的咏叹调,是一首生命的悲歌!这充分体现了作者深深的忧患意识,正如《岳阳楼记》所说的那样,"居庙堂之高则忧其民,处江湖之远则忧其君,是进亦忧,退亦忧"。我们在阅读的过程中,感触到作者无限的忧伤、沉郁。古人说:"生于忧患,死于安乐。"《红楼梦》用沉郁的笔调、悲悯的情怀和悲剧的人生,唤醒人们的觉悟、奋起。从这个意义上看,作者是一位音乐大师,它用一首悲伤的乐曲,去警醒人们,鞭策人们，让人们的灵魂得到救赎！

从小说的结构看，《红楼梦》的故事情节是一个庞大的系统工程，但作者把它安排得井井有条，经纬分明。小说的主线清晰，层次分明，"草蛇灰线，伏脉千里"，行云流水，起承转合，流畅自如。从这方面看，作者不愧是一位杰出的规划师、建筑师，他构建了人物、故事、情节的多重结构，呈现了雄伟之美。

从小说的表达方式看，《红楼梦》的作者采用了含蓄隐喻的手法，给人们留下了思考，留下了想象，留下了猜想。作者运用了"春秋笔法"，"环顾左右而言他"，这既是一种创作的智慧，也是一种美学风格，它给人们的审美不是一目了然、一览无余的，而是必须借助想象才能感悟的。从这个意义上看，作者是一个预言家，是一个"预测大师"，它给人们神思、想象之美。

从小说的格调看，《红楼梦》的作者以正雅、和雅、清雅、典雅为宗旨，文笔华丽，文体多样，写雅，特别雅致，写俗，俗得有趣，更为可贵的是化俗为雅，超凡脱俗，给人们雅俗共赏的审美感受。从这个意义上看，作者不愧是一位文人雅士，他用小说的美去"化俗"，从而呈现了高雅之美。

　　《红楼梦》是天下一大奇书，也是一部美学经典，愿读者细细地去发现、体悟、鉴赏其中之美，创造更加美丽的人生，创造更加精美的艺术作品，创造人类美好的未来！

参考书目

［1］白先勇．细说红楼梦［M］．桂林：广西师范大学出版社，2017-2（1）．

［2］曹雪芹．红楼梦［M］．西安：陕西新华出版传媒集团三秦出版社，2020-12（3）．

［3］吴欣歆．如何阅读《红楼梦》［M］．北京：北京师范大学出版社，2019-1（1）．

［4］王昆仑．《红楼梦》人物论［M］．北京：北京出版社，2011-2（3）．

［5］叶朗．中国小说美学［M］．北京：北京大学出版社，1982-12（1）．

［6］蔡义江．红楼梦诗词曲赋评注［M］．团结出版社，1991-7（1）．

[7] 中国红楼梦学会. 话说《红楼梦》中人 [M]. 武汉：湖北长江出版集团, 2007-1 (1).

[8] 林冠夫. 红楼梦纵横谈 [M]. 北京：文化艺术出版社, 2004-1 (1).

[9] 蔡元培, 王国维, 高语罕.《红楼梦》宝藏六讲 [M]. 南昌：江西教育出版社, 2018-7 (1).

[10] 曹文轩. 小说门 [M]. 北京：作家出版社, 2002 (1).